Primos

HISTÓRIAS DA HERANÇA ÁRABE E JUDAICA

Adriana Armony e Tatiana Salem Levy

Primos

HISTÓRIAS DA HERANÇA ÁRABE E JUDAICA

EDITORA RECORD
RIO DE JANEIRO • SÃO PAULO
2010

CIP-BRASIL. CATALOGAÇÃO-NA-FONTE
SINDICATO NACIONAL DOS EDITORES DE LIVROS, RJ

P951   Primos: histórias da herança árabe e judaica / Adriana Armony,
        Tatiana Salem Levy (orgs.). – Rio de Janeiro: Record, 2010.

        ISBN 978-85-01-08896-3

        1. Conto brasileiro. I. Armony, Adriana, 1969-. II. Levy, Tatiana Salem, 1979-.

                                    CDD: 869.93
10-0386   CDU: 821.134.3(81)-3

Copyright © 2010, Adriana Armony e Tatiana Salem Levy

Capa: Mariana Newlands

Foto de capa: Ron Royals/Corbis/Lastinstock

Texto revisado segundo o novo Acordo Ortográfico da Língua Portuguesa

Direitos exclusivos desta edição reservados pela
EDITORA RECORD LTDA
Rua Argentina 171 – 20921-380 Rio de Janeiro, RJ – Tel.: 2585-2000

Impresso no Brasil

ISBN 978-85-01-08896-3

Seja um leitor preferencial Record
Cadastre-se e receba informações sobre nossos
lançamentos e nossas promoções.

EDITORA AFILIADA

Atendimento e venda direta ao leitor
mdireto@record.com.br ou (21) 2585-2002

Sumário

Introdução 7

História
Espinosa se deita, Adriana Armony 19
De canibus quæstio, Alberto Mussa 39
A última noite, Flávio Izhaki 71
Uns e outros, Julián Fuks 83
O último profeta, Samir Yazbek 89

Memória
Uma fome, Leandro Sarmatz 117
Na minha suja cabeça, o Holocausto, Moacyr Scliar 141
Trinta. Ou mais., Salim Miguel 147
Sonâmbulos, Whisner Fraga 163

Alegoria
Os funerais de Baruch Weizman, Alexandre Plosk 177
Cessão de campa, Bernardo Ajzenberg 201
Xerezade, ou A infância das formigas, Carlos Nejar 211
Os sapos, Fabrício Carpinejar 213
O homem que libertou a morte, Georges Bourdoukan 215

Tradição e ruptura
    Efsher, Arnaldo Bloch   223
    Ungido feito um rei, Cíntia Moscovich   233
    A filha única do filho mais velho, Eliane Ganem   241
    Arroz com lentilhas, Luiz Antonio Aguiar   253
    Travessia, Márcia Bechara   279
    Shabat, Tatiana Salem Levy   291

Os autores e suas heranças   295

Introdução

A ideia de reunir num livro escritores brasileiros descendentes de árabes e de judeus surgiu quase como uma necessidade. Primos de origem, árabes e judeus têm mais afinidades do que diferenças, embora a situação política atual no Oriente Médio termine por dar ao mundo a impressão de que o ódio entre esses dois povos está na base de suas culturas. Por que brigam tanto, nos perguntamos, se são tão parecidos? E por que exaltar suas desavenças, se os pontos de encontro são tão mais profundos, tão mais antigos?

As afinidades entre árabes e judeus remetem à própria origem desses dois povos. Ambos são, segundo o livro do Gênesis, descendentes de Sem, um dos três filhos de Noé que sobrevive ao dilúvio na arca de seu pai: daí o termo *semitas* para designá-los. Gerado quando Noé tinha 500 anos, o patriarca dos semitas também vive bastante: 600 anos. Sem alcança, assim, a décima geração de sua descendência, chegando a viver na mesma época que o filho Abraão, pai de Isaac e Ismael, que dão início à linhagem dos hebreus e dos árabes, respectivamente.

Abraão é casado com Sara, que, por não conseguir engravidar, dá ao marido a autorização para que ele tenha um filho com sua escrava egípcia Agar. Dessa união, nasce Ismael, patriarca dos muçulmanos. Quando Sara tem 90 anos, Deus decide que, finalmente, ela terá um filho de Abraão. É assim que Isaac conhece a luz do dia. Como mostra Ali Kamel em *Sobre o Islã*, muitos dos acontecimentos descritos pelos judeus como parte da vida de Isaac são descritos pelos muçulmanos como parte da vida de Ismael.

Irmãos paternos, Ismael e Isaac seguem trajetórias individuais, dando continuidade às suas linhagens. Irmãos de origem, primos até hoje, ainda que distantes, os dois povos de que descendem os escritores aqui reunidos não são tão díspares como se costuma imaginar.

É verdade que essa origem em comum é bastante antiga, e já poderia ter sido apagada pelo passar dos séculos. É verdade também que se trata de uma origem mítica, descrita por livros sagrados, e que tem, no presente, um valor muito mais simbólico do que propriamente genético. No entanto, é justamente a relação com a História, com o símbolo e, sobretudo, com a narrativa, o que torna relevante falar ainda hoje numa ligação entre esses dois povos — primos entre si.

O livro está no centro das duas tradições. Árabes e judeus atravessaram os tempos com o livro embaixo do braço. E desse amor deriva o apego à narrativa, ao contar e criar histórias, à tradição que se passa como herança primordial. Às vezes seguindo à risca as leis e os preceitos, às vezes de forma mais sutil, esquivada, a grande maioria das famílias árabes e judias revela um desejo, uma necessidade mesmo, de não deixar as origens se desvanecerem. E é graças a esse desejo que podemos continuar traçando as semelhanças entres esses dois povos, tantos séculos após o nascimento deles.

Foi por isso que buscamos fazê-los coexistir num livro, assim como já coexistiram fisicamente em diversas regiões, em épocas variadas, como na Península Ibérica do século VIII ao XV, habitada por judeus, cristãos e muçulmanos; ou nos países do Magrebe; ou ainda nos países do Oriente Médio, antes dos conflitos recentes. Ou mesmo na SAARA, no centro do Rio de Janeiro, onde comerciantes árabes e judeus convivem desde a década de 60.

É preciso ressaltar, entretanto, que ao buscarmos as convergências entre esses dois povos não quisemos, de forma alguma, atentar contra sua complexidade. A própria definição de quem são os árabes e quem são os judeus é em si complexa e, por isso mesmo, escorregadia, flexível, abrangente. Trata-se de uma definição étnica? Territorial? Religiosa? Cultural?

A confusão mais frequente diz respeito à relação direta entre o árabe e o muçulmano. Embora a maioria dos árabes siga o islamismo, há também aqueles que são cristãos (como a maior parte dos sírios e libaneses que vieram para o Brasil) ou de outras religiões.

No momento da sua formação, logo após a Segunda Guerra Mundial, a Liga Árabe deixou de lado qualquer menção à religião ao definir um árabe como "uma pessoa cuja língua é o árabe, que vive em um país de língua árabe e que tem simpatia com as aspirações dos povos de língua árabe". No entanto, não há nenhuma menção aos árabes que não moram em países árabes, nem aos seus descendentes em países distantes. Perderiam estes o estatuto de árabes?

Definir um judeu tampouco se revela uma tarefa fácil. Trata-se de religião, etnia ou cultura? É preciso reunir os três requisitos, ou basta um para se dizer judeu? Quantos judeus notórios, como Freud, Marx, Hannah Arendt, não se disseram publicamente sem Deus? Quantos não se dedicaram a traçar os contornos dessa definição?

Um ponto, porém, estará necessariamente presente, qualquer que seja a concepção que se adote: árabe ou judeu será aquele que assim se reconhece. Como afirma Edward Said em *Orientalismo*, a identidade humana não é natural e estável, mas construída, quando não inteiramente inventada. As tradições são tão movediças que um dos participantes desta antologia, que acreditávamos árabe, descobriu apenas recentemente ter ascendência judaica sefardita.

Foi este o critério que norteou a escolha dos autores desta antologia: descendentes de árabes ou de judeus, todos eles reconheciam uma herança, mesmo que dispersa; uma identidade, mesmo que fraturada. Por isso, esta antologia se constitui não numa busca de identidades homogêneas, centralizadoras, delimitadas, mas de identidades em constante modificação, errantes, tão rarefeitas quanto o deserto.

E o deserto é, sem sombra de dúvida, uma das afinidades entre esses povos, marcados pela dispersão e a migração constantes. Uma das explicações etimológicas de "árabe" e "hebreu" afirma que essas palavras derivam do termo "nômade". Sempre em busca por terra, frequentemente deixando uma para trás, árabes e judeus encontraram no silêncio a possibilidade da palavra e, desde seus primórdios, carregam nas histórias — narradas oralmente ou escritas — seu porto seguro.

Como essas histórias foram reimaginadas num país tão multicultural e antropofágico como o Brasil? Por que — e quais? — as marcas dessas tradições emergem mesmo depois de as famílias terem se assimilado tão profundamente, como aconteceu com os imigrantes que para cá vieram? É esse resto, esse vestígio — ora sobressalente, ora apenas insinuado — que buscamos ao reunir autores com obras tão distintas, autores que se consideram, acima de tudo, brasileiros.

Talvez por causa da tendência brasileira de misturar e assimilar outras culturas, os rótulos Literatura judaica ou Literatura árabe são raramente usados entre nós, diferentemente do que ocorre nos Estados Unidos, por exemplo. No entanto, há importantes estudos sobre os traços árabes e judaicos na obra de alguns autores. Raduan Nassar e Milton Hatoum, dois clássicos contemporâneos da influência árabe na nossa literatura, são frequentemente analisados a partir desse prisma. Romances como *Lavoura arcaica*, do primeiro, ou *Relato de um certo Oriente* e *Dois irmãos*, do segundo, exploram com profundidade a presença de famílias árabes no ambiente brasileiro. Entre os judeus, destacam-se Samuel Rawet, que aborda diretamente o universo judaico, e Clarice Lispector, em cuja literatura o judaísmo aparece apenas indiretamente. E não podemos deixar de mencionar Moacyr Scliar e Salim Miguel, escritores da tradição judaica e árabe com amplo reconhecimento de crítica e de público, que participam desta antologia.

Não é raro, portanto, encontrar estudos da obra desses autores que utilizam como chave de leitura as culturas árabe e judaica e a sua condição de imigrantes. Essas chaves existem, na leitura ou na escrita de um texto, seja como diálogo com a tradição cultural e literária, seja como ruptura com essa tradição. Literatura árabe e judaica são mais uma qualificação, que não se pretende estanque; uma forma a mais de ler um texto, que envolve camadas de histórias, memórias e mitos, no mínimo tão rica e enriquecedora quanto outras formas de leitura.

Ao receber os textos que encomendamos aos escritores, percebemos que havia motivos que se repetiam, aproximando os escritos, mesmo que de forma não sistemática. Assim, decidimos agrupá-los em quatro temas: *História*, *Memória*, *Alegoria* e *Tradição e Ruptura*.

Hannah Arendt, em *Homens em tempos sombrios*, afirma que as tradições revelam toda a sua verdadeira força apenas depois de extintas, quando não são mais seguidas, e já não precisamos nos rebelar contra elas. Como na narrativa de Jacó, o filho rompe com os pais para entrar na casa dos avós. É nesse momento que a terra desses povos errantes pode se refazer pela via da imaginação.

Imaginação da História: aquela que, resguardada por uma distância, se propõe o projeto de reconstituir o passado, assinalar seus pontos de ruptura. Esse projeto implica um método e uma escolha; e, como um fato só se torna histórico em virtude dos acontecimentos posteriores que o tornaram relevante, essa escolha revela, num mesmo movimento, não apenas o passado, mas também o presente.

Em "Espinosa se deita", de Adriana Armony, o escolhido é o filósofo, a um tempo judeu e ateu, autor da *Ética*, obra que fascinou Nietzsche e influenciou todo o pensamento moderno, e cujos rastros reaparecem de forma inesperada em uma fazenda no Brasil. Em "*De canibus quæstio*", de Alberto Mussa, o fato é o cerco da sarracena Máara, no ano muçulmano de 492 (1098 no nosso calendário), pelos cruzados tafur, o que dá origem a um inquérito acerca dos cães e do canibalismo. Flávio Izhaki, em "A última noite", descreve a queda de Massada, fortaleza da Judeia onde os judeus preferiram se suicidar a se deixar dominar pelos romanos, em 73 d. C. "Uns e outros", de Julián Fuks, projeta a História no presente: no amanhecer de um cenário de destruição, a imagem de uma menina, na fronteira de uma guerra incompreensível, luta para se tornar palavra. E em "O último profeta", Samir Yazbek encena o diálogo entre São João Batista, que, ao divinizar Cristo, decide abrir mão de sua liderança perante os judeus, e seu principal discípulo, inconformado, que não acredita na divindade de Jesus.

Diferente é a imaginação da Memória, que revive repetidamente uma experiência, seja individual, seja coletiva. Nas experiências árabe e judaica, a Memória, frequentemente associada ao sofrimento e à perseguição, tem sido o reduto de povos marcados pela perda. Em "Uma fome", de Leandro Sarmatz, um autoproclamado escritor solitário reencena obsessivamente as suas fomes: de comida, de amor, de sentido, de literatura. No conto de Moacyr Scliar, "Na minha suja cabeça, o Holocausto", a memória coletiva é inclemente: no menino de onze anos, o Holocausto faz-se carne, torna-se identidade pessoal. Mas a memória pode ser leve, como no conto de Salim Miguel "Trinta. Ou mais", narrado por um chofer de táxi, que entremeia "causos" saborosos com culinária, reflexões e diferentes versões da história da sua família, fugida da Inquisição portuguesa para o Brasil. E Whisner Fraga, em "Sonâmbulos", perfaz o movimento cíclico da memória, acompanhando o tempo onírico dos fantasmas de família, que não cessam de assombrá-la.

Uma das principais formas da imaginação é a Alegoria — narração ou descrição metafórica cujos elementos são coerentes e evocam uma ideia geral com precisão. Em "Os funerais de Baruch Weizman", de Alexandre Plosk, um anúncio fúnebre inusitado impele o protagonista a uma viagem, num cenário entre o fantástico e o grotesco, em busca da própria identidade. Em "Cessão de campa", Bernardo Ajzenberg conta com humor a história de um rapaz de 30 anos que vai reservar um lugar no cemitério para si mesmo. Em "Xerazade, ou a infância das formigas", de Carlos Nejar, o modelo alegórico por excelência da fábula se mescla ao livro dos livros do imaginário árabe, *As mil e uma noites*. Em "Os sapos", de Fabrício Carpinejar, um episódio aparentemente irrelevante ocorrido na Páscoa muda a visão de um filho sobre o pai. E o peregrino de "O homem que libertou a morte", de Georges Bourdoukan, procura no livro dos livros o próprio sentido da vida.

Nas palavras de Walter Benjamin, "em cada época, é preciso arrancar a tradição ao conformismo, que quer apoderar-se dela". Os contos agrupados em Tradição e Ruptura fazem entrever, sob o pano de fundo da memória, o momento de um perigo. Esse momento de perigo se traduz, em *"Efsher"*, de Arnaldo Bloch, na prece de um hipocondríaco que se crê próximo à morte, numa mistura de humor e drama. Em "Ungido como um rei", de Cíntia Moscovich, Saulzinho, já com 48 anos, se encontra perplexo diante de uma ruptura involuntária com a mítica mãe judia. Em "A filha única do filho mais velho", de Eliane Ganem, o enterro do pai da narradora gera um fluxo de memória em busca de uma nova continuidade. Em "Arroz com lentilhas", de Luiz Antônio Aguiar, a receita de um prato árabe é a garantia e a esperança de continuidade de uma tradição fraturada. "Travessia", de Márcia Bechara, se desenvolve no próprio cerne do perigo, percorrendo caminhos repletos de violência e perda. E em "Shabat", de Tatiana Salem Levy, as palavras de um pai tentam legar ao filho uma tradição perdida e imersa no silêncio.

A partir do silêncio, nascem as palavras que povoam. Em tempos de morte das grandes narrativas, respondemos com a proliferação de narrativas. Contra o pano de fundo da ausência da verdade, florescem muitas experiências de verdade. O prazer de narrar se acentua em tempos de fim e de impossibilidade; pois é quando se torna aparentemente impossível que a narrativa mostra toda a sua força. É esta a nossa terra prometida, de árabes, de judeus, de brasileiros: a terra da palavra, onde o diálogo e o sonho se refazem e podem se tornar realidade.

Adriana Armony
Tatiana Salem Levy

História

Espinosa se deita

ADRIANA ARMONY

Deus

Sob a luz filtrada pelo lençol que me cobre, revejo novamente as minhas imagens. É um exercício que tenho feito ultimamente, há já alguns meses, embora não possa precisar com exatidão quantos. Aqui não há relógio, não há calendário. Há apenas o movimento do sol que se ergue e se deita, lançando seus raios oblíquos pela janela que não posso ver. Pela inclinação deles, posso calcular aproximadamente a hora do dia, e quando abandonam o quarto, o dia se foi. Às vezes a escuridão se precipita mais cedo, mas então vem o barulho da chuva, e o cheiro vivo de terra se insinua sob o lençol, enquanto o assoalho estala perigosamente sob os meus pés. No início, eu era mais zelosa, e sabia exatamente quantos dias haviam se passado. Agora, só sei que faltam poucos, muito poucos, para a minha morte.

    As imagens são uma companhia. Gosto de imaginá-las projetadas sobre o lençol, como antes a minha mente as projetava nas cortinas agitadas pelo vento que soprava do Houtgracht. Eu vivia então em Amsterdã, junto ao homem que amava, e as imagens que me ocorriam o mostravam em diferentes situações: andando na direção da sinagoga, o corpo pequeno e adorável sumindo para além do canal; lendo e desvendando os livros sagrados com expressão concentrada e logo incrédula; ajudando o pai nos negócios cada vez mais difíceis. Era uma forma de estar sempre com ele, mesmo quando estava longe de mim. As imagens mudavam com a nossa vida, e em Voorburg lá estava ele novamente, curvado sobre o aparelho polidor de lentes, tomando o caldo de galo que a senhoria lhe preparava, escrevendo seus manuscritos, recebendo admiradores, entre os quais algumas senhoritas requintadas e impertinentes que entretanto o divertiam. Sobretudo a imagem do seu rosto me emocionava, a tez cor de azeitona onde despontavam uns olhos curiosos e negros.

É esse rosto que encontro toda manhã, ao acordar de sonhos confusos, sufocada pelo lençol e pelo bafo quente dos trópicos. Revejo o nariz fino, os olhos tranquilos. Os cabelos lisos que me acariciavam de noite. Os pés compridos, de ossos delicados, que se esfregavam enquanto se espreguiçava, num movimento que era só seu.

Às vésperas da extinção, me esforço para que minhas imagens não desapareçam. Elas fazem parte de mim, do meu corpo e da minha alma. Dizem que meu amado desprezava a imaginação como uma forma de conhecimento inferior. Que a razão era a única via de acesso ao conhecimento verdadeiro. Não é verdade. A razão era como que um degrau para um outro tipo de conhecimento, este sim superior: a intuição. Não sei se estou bem certa de entender o que isso significa, mas acho que desconfio.

Pois não fui a amante de qualquer um. Fui a companheira do filósofo mais polêmico e genial do século XVII, do judeu acusado de blasfemo e perigoso, de detestável e pestilentíssimo, a companheira do homem mais doce e nobre que algum dia andou sobre a terra: Baruch Espinosa, ou Bento Espinosa.

Vocês devem estar se perguntando como alguém como eu veio parar aqui. Não é tão difícil entender, se sabemos das antigas ligações entre a Holanda e o Brasil. O pai de Espinosa, como muitos judeus na Amsterdã do século XVII, tinha negócios no Brasil. Mas não foi por causa dele que aportei no Recife. Cheguei aqui por uma cadeia talvez um tanto improvável, mas necessária, de causas e efeitos. Depois de toda uma vida compartilhando sonhos, ideias, alegrias e tristezas, me vi praticamente abandonada quando o meu Baruch morreu. E quando eu me preparava para não ser mais desejada por ninguém, um homem me arrebatou dentre os despojos deixados por Bento. Era o rabino Aboab da Fonseca, cabalista, amante de literatura e poesia espanholas, que serviu no Recife entre 1642 e 1654, durante as invasões holandesas. Foi ele que leu a excomunhão de Espinosa. Eu me pergunto se me escolheu como uma forma de vingança. Ele, que tanto admirara o brilhante Espinosa, ele, que se fartara de odiá-lo, enchendo a boca com o decreto da sua excomunhão, ou *herem*, em hebraico — "maldito seja de dia, maldito seja de noite; maldito ao deitar e maldito ao levantar. Maldito seja quando sair e maldito seja quando entrar. Que o fogo da ira e desagrado do Senhor caia doravante sobre este homem, o carregue de todas as maldições escritas no livro da Lei e elimine do Céu o seu nome! O senhor o excluirá para todo o sempre de todas as tribos de Israel". Bento respondeu com sabedoria e indiferença, como quem tira um peso das costas. Mas agora era Aboab que dormiria comigo.

Depois da morte do rabino, em 1693, fui levada a uma fazenda no Brasil por um rapaz de olhos injetados e tristes, um bastardo que Fonseca deixara na época em que exerceu o rabinato na sinagoga do Recife. E agora eis-me aqui, sozinha e velha, apodrecendo num quarto cheio de fantasmas.

Nesta fazenda perdida do Novo Mundo, só me resta o passado. O presente é escuridão, o futuro é uma certeza cada vez mais próxima. Felizmente aqui também se fala português. Não é exatamente a língua a que eu estava acostumada, com sua música de consoantes saltitantes como pedregulhos, mas mesmo assim é português. Já não entendo as árvores, o sol, os risos. Não sei se suportaria se não entendesse nem mesmo a língua deste país.

Deixem-me portanto recordar. Talvez Espinosa não aprovasse, mas é a minha forma de ser imortal.

Mente

Eu vivia com os Espinosa numa bela casa de comerciante voltada para o Houtgracht, o canal das madeiras, assim chamado por causa da sua profusão de carpintarias. Amsterdã era considerada a Jerusalém holandesa, e próximo à nossa casa havia nada menos do que três sinagogas. Um cheiro seco de serra pairava nos corredores e se prolongava pelas pontes. Vloonburg era uma ilha quadrada rodeada por canais e pelo rio Amstel. Lá também viveu Rembrandt, e às vezes me pergunto se, entre os judeus que retratou, estaria alguma vez o abençoado do meu coração.

Devo dizer que eu era bem mais velha do que Baruch. Na verdade o vi nascer, e talvez o tenha amado ainda antes de ser concebido; e se considerarmos que para Espinosa o tempo, sob a perspectiva da eternidade (*sub specie aeternitates*), ou seja, de Deus, é uma quimera; que, dessa perspectiva, não existe passado, presente ou futuro, mas uma coisa só, uma essência eterna, atemporal; então vocês compreenderão a natureza do sentimento que eu nutria por ele.

Primeiro eu a senti, essa essência, nos amores entre Miguel e Ana Débora. Os pais de Espinosa tinham um afeto verdadeiro um pelo outro. Ela era quase uma menina; ele, um homem de 39 anos, cuja maturidade vinha de longa data; desde os 13, quando os meninos judeus se lançam no mundo adulto pelo bar mitzvah, como quem é acordado de uma noite cheia de sonhos. Miguel perdera uma esposa e dois filhos antes mesmo do nascimento, e estava disposto a constituir uma nova família, sólida como as madeiras que comerciava. Mas Ana era frágil. Sofria de uma doença respiratória, e seu corpinho ofegante quase sumia em contato com a masculinidade do marido. Ainda posso ver o seu jeito de rir, colocando a mão em concha sobre a boquinha vermelha como se tivesse vergonha da própria alegria.

Mesmo assim, tiveram cinco filhos. Maria, Isaac, Bento. Depois Rebeca, e Abraão. Com a família, crescia também o estatuto de Miguel na comunidade portuguesa de Amsterdã. A cada parto, Ana se esforçava, ciente do seu dever de mulher e de mãe; mas a cada grito e a cada suspiro, suas forças a iam abandonando.

Foi assim que morreu quando Bento tinha 6 anos. A casa era então uma confusão de crianças e afazeres, de gritos e de cheiros. E o mais penetrante deles era o da doença: esse cheiro azedo que impregna as roupas, os lençóis. Enquanto a luz se extinguia para Ana — e eu estive junto a ela o tempo todo —, as crianças pulavam, corriam, brigavam, com toda a brutalidade dos sobreviventes.

Ah, Espinosa menino... Desde muito cedo, foi um observador da natureza. Gostava de olhar as formigas e seu minucioso trabalho. A um outro, poderia parecer um sonhador ao contemplar o céu pela janela do quarto dos pais, mas eu sabia que estava analisando a posição e o movimento das estrelas. Até por isso, nos seus momentos de puro divertimento me parecia ainda mais adorável: quando pulava, o rosto afogueado emoldurado pelos belos cabelos negros que balançavam como a cauda de um cavalo, ou quando punha para lutar duas aranhas e soltava sonoras gargalhadas. Este hábito ele conservou até a idade adulta, e mesmo no dia da sua morte foi para Bento intensa fonte de prazer.

Eu me lembro dele com 8 anos, pequeno como um gafanhoto, e já brilhante nos estudos da Torá. Sua argumentação era consistente e suas observações, surpreendentemente sensatas. Lembro como me doeu ver pela primeira vez o pequeno rosto crispado pela incompreensão, quando o caso de Uriel da Costa chocou a comunidade de Amsterdã. Costa era um antigo cristão-novo com uma história muito parecida com a de outros membros da comunidade; tendo vindo de Portugal com a mãe judaizante e dois irmãos para resgatar o judaísmo no lugar considerado mais tolerante da Europa, entretanto se decepcionara. Uriel buscara uma pura devoção pela Lei de Moisés, mas encontrou uma religião alterada pelos rabinos, sem significado e cheia de regras desnecessárias. Sua desilusão o levou a escrever e publicar suas *Propostas contra a Tradição*, que atacavam sobretudo a Lei Oral dos judeus; era atormentado também por dúvidas acerca da imortalidade da alma. Por suas ideias, Costa foi excomungado pelo rabino Leon de Modena, de Veneza, e também em Hamburgo, onde vivia então, com palavras muito semelhantes às que mais tarde seriam pronunciadas por Aboab da Fonseca, no *herem* de Espinosa. Depois disso, suas ideias tornaram-se ainda mais extremistas. Sete anos mais tarde, porém, pobre e abandonado por todos, decidiu submeter-se enfim à oportunidade de redimir-se junto à comunidade: entra na sinagoga repleta de homens e mulheres reunidos para o espetáculo, sobe ao estrado, lê em voz alta uma confissão que não era sua, dirige-se a um canto da sinagoga onde, descalço e despido até a cintura, recebe 39 chicotadas, enquanto a comunidade entoa um salmo. Em seguida, se estende ao comprido no final da escada e todos os que saem da sinagoga passam por cima dele, colocando um pé sobre o seu corpo dolorido. Alguns dias depois, Uriel suicidou-se, deixando apenas uma autobiografia, *Exemplar humana vitae* (Um exemplo de vida humana).

O pequeno Bento ficou impressionadíssimo com o episódio, discutido exaustivamente à mesa durante as refeições e sussurrado nas aulas da yeshiva. Para a fina observadora que sempre fui, aquilo me pareceu inocular na sua mente privilegiada um germe que, pelas leis da causalidade, estava destinado a crescer e multiplicar.

E com 10 anos lá estava ele, todo orgulhoso de uma história que seu pai contava aos amigos. O pequeno Baruch fora cobrar, de uma senhora idosa de Amsterdã, uma determinada soma. A mulher, que estava lendo a Bíblia, acenou-lhe que esperasse um pouco, e só depois de terminar a leitura ouve o que a criança tem a lhe pedir. Depois de contar o dinheiro na sua frente, a boa senhora aponta para cima da mesa e diz: "Aí tens o que devo a teu pai. Espero que um dia possas vir a ser tão honesto como ele; nunca se afastou da lei de Moisés e o Céu te abençoará se o imitares." Então o menino percebe que a mulher apresentava todos os indícios da falsa piedade, contra a qual ele, o pai, o havia prevenido, e faz questão de contar pessoalmente o dinheiro, apesar da resistência da velha. Aqui Miguel fazia uma pausa um tanto dramática, unindo o seu orgulho ao do filho — pois a verdade é que de fato faltavam dois ducados, que a piedosa viúva fizera deslizar para dentro da gaveta por uma ranhura existente no tampo da mesa.

Miguel tinha então se casado com Ester, sua terceira esposa, e costumava levar os amigos ao próprio quarto, onde se sentia à vontade junto à enorme escrivaninha coberta de livros. Enquanto Miguel desfiava o episódio, Bento apoiava seu pequeno corpo em mim e me acariciava, distraído.

Nossos laços se estreitaram depois da morte de Miguel, quando, com 22 anos, Espinosa viveu sua grande crise espiritual. Em busca do verdadeiro bem, percebeu que a verdade era algo que deveria descobrir por si próprio, mas que certamente não seria o cotidiano de um homem de negócios levando uma vida de observância judaica. Baruch não quis ficar com nada da herança do pai: ele não se rebaixaria a brigar com os irmãos por bens que no fundo desprezava. Não por ascetismo religioso, ou por espírito de sacrifício, mas por uma convicção derivada da razão. Além disso, Miguel deixara inúmeras dívidas, e Bento, com o espírito prático que tinha, preferiu apelar para a sua menoridade de forma a se livrar delas, mesmo que tivesse de deixar de lado todos os bens da família.

Mas Baruch quis me levar com ele.

Afetos

Ah, o amor... como reproduzi-lo em palavras? Felizmente posso usar a minha própria língua para falar dele. Uma vez Espinosa escreveu, numa carta: "gostaria mais de escrever na língua em que fui educado; talvez conseguisse expressar melhor o meu pensamento". Baruch teve que aprender latim para poder comunicar suas ideias, pois era esta a língua universal das publicações da sua época, mas sentia a nostalgia do português que o formara. A partir deste momento, tornou-se, nos seus escritos, Benedictus Spinoza.

Aqui não é o meu pensamento que expresso, mas algo muito diferente, que são os meus afetos. Espinosa quis, e conseguiu, pensar clara e distintamente mesmo sobre esses aspectos tão confusos e singulares da existência. Afetos, afecções: aquilo que vem de fora e provoca uma alteração no nosso corpo e, ao mesmo tempo, na nossa alma. Pois corpo e alma são duas dimensões simultâneas da existência que não se opõem, mas se correspondem ponto a ponto, dois registros diferentes de uma e mesma coisa. Aquilo que nos afeta pode gerar em nós alegria e tristeza, bem como uma miríade de afetos derivados: ciúme, inveja, orgulho, piedade, toda essa fauna riquíssima sobre a qual Benedictus se debruçou com rigor de matemático e naturalista.

Mas eu, sua amante, sua companheira, jamais consegui ser ativa em relação ao que sinto.

Ainda hoje posso vê-lo: traz na mão pálida o seu anel com a divisa *caute* — cautela, em latim. Recosta-se na poltrona e conversa com o senhorio, fumando o seu cachimbo de longa cana de porcelana. O rosto bonito com o bigode fino, a expressão simpática, atenciosa.

Eu contemplava a existência frugal do meu amado com admiração e algum despeito. Satisfazia-se por um dia inteiro com apenas uma sopa rala e uma maçã, e muitas vezes se esquecia de descer as escadas para participar das refeições. Sobre os prazeres sensuais, dizia que a mente fica tão enredada neles que não se consegue pensar em mais nada; depois, segue-se a maior das tristezas. Ele os aceitava como algo que fazia parte da natureza humana, mas não se rendia a eles.

Era também impermeável à vaidade e à cobiça. Uma vez recebeu um convite para assumir uma cátedra em Heidelberg que recusou delicadamente, por achar que poderia prejudicar o seu trabalho de filósofo. Não aceitou receber uma pensão vultosa que um amigo lhe oferecera, e diante da insistência deste, consentiu em receber uma soma muito menor, mais afeita às suas parcas necessidades de sobrevivência.

E apesar de por princípio ser contrário a todas as superstições, aconselhava as pessoas simples a seguir a verdadeira mensagem moral da Bíblia: amar a Deus e ao próximo como a si mesmo. Segundo ele, era o que realmente importava, para além de todas as regras e tradições religiosas. Aliás, irritava-o que o chamassem de ateu; pois ninguém mais do que ele tinha um Deus, esse Deus que quase ninguém entendia, a Natureza em todo o seu magnífico esplendor.

Assim eu poderia falar por horas e horas. Sou o mais perfeito exemplo das paixões, pois tive uma vida de contemplação e passividade, fechada dentro do meu quarto, observando e tremendo pelo homem que eu amava. Vivi continuamente assaltada pela esperança e pelo receio, essas paixões fundadas na incerteza. Faltava-me a potência de agir; o que me restava era uma doce e dolorida espera.

Eu velava pelo seu sono, recebia os seus pensamentos. Acompanhava o seu modo ágil mas metódico, geométrico, de fazer filosofia, deitando uma a uma as ideias no papel até que elas se concatenassem, uma desdobrando-se da outra naturalmente. Eu exultava com os seus progressos, e a cada noite acolhia nos meus braços o cansaço de um dia inteiro.

Uma noite, por volta de 1666, na época em que a peste grassava na Holanda, ele acordou sobressaltado por imagens vivas: sonhara com um brasileiro negro e miserável, que nunca tinha visto antes. Hoje me pergunto se esse sonho não era uma premonição do que eu, muitos anos depois, já no final da minha existência, encontraria diante de mim. Não mais o rapaz inteligente, de olhos de azeitona, mas um negro acabado, recém-saído dos escuros de uma senzala, que, ao esbarrar no meu corpo, sorri com os dentes podres, inacreditavelmente feliz.

É assim que o círculo se fecha? Será essa a face última de Deus? Mas quem sou eu, diante desse Deus sem desígnio, desse Deus sem finalidade, essa substância infinita que em nada se assemelha a nenhuma criatura?

O sol agora está baixo, e sinto a melancolia descer sobre mim. Mesmo assim, o quarto continua abafado. Talvez eu tenha apenas mais esta noite para rever minhas imagens. E então, quem sabe, me libertar da servidão.

Junto às minhas pernas, uma aranha tece cuidadosamente sua teia.

Servidão

Com o meu amor que crescia, se intensificavam minhas alegrias e, ainda mais, meus sofrimentos.

O ódio. Ele se abateu sobre mim na época da excomunhão de Espinosa, ocorrida por causa das suas "más opiniões", a começar pela de que Moisés não foi o autor do Pentateuco. Bento não havia publicado nenhum livro, mas seu carisma e inteligência já perturbavam muitas mentes jovens. O grande rabino Morteira, que se considerava, além de seu professor, seu mentor, ainda tentou dissuadi-lo da ideia de que "Deus só existia filosoficamente", mas Espinosa respondera: "em troca do trabalho que tivestes para me ensinar hebraico, permiti que vos ensine como se faz uma excomunhão". O rabino reagiu — "não tens medo de cair na mão de Deus vivo?" — e seguiu o ensinamento do discípulo, providenciando o decreto de excomunhão mais violento desde o *herem* de Uriel da Costa. Ah, como eu o odiei... Foi quando começaram as dificuldades financeiras para Espinosa. Para não prejudicar os negócios do irmão, de quem era sócio, Espinosa se mudou comigo para a casa de Van den Enden, o professor de latim e intelectual de ideias avançadas e democráticas que tanto influiria na formação de Benedictus.

A inveja. Por que não admitir? Sim, senti inveja, senti despeito, dos amigos e professores do meu amado, especialmente de Van den Enden. Era um homem robusto que tinha uma forte inclinação para as mulheres; além de latim, Espinosa estudava com ele artes e ciências naturais, inclusive a grande sensação da época, o pensamento de Descartes. Eu, que tinha poucas luzes, que não podia ensinar Espinosa, que vivia uma vida de quietude e passividade, invejava a força vital daquele homem que falava alto e com tanta alegria. Ao mesmo tempo, me afetava um sentimento oposto, porque den Enden fazia bem a Espinosa, e gostamos de quem faz bem a quem amamos. Eu oscilava entre os dois sentimentos, e então entendia perfeitamente o que Espinosa queria dizer na sua *Ética* ao descrever a paixão da "flutuação de alma"...

O ciúme. É o momento de falar daquela que mais ameaçou os meus dias, que assombrou as minhas noites. Era uma menina de 13 anos, bastante débil e com um corpo deformado, mas foi ela que Espinosa amou. Clara Maria, a filha de Van den Enden, o ajudava com os alunos de latim, entre os quais contava, além de Espinosa, um jovem médico de 18 anos chamado Kerckrinck. Bento ficou admirado da agilidade mental da jovem, que contrastava com o movimento lento e difícil do seu corpo, quando se debruçava sobre um aluno para lhe explicar algum ponto gramatical. Nos seus sonhos, ele a via com asas, ou num balanço, com uma coroa de flores sobre a cabeça pequenina. Mas Kerckrinck também ficara impressionado com a jovem e, antecipando-se ao colega, a conquistou com a ajuda de um colar de pérolas. Talvez se tenham amado de verdade, porque se passariam muitos anos de espera fiel antes que os dois se casassem. Espinosa ficou abatido, sua tez ainda mais pálida. Passou alguns dias sem dormir, sem ao menos me tocar, e seu olhar era o de quem pede desculpas. Às vezes penso que naquele momento ele se despedia da vida de um homem comum, que casaria e teria filhos; que se despedia de uma vida como a do seu pai.

A satisfação comigo mesma. A tristeza passou, e vieram os melhores dias. Dias de atividade incessante, em que Espinosa escrevia com persistência e gênio: o Tratado teológico-político, a Ética segundo o modelo geométrico, tudo de permeio com as visitas dos amigos e admiradores, as inúmeras cartas que recebia e mandava, solícito e incansável. Foi nessa época que conheceu o filósofo Leibniz, que se referia a ele como "aquele sensato judeu, apesar das opiniões extremadas e extravagantes". Eu acompanhava Espinosa nas descobertas, na alegria serena do seu pensamento. Nosso dia a dia era tranquilo. Em Rijnsburg e em Voorburg, Baruch trabalhava fabricando lentes de polimento admirável, tendo chegado a fazer para aquele mesmo Kerckrinck um microscópio que este qualificou como "uma maior maravilha". Devo confessar que exultei com o desprendimento do meu Baruch, e ainda mais por constatar que seu amor por Clara Maria decerto não me ameaçava mais.

O medo e a esperança. Enfim nos mudamos para Haia, para a que seria nossa última moradia comum. Ocupávamos o primeiro andar da casa do pintor Van der Spick, a que acorriam, para ver o então requisitado filósofo, muitos admiradores, entre os quais as tais moças requintadas. No final da vida, ele me lembrava muito a criança que fora: frequentemente atiçava brigas entre aranhas, soltando sonoras gargalhadas, que compartilhava com as sete crianças que corriam e gritavam pela casa, filhos do casal der Spick. Mas a doença respiratória insidiosa que herdara da mãe vinha se agravando pela inalação das poeiras de vidro, resultantes do seu trabalho com as lentes. Estoico por natureza, Espinosa pouco se queixava, mas eu sabia o que estava por vir, e me inquietava pela sua saúde. Vivia entre o medo de perdê-lo e a esperança de que se salvasse. Era terrível, mas melhor que a renúncia.

Enfim, o desespero. No domingo Espinosa desceu do nosso quarto, fumou seu cachimbo, conversou com o senhorio, tomou o caldo de um galo, recebeu o médico e, às três da tarde, morreu. "O homem livre não pensa na morte", escreveu uma vez. O médico que viera cuidar dele e que não suspeitara da gravidade da sua doença se apoderou do dinheiro que Bento deixara sobre a escrivaninha e, mais tarde, der Spick deu falta da faca com cabo de prata que pertencia a Espinosa. Por que este médico, que era também amigo pessoal do filósofo, cometera esse ato nunca se saberá. E ainda, há este detalhe que não me deixa: receitou-lhe, como remédio, uma compota de rosas vermelhas. Eu não estava presente naquele momento para saber se Bento tomou o remédio. Tentei sentir seu hálito mais tarde, mas ele cheirava apenas a morte. Mas gosto de imaginar que seu último ato tenha sido comer rosas, e que dentro do seu estômago morto boiavam restos vermelhos daquilo que um dia foram flores.

E agora, eis-me perto de morrer também. Perto de perder minha individualidade, minha temporalidade, de me incorporar ao coração de Deus, ou da Natureza, de mergulhar na substância infinita da qual tudo deriva de forma absolutamente necessária. Que me resta senão aquiescer? Ninguém pode ser um outro império dentro do império que é a Natureza.

Espinosa me ensinou que não existe uma vontade de Deus, e que se não conhecemos algo inteiramente é porque não temos, e não podemos ter, o conhecimento completo de todos os elementos envolvidos e suas leis: "a vontade de Deus é o asilo da ignorância", dizia. Que se o homem acredita que Deus tem uma vontade, é porque projeta nele seus próprios atributos. E se um triângulo, ou um móvel qualquer de uma casa, por exemplo, pudessem pensar, diriam que a soma dos ângulos de Deus é 180 graus, ou que Ele tem pernas feitas de madeira e não se move. Mas o que somos todos nós senão essências individuais com um conhecimento sempre inadequado da realidade, arrastadas pela cadeia infinita de causas necessárias que é Deus?

Então, onde estaria a liberdade?

Liberdade

Depois que Espinosa morreu, conheci outros homens, mas nenhum como o meu filósofo. Já contei como cheguei aqui, primeiro levada pelo rabino Aboab, depois trazida pelo seu filho brasileiro. Debaixo do bastardo do rabino, conheci o modo de amar dos brasileiros, e depois debaixo dos seus filhos, dos seus netos e dos seus bisnetos. E todas as manhãs, como tributo ao eterno dono do meu coração, eu não conseguia deixar de recordar aquelas palavras: "maldito seja de dia, maldito seja de noite; maldito ao deitar e maldito ao levantar". Não se tratava de ressentimento, porque o ressentimento é uma paixão triste que Espinosa jamais aprovaria. Também não era apenas a minha forma de me lembrar dele. Era tudo isso, e mais a consequência natural de que todos os dias se deitavam e se levantavam de mim. Enquanto os casais se erguiam de uma noite confusa, enquanto resistiam a me deixar, aproveitando os primeiros raios da manhã para bocejar ou terminar gloriosamente os amores da véspera, eu pensava naquelas palavras como uma música de fundo às vezes até alegre, como numa marchinha de carnaval. Eu rangia e rangia, enquanto as palavras se repetiam e repetiam...

A esta altura, já devem ter percebido que sou uma cama. Imagino que estejam decepcionados. No lugar de vocês, eu não ficaria. Na cama vive-se um terço da vida. Na cama se nasce, se sonha, se ama. Na cama se morre. Pelo menos era assim, na época em que a assepsia dos hospitais ainda não havia destruído a grandiosidade da morte.

E, também, não sou uma cama qualquer. Quando o pai de Espinosa morreu, o único objeto que Bento fez questão de levar fui eu. A cama onde seus pais se amaram, a cama onde ele mesmo nasceu. Sou uma cama sólida, feita da melhor madeira que poderia ter saído dos Países Baixos, com pernas esculpidas e um lindo cortinado, um tecido rico e delicado que balança suavemente com o vento, como em sonhos. O menino Espinosa costumava rodar e rodar em cima de mim, e depois cair no colchão macio, ofegando, observando as cortinas oscilarem com o seu cansaço. Puras aparências, imagens ilusórias, porque na verdade as cortinas permaneciam imóveis junto à janela fechada. E mesmo assim ele me amava.

Repito: fui a única amante de Espinosa, sua grande companheira de vida, sua maior companheira de morte. A rejeição de Clara Maria fez com que ele aportasse nos meus braços, e seu amor por ela se refugiou nos sonhos que acolhi.

Mas como pode uma cama morrer? Eis uma questão espinhosa, se me permitem. Eu usaria as palavras do meu amado: está prestes a alterar-se a minha proporção de movimento e repouso. Vocês diriam que não há movimento numa cama. Se nos ativermos às aparências, não há. Mas sob as aparências, existe toda uma vida oculta de pequenos deslocamentos, desgastes, estalos. De movimentos sutis que correspondem a ideias e sentimentos. Uma cama, como um homem, também quer perseverar em seu ser. E como alma e corpo são apenas expressões diferentes de uma e mesma coisa, minha alma pessoal morrerá com o meu corpo.

Meu corpo será desmembrado, minhas partes arrancadas para tornar-se outro móvel. Ou pior, se tornará lenha, ou um pedaço apodrecido com um prego na ponta, no qual um dia uma criança vai se ferir ao brincar de polícia e ladrão.

Mas *sub especie aeternitates*, eu estarei viva.

"Deus é o bem mais elevado, e devemos amá-lo com espírito de liberdade", dizia o meu Bento. Porque o amor intelectual de Deus, aquele que nasce do terceiro gênero de conhecimento, intuitivo, é eterno. Eis o que significa a beatitude.

A madrugada já vai alta, e logo verei, talvez pela última vez, os raios de sol. Debaixo do lençol que me cobre, ouvirei os passos dos descendentes dos escravos que outrora trabalhavam nesta fazenda, agora prestes a ser destruída. Eles se aproximarão inexoravelmente, com toda a brutalidade dos sobreviventes. Mas esperem: são outros os barulhos que escuto agora. São sussurros, passos rápidos e curtos, risinhos femininos abafados por uma mão envergonhada; um corpo que se esquiva, pernas que correm, e subitamente a porta do quarto se abre. Uma lufada de vento entra pela janela aberta e sai, livre, pelo corredor de ar que se forma. E então o lençol que há tanto tempo esconde o mundo de mim se enfuna e se ergue. Na minha frente, uma mulher morena descalça, de olhos enormes, olha para mim. Seu corpo é magro, mas sob o tecido da blusa meio rasgada se podem perceber dois seios generosos. Atrás dela, cresce um rapaz alguns anos mais novo, de pijama, uma expressão de urgência no rosto. "Mas o que você tá fazendo aqui? Daqui a pouco chega o pessoal pra levar os móveis." "Aqui é melhor, ninguém vê nós." Ela se encosta em mim, respirando forte, e seus lábios se desprendem um do outro na mímica de um beijo. Mais tarde, alguém dirá que ele abusou da mulher, e é o que ele se apressa a fazer, apertando os quadris contra o corpo dela, procurando, desajeitado, até que ela mostra o caminho.

Sob o peso dos dois corpos, eu me lembro de Miguel e Ana Débora. Lembro das noites em que se amaram sobre mim, dos risos, dos cheiros. Lembro da noite em que conceberam o meu Baruch, da alegria e do cansaço.

Meus véus vão e vêm com o movimento dos corpos, e o ruído ritmado do meu corpo se mistura com o que imagino serem os passos dos meus sequazes que se aproximam. É um momento precioso, em que tudo se explica, tudo se une.

Mas tudo que é precioso é tão difícil como raro.

De canibus quæstio

ALBERTO MUSSA

1

Quando a população de Máara ouviu falar dos *tafur* — nome proveniente de uma raiz árabe que significa "imundo" —, tinham eles acabado de tomar Antioquia. Eram um bando de selvagens cruéis e sanguinários, uma horda sem comando que misturava assassinos, ladrões, incendiários, profanadores de templos, violadores de mulheres.

Isso foi em meados de 491. Mas, como as luas passassem e nada acontecesse, Máara começou a imaginar que talvez fosse poupada, embora chegassem notícias de muitos vilarejos arrasados e da fuga de famílias inteiras para grandes cidades como Hama e Alepo, quando não buscavam o fundo interior da Síria.

Enfim, nos primeiros dias de 492, um tropel de cavalos alarmou as pessoas e três ou quatro cavaleiros, esbaforidos e cobertos de pó, entraram em Máara ordenando que fechassem as portas.

— Os cães não tardam! — gritava um deles, Kulayb ibn Âmar, herdeiro imediato dos senhores de Trípoli, que vinha encabeçando alguns de seus primos para anunciar a aproximação dos tafur.

Máara, cidade de 10 mil almas, não tinha exército. E a defesa — ou melhor —, a estratégia de defesa ficou entregue à meia dúzia de homens nobres (entre os quais os banu Âmar) e aos milicianos locais, habituados a prender baderneiros e a conferir, nos mercados, a precisão das balanças. Assim, a força de resistência tinha de ser constituída por todos os braços válidos.

Mal haviam barricado as portas e disposto arqueiros nas poucas seteiras, as sentinelas divisaram os tafur. Eram, de fato, aterrorizantes. Pareciam cães, se comportavam como cães, uivavam, babavam como cães. Mas eram milhares e estavam muito bem armados.

Máara trouxe o que pôde para cima dos muros: paus, pedras, facões e outros utensílios de cozinha, martelos, ancinhos e machados, instrumentos que tivessem ponta ou fossem de ferro. Improvisaram um sistema de roldanas para fazer subir caldeirões de água fervente. Alguém teve a ideia de também levar betume.

Os tafur, por sua vez, estavam firmes no propósito de manter o cerco — até entrarem. Levantaram tendas e começaram a construir duas fundas baleares. As flechas de Máara não chegavam a feri-los. Isso quando os alcançavam — pois a cidade não dispunha de arqueiros treinados.

Todavia, por não terem planejamento, por estarem tomados de um furor irracional, as primeiras escaramuças foram francamente favoráveis aos sitiados. Um grupo de tafur — gritando medonhamente — tentou se aproximar com um arremedo de aríete, carregado nos ombros.

Não eram muitos; não representavam perigo (porque as portas estavam bem seguras). Mas os de Máara, no desespero, lançaram sobre eles dois caldeirões de betume, que incendiaram com archotes.

Essas vinte ou trinta mortes não intimidaram os tafur. Numa outra investida, quando pareciam querer cavar um túnel na base da muralha, foram escaldados e repelidos a pedradas.

Num outro ataque, depois de terem posto os fundibulários em ação — para abrir as posições de defesa —, dezenas de tafur ousaram apoiar escadas e escalar os muros. Foram rechaçados violentamente, dessa vez, embora as armas fossem as mais insólitas.

Esse episódio, contudo, foi particularmente desastroso, porque o estoque de betume fora muito reduzido e a cidade acabava de desperdiçar grande parte de seu arsenal — os tais arpões, serrotes e pichéis, atirados sem critério sobre os agressores, não obstante os berros de advertência dos banu Âmar e dos outros comandantes. Nessa confusão, uns rapazes chegaram a arremessar colmeias.

Então, para espanto de todos, depois que as abelhas se dispersaram, aquela gente imunda se espojou sobre os favos destroçados, lambendo mel misturado com terra, disputando cada naco de cera a golpes de espada. Morreram muitos assim, inclusive trespassados por seus próprios companheiros.

— Não são melhores que cães — dizia Kulayb ibn Âmar, observando a cena, horrorizado, do alto das muralhas.

2

A imagem do cão como animal amigo, dócil, fiel, protetor, contradiz uma outra que é muito mais verdadeira e muito mais terrível.

Desde que foram domesticados — e isso deve ter mais de 10 mil anos —, os principais serviços prestados pelos cães são a guarda de propriedades e o apoio à caça.

São, como se pode constatar, funções eminentemente agressivas: cães são carnívoros ferozes, traiçoeiros. Estão sempre prontos a ferir, mutilar, matar, estraçalhar.

Na tradição hindu, Xiva — o deus destruidor — é o mestre dos cães. Tanto a divindade assíria tutelar da caça quanto o deus Melqart dos fenícios — que os gregos associavam ao violento Héracles — se faziam acompanhar por cães.

Mesmo em Mohenjo Daro — civilização pré-ariana que muitos acreditam fosse totalmente pacifista — havia muros e havia cães de ronda, alimentados exclusivamente com sangue e carne, que em alguns casos podia ser humana.

Entre os sumérios do quinto milênio, quando a cerveja ainda era a bebida sagrada e permanecia secreta sua fórmula, eram admitidos como guardas dos depósitos apenas cães vorazes, especialmente treinados para despedaçar qualquer intruso.

O cão é, essencialmente, um animal de guerra. Está no livro de Heródoto que os exércitos de Xerxes incluíam número incontável de cães, que chegaram uma vez a secar a água dos rios, durante a marcha para as Termópilas, antes que os próprios soldados conseguissem se dessedentar. Os persas, aliás, possuíam matilhas tão imensas que — só na satrapia da Babilônia — havia quatro cidades obrigadas a alimentá-las, ficando por isso isentas dos demais tributos.

Povos antigos da Anatólia, especialistas no tráfico de escravos, para capturarem suas presas em incursões fulminantes contra cidades da Ásia e da Europa, empregavam cães.

E dizem também que os citas promoviam rinhas desses animais e que tal costume evoluiu de um ordálio arcaico, que consistia em atirar acusados de magia e adultério a arenas cheias de cães famintos.

Os primitivos drávidas parecem ter tido algum conhecimento dessa prática, pois entre eles só teria direito ao título de rei o homem que sobrevivesse a um embate contra cães hidrófobos. Precisamente por isso, foram sempre governados por mulheres.

3

Na segunda semana do cerco, Máara ainda resistia. Impressionava a obstinação dos sitiados em defender a cidade, o empenho no racionamento de víveres, o ímpeto guerreiro de artesãos humildes ou simples mercadores. Os tafur, todavia, não haviam perdido muitos homens e mantinham carga sistemática, para provocar terror e desespero, acreditando no cansaço do inimigo.

O rumo dos acontecimentos começou a mudar quando os sitiantes concluíram a construção de uma torre móvel — que passou a agredir a entrada da cidade. Com isso, os fundibulários deslocaram seus engenhos para o lado oposto ao dos portões, na tentativa de enfraquecer a resistência pela divisão de forças.

Então, uma parte da muralha foi arruinada pelo fundíbulo, ficando nela uma brecha na forma medial da letra árabe *ha*, similar à do quinto algarismo romano.

Foi um episódio decisivo. Porque os tafur logo perceberam ser mais vantajoso transportarem também a torre para esse ponto vulnerável. E porque as mortes, nesse ataque, foram feias, degradantes. Os que caíram dentro da cidade tinham as cabeças esmagadas e os corpos decepados, entre eles dois irmãos adolescentes, que haviam contrariado a ordem dos pais e subido aos muros, como heróis. Impossível descrever a cena da mãe desses meninos ao chegar no lugar do desmoronamento. Nada poderia ser mais nocivo ao ânimo daquelas pessoas, acostumadas a vender quinquilharias e tirar leite de cabras.

Para consternação ainda maior, os corpos tombados além das muralhas foram aviltados pelos tafur, à vista de seus concidadãos. Despidos, pisados, surrados, arrastados como fardos pela terra, lavados pela urina inimiga, deixados insepultos e expostos em varais, os cadáveres ainda passaram a noite ouvindo aquele idioma rústico e bastardo, que não teriam conseguido compreender.

— Morra o cão sarraceno! — foi, pelo menos, o último insulto.

Dentro dos limites de Máara, por sua vez, Kulayb ibn Âmar examinava os escombros, percebendo que seria difícil manter aquela posição, pois era temerário dispor homens próximos à fenda.

— Cães do inferno! — xingou, antes de reunir um conselho de notáveis.

4

Desde a antiguidade, chamar alguém de *cão*, *cadela* ou seus sinônimos constitui ofensa quase universal, no Mediterrâneo e no Oriente Médio, e também entre nações modernas, herdeiras das tradições judaicas, cristãs e muçulmanas — que abominam os cães.

A veemência dos judeus em condenar a carne de porco (e sobre isso basta ler os oráculos de Isaías) não significa que considerassem os cães menos perniciosos. Na verdade, o cão é tão imundo que se torna desnecessário proibi-lo como alimento. Tanto que Dario ameaçou militarmente os púnicos caso não abdicassem de dois costumes maximamente execráveis: sacrificar seres humanos e deglutir carne de cães.

A atitude de Diógenes, o cínico — por ser fundada no desprezo a todos os valores sociais da *polis* grega, tendo inclusive exonerado Édipo ao admitir o incesto e o parricídio —, elegeu o cão como animal exemplar. Os iberos julgavam esse animal tão desprezível que as adúlteras eram obrigadas a copular com cães, publicamente.

No islamismo, cães negros são representações do demônio. No imaginário cristão, o anticristo nascerá de uma cadela.

É no mínimo muito estranho que um animal tão útil e tão dedicado ao homem seja símbolo das coisas mais baixas e mais abjetas. Uma análise mais cuidadosa, no entanto, revela que o principal aspecto da natureza canina é a subserviência, o aviltamento de si mesmo.

Cães não são fiéis: são servis. São subalternos apenas à mão que os alimenta. E querem um amo, necessitam de um amo. São interesseiros, partidários, agem independentemente da noção de justiça. E aceitam ossos, sobras, porcarias; são capazes de devorar qualquer matéria podre, qualquer coisa morta, até cadáveres humanos.

Parece que, no Ceilão e entre os antigos tibetanos, o método funerário mais utilizado era expor aos cães a carcaça dos defuntos.

Talvez seja precisamente isso que os torne impuros, impróprios para o consumo — segundo o princípio geral, presente em múltiplas culturas, de que absorvemos as qualidades daquilo que ingerimos. O interdito do cão, assim, é o interdito do canibalismo.

Cães comem do seu próprio vômito. Está no livro hebraico dos Provérbios, está no odu Ogunda Fun da poesia de Ifá.

Os primitivos chineses da era Chang, quando iniciaram a expansão do império e se viram forçados a subjugar os povos vizinhos, nunca toleraram aqueles (e eram muitos) que comiam cães. Além de escravizá-los e submetê-los a torturas, determinavam que engolissem as próprias fezes.

5

Quando a primeira claridade da manhã seguinte delineou os contornos de Máara, os tafur puderam constatar que aquela brava gente permanecia à espreita, sobre as muralhas, esperando a movimentação dos sitiantes. Todavia, enquanto os guerreiros iam levantando e tomando posição, um fato novo e estranho aconteceu: um setor da muralha fronteira ficou subitamente desguarnecido. Logo depois, um outro grupo abandonou a defesa — exemplo seguido por um terceiro contingente.

Pouco a pouco, os tafur assistiram à completa retirada dos homens de Máara. Não havia mais resistência. A passagem estava aberta.

Uma espécie de furor tomou conta do exército e uma precipitação de escadas lançou centenas de tafur sobre os muros, de uma vez.

Embaixo, não havia ninguém. Alguns chegaram a cogitar que tinha havido fuga, durante a noite; mas o cerco estava tão cerrado que a hipótese era impossível. A conclusão, logo, parecia óbvia: a população estava entrincheirada dentro dos maiores edifícios; e provavelmente preparada para resistir, com algum terrível estratagema.

— Cuidado com os sarracenos! São traiçoeiros como cães! — gritou um tafur imenso, que devia ser o principal.

Os inimigos de Máara, então, ocuparam todo o perímetro das muralhas. Só não ousaram descer. As flechas, ali, eram inúteis. A torre móvel e os fundíbulos, também. Os tafur, mais uma vez, decidiram vencer pelo cansaço. E isso durou outro dia.

Antes, porém, que o novo sol nascesse, um grande tumulto explodiu, próximo do acampamento: as sentinelas surpreenderam cinco sarracenos, que pareciam estar se dirigindo para a tenda do imenso tafur que esbravejara nas muralhas.

Como não portassem armas e viessem com insígnias de paz, foram conduzidos a um intérprete e logo admitidos à presença de Boemundo, novo senhor de Antioquia e condutor do ataque a Máara.

— Que pretendem de mim esses cães? — perguntou Boemundo a Simeão de Évora, judeu que havia sido preso na tomada de Toledo e posto depois a serviço do exército na qualidade de físico, cirurgião e astrólogo.

A proposta era excelente: o conselho de defesa entregava a cidade (ali representada por Kulayb, dois outros banu Âmar e dois eminentes cidadãos de Máara) e em contrapartida não correria sangue e seriam respeitados as mulheres e os lugares santos.

Boemundo estava profundamente irritado, todavia, porque Simeão de Évora não conseguia obter a revelação de como haviam, aqueles cinco sarracenos, ultrapassado as muralhas, ocupadas pelo exército invasor, sem serem percebidos.

— Dizem que vieram, simplesmente — traduzia Simeão.

Houve rumores de que eram magos perigosos, que possuíam talismãs, controlavam gênios e cavalgavam serpentes aladas. Boemundo não permitiu que fossem executados.

— Eles aceitam a proposta — foram as últimas palavras pronunciadas em árabe por Simeão de Évora.

Então, algumas horas depois, eram escancarados os portões de Máara.

6

Há cerca de um ano, ou pouco mais, recebi uma longa e curiosa mensagem do amigo Abdel Wahab Medeb, filósofo e poeta tunisino, com quem almocei em Copacabana e jantei ao lado da catedral de Notre-Dame, debatendo as passagens mais complexas da poesia árabe pré-islâmica.

Quando Abdel me escreveu, eu tinha acabado de entregar à minha querida Luciana Villas-Boas — no máximo uns dez dias antes — a redação final do meu último livro: *Meu destino é ser onça*, que reconstitui o original teórico de um ciclo mítico tupinambá, cujo tema dominante é a vingança canibal.

Meu espanto foi enorme quando constatei que Medeb tinha lido o livro inteiro. Pior, tinha lido numa versão francesa, posto que ignorava tanto o tupi quanto o português. Medeb nunca me revelou a identidade do tradutor clandestino. E também nunca respondeu a nenhuma das minhas cartas em que ponderei suas críticas mais contundentes.[1]

Traduzo, assim, dessa missiva derradeira e única, os excertos fundamentais:

Estimado Mussa... li impressionado e consternado o texto sobre os selvagens brasileiros de quem você diz, inclusive, descender.

E passei a recear que seu interesse pelos poetas beduínos... sobre quem discutimos com prazer e profundidade... tenha raiz numa admiração um tanto mórbida pela barbárie, pelos povos que não alcançaram a etapa histórica da civilização...

Sei que mesmo o Profeta condenou os primitivos árabes... a idolatria... o sacrifício de crianças... a devoção aos jogos de azar... o vício alcoólatra... a incontinência viril, que exige mais de quatro esposas...

Mas não é possível comparar... os aborígines do Brasil nunca atingiram o estágio cultural dos beduínos... e o traço que distingue essas duas categorias (homem e animal) é o estabelecimento da noção de paridade subjetiva... entre seres que pertencem apenas à mesma espécie biológica.

... os árabes nunca apreciaram carne humana, como esses selvagens que você exalta... você não é um deles... não é à toa que aprendeu a escrever... quando estivemos juntos, você comeu com talheres...

---

[1] Quanto ao envio dos originais traduzidos, desconfio evidentemente da própria Luciana, pessoa que é responsável pelo meu ingresso na literatura. Há pelo menos um indício forte: Luciana foi vista, dias antes, num restaurante de Ipanema, carregando livros e papéis e acompanhada da escritora Tatiana Salem Levy, que traduziu a coleção completa das *Aventuras de Tintin*.

Mas... partindo do pressuposto inegável de que há uma escala entre os polos da barbárie pura e da civilização ideal... minha curiosidade é saber em que nível você classificaria os europeus... nunca dedicou um livro a eles...

... os europeus são sem sombra de dúvida a raça mais abominável... a igreja católica, o Vaticano, é a instituição mais criminosa da história da humanidade... são responsáveis por verdadeiros horrores: o holocausto... a inquisição... o tráfico negreiro... a exploração colonial... o genocídio dos silvícolas americanos... e no oceano Pacífico... particularmente as cruzadas...

Se você se identifica tanto com esse tema, quero recomendar a leitura de um pequeno clássico de Amin Maaluf...

Então saberei o que você considera civilização e o que merece, no seu tolerante e porventura equivocado pensamento, o estigma de barbárie...

Não foram a arrogância nem o dogmatismo de Abdel que me aborreceram. Foi o fato de ter me indicado uma obra que eu já tinha lido. Procurei, assim, na seção árabe da minha biblioteca, o referido título de Amin Maaluf. E logo que reli as anotações que havia feito a lápis, decidi escrever.

Esta narrativa, *De canibus quæstio* — ou seja, "O inquérito acerca dos cães" —, surgiu desse estímulo. Vocês irão perceber aonde Medeb quis chegar.

7

E os tafur entraram em Máara, desembestados, ensandecidos, devastando o que havia pela frente. Parecia não ter havido acordo. A cidade se transformou rapidamente num açougue. Velhos, crianças e feridos eram estripados e decapitados, indistintamente.

Kulayb — que tentava organizar uma defesa de última hora — assistiu, aparvalhado, ao estupro de duas mulheres, na Grande Mesquita. Casas foram invadidas e pilhadas — como se os habitantes não houvessem se disposto a entregar todos os seus bens.

Um dos nativos de Máara, que estivera na suposta audiência de paz, reconheceu, no tumulto, Simeão de Évora. E, imaginando que ele houvesse fraudado a tradução, tentou atingi-lo com um porrete.

— Cão judeu! — disse, enquanto armava o braço, mas foi contido e retalhado, como uma peça de carne, por dois homens do séquito pessoal de Boemundo.

A essas cenas de horror — em que uma população sem armas, e se supondo em trégua, era chacinada por um exército feroz — se sobrepuseram outras. Inéditas. Incompreensíveis.

Não se sabe de quem partiu a ideia, ou o exemplo. O fato é que os tafur acenderam fogueiras, armaram forquilhas e em algumas delas apoiaram traves onde penduraram vários tipos de panelas.

As primeiras postas lançadas numa água apenas fervida e temperada com sal foram os talhos do homem que tentara agredir Simeão de Évora. Logo a seguir, caçarolas similares receberam a mesma espécie de iguaria.

Justiça deve ser feita ao intérprete de Boemundo, que tentou impedir o empalamento de um menino — prontamente posto a assar, como um leitão.

As fontes árabes do incidente não foram escritas por testemunhas oculares. Mas não se trata de fantasias, como as das *Mil e uma noites.* O fragmento abaixo é do punho de Raul (ou Radulfo, como se dizia na época) de Caen, cronista dos próprios tafur:

> *Em Máara, nossas tropas cozinharam pagãos adultos em canjirões. Também empalaram crianças em espetos e as devoraram grelhadas...*

Tais atrocidades duraram, pelo menos, três dias — mas há suspeita de que não cessaram até a retirada dos invasores, cerca de um mês depois. As muralhas foram completamente arrasadas e praticamente nenhum prédio escapou do incêndio. Saquearam tudo. Violentaram inúmeras mulheres. Nem todos os que morreram puderam ser comidos; e os corpos ficaram barbaramente insepultos, para repasto de abutres e chacais.

Albert de Aix, outro cronista dos tafur, que acompanhou o exército durante a queda de Máara, redigiu sobre o episódio o texto mais interessante:

> *Nossos homens não apenas tiveram a coragem de se alimentar dos cadáveres de turcos e sarracenos: eles também comeram cães.*

8

Embora repulsivo, o cão também é um animal sagrado. O célebre livreiro árabe ibnu Nadim, que viveu em Bagdá no quarto século da hégira e catalogou livros pagãos, afirma que em Harran, cidade do norte da Síria, cães eram tidos como deuses e recebiam, inclusive, oferendas rituais.

Sabemos que um cão era anualmente imolado a Hécate, deusa noturna, herdada pelos gregos a um povo obscuro, mas certamente afeito aos mistérios e às artes mágicas. Talvez seja esse o rito a que se refere o profeta Isaías, quando abomina os que destroncam o pescoço de cães, em sacrifício a alguma divindade.

Cães são a comida predileta de Ogum, orixá caçador por excelência; e a forma de abatê-los — ainda hoje persistente na Nigéria, no Benin, no Brasil e em Cuba — é precisamente a descrita no versículo 3 do capítulo 66 do já referido livro de Isaías. Prática idêntica, aliás, está documentada entre lígures, etruscos e lápitas.

Na Itália clássica, durante os festivais de Diana, os mastins caçadores eram coroados, como reis. E em toda a área do Mediterrâneo, nas criptas onde se celebravam mistérios, os cães faziam parte da família mística dos iniciados.

Cães chegaram a merecer sepultura, como se fossem humanos. Os soberanos cassitas eram enterrados com seus cães. Já a cidade filisteia de Askelon teve um cemitério exclusivo para cães, o maior desse gênero, em toda a antiguidade. No Egito, próximo à fronteira da Núbia, havia uma verdadeira necrópole canina; e há indícios de que esses animais podiam ser até mumificados, como os próprios faraós.

A propósito, vale lembrar que Anúbis, deus em forma de homem com cabeça de chacal — inicialmente divindade líbia —, passou a ser, entre os egípcios, senhor da mumificação. E é patente a analogia entre chacais e cães — ambos devoradores de cadáveres.

O cão era, primitivamente, um deus da morte. Por isso correm lendas de que seriam capazes de anunciá-la, ou predizê-la, quando uivam na direção da lua. É também bastante difundida, em várias partes do mundo, a crença de que podem ver espíritos, de que enxergam fantasmas. Talvez tudo isso explique uma recorrente característica dos infernos míticos, dos sombrios mundos subterrâneos — sempre guardados por cães, como o Cérbero grego e o Garm germânico.

A associação de cães — e do seu uivo — às deusas de natureza lunar são também constantes. E aí lembramos novamente Hécate, senhora da noite, da magia e da morte, que tinha três cabeças, sendo uma canina. Hécate, aliás, fazia questão de ser invocada pelo epíteto de *cadela*.

É curioso que até o hábito mais repugnante entre os cães — o de comer carniça, vômito e fezes — possa ser simbolicamente revertido: não é raro que à saliva dos cães sejam atribuídas propriedades terapêuticas. São Lázaro é frequentemente representado na companhia de um cão, que lhe lambe as feridas. Talvez seja por isso que Gula, deusa acádia da medicina, tenha por símbolo uma cadela; e que Esculápio — outro deus da cura — tenha sido criado por um cão.

Contam que os leprosos da Lídia eram atirados em canis imensos, isolados por fossas. Os que conseguissem sobreviver, no prazo de um ano, passavam a ser hierodulos reais.

9

A carta oficial que ainda alcançou com vida o papa Urbano — o segundo desse nome — trazia a seguinte passagem:

Uma fome terrível acometeu o exército em Máara; e o lançou na cruel necessidade de se nutrir dos sarracenos mortos.

Urbano não morreu antes de se reunir com a cúpula dos cardeais. Embora doente, mostrava a mesma energia de anos antes, quando determinara, de próprio punho, que aquele mesmo exército fosse conquistar a terra santa.

— É um crime hediondo, uma nódoa indelével para os sagrados propósitos da cruzada. Havemos de punir os antropófagos; e de maneira exemplar.

Foi exatamente isso que disse Urbano, com a voz embargada dos moribundos. Houve, no entanto, objeções. Alegavam que a alta nobreza poderia estar envolvida — e que seria ruim expô-la, do ponto de vista militar. Outros insistiam que o estado de inanição absoluta, como a mensagem insinuava, absolvia os canibais.

Mas era interessante ver — no déspota que sempre fora o papa Urbano — aquele movimento moral, aquela noção de escrúpulo, aquele impulso de tomar uma atitude digna contra um ato excêntrico, que ia além dos limites do que ele podia, usualmente, absolver.

Urbano não acatou um único conselho. E nomeou um cardeal relativamente jovem e idealista — Alessandro Piccaglia, de estirpe piemontesa — para exercer as funções de questor no processo canônico que desejava mover contra os cruzados comedores de carne humana.

O cardeal Piccaglia partiu de Roma encapuzado, como se fosse um mero penitente, mas portando credenciais secretas, com a missão de identificar, inquirir e eventualmente propor a punição aos acusados de antropofagia.

Alessandro Piccaglia viajava pelas estradas da Ásia Menor; e os cruzados já entravam em Jerusalém.

10

Não existe uma teoria geral do canibalismo, nem mesmo uma descrição exaustiva e universal de suas diversas manifestações. Nunca houve consenso, na verdade, a respeito de sua história, de suas funções sociais, de seus significados simbólicos ou suas motivações psicológicas.

Alguns estudiosos chegaram simplesmente a negar a existência da antropofagia, alegando que muitos povos foram acusados dessa prática para justificar a catequese, a escravidão, a expropriação e o genocídio. É, naturalmente, um exagero.

Muitos eruditos defenderam a tese de que o canibalismo, quando existe, tem natureza estritamente alimentar. Disseram isso dos citas, na antiguidade; e, mais modernamente, dos astecas. Hoje, tal posição é insustentável, com base em amplas evidências. Os astecas, inclusive, criavam cães para comer.

É claro que há casos de antropofagia provocados por extremas situações de fome. Foi o que aconteceu, por exemplo, com parte da caravana de Marco Polo, extraviada durante o inverno, no deserto da Mongólia; e com o conde Ugolino (que Dante colocou no nono círculo do *Inferno*), quando ficou encarcerado e sem comida, com seus filhos e sobrinhos. Mas tais fatos não podem ser invocados em apoio à teoria alimentar, pois constituem exceções patentes.

A atitude canibal é, essencialmente, metafísica. Há duas formas de antropofagia: a funerária e a sacrificial.

Na primeira delas, a família ou tribo de um morto come seus restos mortais — ou as cinzas desses restos — para impedir a decomposição natural. É um gesto de extrema piedade, como se pode perceber, já que o apodrecimento do cadáver é, em geral, nocivo à alma.

O canibalismo funerário está bem documentado no sudeste da Ásia, na Polinésia, na Amazônia e na Europa — onde sobreviveu até o período moderno (quando sociedades secretas de mulheres, injustamente chamadas de bruxas, percorriam cemitérios e exumavam as companheiras mortas, para comer).

Entre povos arcaicos da Numídia, cada família elegia um membro — que ficava proibido de consumir qualquer outro tipo de carne — para ser o túmulo dos parentes.

A antropofagia sacrificial — a segunda forma a que me referi — é a mais diversificada (no que concerne à motivação) e a menos compreendida. Diversamente da funerária, não é exercida no interior do grupo; mas contra estrangeiros ou inimigos. O exemplo clássico, e mais sofisticado, é o dos tupi da costa brasileira, cujo mito restaurei em *Meu destino é ser onça*. Mas as ocorrências são inúmeras — embora raras vezes tenham sido confessadas explicitamente.

É o caso, por exemplo, dos gregos minoicos que registraram esse costume embutido na lenda do Minotauro — a quem (diziam) eram anualmente oferecidos jovens para serem devorados. Claro está que — não havendo na natureza nenhum homem com cabeça de boi — o Minotauro da lenda representa (e preserva) a identidade dos próprios reis de Creta. Os gregos, aliás, praticaram a antropofagia até os tempos de Plutarco — como o próprio autor testemunha, ao descrever as festas ligadas ao culto dionísico, na Beócia.

Há indícios de canibalismo também na história bíblica: quando Javé (que preferia as ovelhas de Abel aos frutos cultivados por Caim) indaga do irmão ferreiro o paradeiro do pastor, diz literalmente que o solo se abriu para receber o sangue desse último. E que é o sangue dele que clama por vingança. Mas — onde está o corpo? Não foi enterrado, pois só o sangue penetrou na terra; nem estava visível, porque a pergunta, assim, não faria sentido.

É possível, logo, que o cadáver de Abel tenha sido comido por Caim, que pretendia se tornar mais próximo, mais semelhante a Javé, divindade essencialmente carnívora. Desnecessário lembrar que os católicos ainda hoje comem a carne e bebem o sangue de Jesus — que não é outro senão *agnus dei*, o cordeiro de Deus.

O conjunto desses fatos e a sua evidente universalidade apontam para a alta antiguidade da instituição canibal, provável herança dos nossos mais remotos antepassados.

É curioso que a palavra "antropofagia", tão explícita em seu significado, tenha perdido espaço para o vocábulo "canibalismo", de origem um tanto obscura. A melhor etimologia faz derivar de "Caribe", termo que designa tanto o mar quanto os indígenas, possivelmente antropófagos, que habitavam suas ilhas e as florestas equatoriais do continente.

Os índios caribe também eram chamados "caribales", pelos espanhóis. Por influência do latim *canis* (cão), "caribales" deu "canibales" — canibais. É uma analogia perfeitamente possível, porque esta é uma outra característica dos cães. Eu mesmo tive uma cachorra, Pixuna, que comeu dois de seus próprios filhotes.

11

Em Antioquia, Boemundo recebeu o cardeal Piccaglia com reverência, galhardia e amizade. O questor era um homem objetivo, e o assunto daquela incômoda visita logo veio à tona.

— O exército estava acossado pela fome, tanto que comeram até cachorros. Foi um momento de insanidade. Merecem perdão pelos serviços que ainda prestam à verdadeira fé. E porque nunca mais incorreram nesse erro.

O príncipe de Antioquia também referiu que esse mesmo exército teve de abater e comer os próprios cavalos, meses antes, quando também foram assolados pela falta de comida.

O cardeal, no entanto, não se satisfez. Inquiriu dezenas de pessoas, visitou também Edessa, então governada pelo conde Balduíno, que pouco depois proclamaria a si mesmo rei de Jerusalém. E chegou a estar com Raimundo de Saint-Gilles, em campo de batalha, numa de suas ofensivas contra Trípoli.

Alessandro Piccaglia não estava convencido de que a fome pudesse justificar o incidente canibal. Embora o episódio das colmeias (em que os cruzados chegaram a se matar por um pedaço de cera) atestasse o alto grau de inanição das tropas, um evento posterior, e muito mais significativo, contrariava essa evidência.

Com efeito, o questor também foi informado do tratamento degradante dispensado aos corpos dos sarracenos que tombaram das muralhas. Isso ocorreu pouco antes da abertura dos portões de Máara. E aí caberia a pergunta: por que esses cruzados, tão famintos, não comeram os cadáveres, em vez de urinar sobre eles e pendurá-los em varais para dá-los de presente aos corvos?

Por outro lado, se esses homens eram mesmo selvagens, se comeram carne humana por prazer ou por ódio ao inimigo, por que nunca houve notícia de crimes idênticos, cometidos antes? E por que não ocorreu de novo, quando tomaram outras cidades, se passaram pelas mesmas privações?

E havia mais: embora a posição oficial dos nobres, na defesa de seus cavaleiros, fosse a alegação de fome extrema, os acusados de canibalismo — que Alessandro conseguiu identificar e interrogar — insistiam na teoria fantástica: os turcos eram feiticeiros poderosos, tinham dons de invisibilidade e tomaram a aparência de cães (que era a sua verdadeira forma) para confundi-los e fazê-los pecar.

Então, pouco antes da quaresma do ano cristão de 1100, o cardeal Alessandro Piccaglia, questor nomeado pelo papa, entrou na cidade santa de Jerusalém. E foi ali, depois de ter uma entrevista desagradável com o dissimulado Godofredo de Bulhões, que conheceu Simeão de Évora, testemunha ocular dos fatos acontecidos em Máara.

O astrólogo terminou por embaralhar ainda mais as coisas: disse que a cidade dispunha de muitos suprimentos, que havia pães, azeite, frutas secas, cabras e ovelhas, especiarias diversas e inclusive vinhos, produzidos pelos cristãos cismáticos. A atitude dos cruzados era, assim, insustentável, do ponto de vista moral.

— Vossa eminência já esteve com Kulayb ibn Âmar? É um nobre dos árabes, que comandou a resistência em Máara. Está preso, se não me engano, nos cárceres de Antioquia.

O cardeal disse que não, que nunca questionara prisioneiros turcos, até porque não era simples encontrar intérpretes. Minutos depois, quando a conversa atingiu um tom ameno, Piccaglia comentou:

— A linguagem dessa gente é mesmo bárbara, cheia de asperezas e pronunciada muito na garganta, além de evocar certas obscenidades. O nome desse príncipe, o tal Kulayb, que você mencionou... me sugeriu uma ligação com *culus*...[2]

Simeão deu uma boa gargalhada.

— Descanse, eminência. Kulayb quer dizer cão; cãozinho, mais precisamente. É um nome tradicional entre a aristocracia beduína. Parece que foi o de um antigo herói, anterior a Maomé.

O questor tinha no rosto uma expressão fechada.

12

Antes de terminar minha pesquisa (trabalhava ainda nos arquivos do Vaticano, procurando rastrear os passos do cardeal Piccaglia nos reinos latinos do oriente), encontrei um documento exarado pelo papa Pascoal, sucessor de Urbano — que morreu pouco depois de haver instaurado o inquérito contra os suspeitos de antropofagia.

Nesse manuscrito, Pascoal *Secundus* exonerava o cardeal Piccaglia de suas altas funções de questor e o nomeava para outra comissão: a de curador das relíquias cristãs encontradas na Terra Santa, com poderes para autenticá-las e remetê-las, sob guarda, a Roma.

Nessa mensagem, me chamou a atenção uma frase curiosa: *de canibus quæstio silua circulorum* — o inquérito acerca dos cães é cheio de círculos. Este foi, portanto, o entendimento conclusivo de Pascoal a respeito do incidente antropofágico, que deve ter

---
[2] "Cu", em latim.

sido baseado em relatórios prévios (hoje perdidos) enviados por Piccaglia.

Embora tais relatórios sejam meramente hipotéticos, não é muito difícil reconstituir as ideias circulares que deles constaram e que acabaram motivando a decisão final do papa.

O primeiro ponto a ser considerado é a relação íntima, inevitável, entre a antropofagia e a devoração dos cães, praticadas pelas mesmas pessoas, no mesmo momento e nas mesmas circunstâncias — o que torna esses dois atos um mesmo e único delito.

Fique claro: quem estava em julgamento não eram os homicidas. Matar, numa guerra santa, não era crime nem pecado. Os réus daquele processo eram os canibais. E, consequentemente, os que comeram cães.

O cardeal Piccaglia certamente notou um sutil paralelo: as privações que levaram os cruzados, certa vez, a comer cavalos não os levou a procurar carne dos cães — que eram mais abundantes e menos úteis, naquela situação. O episódio de Máara, portanto, tinha feição singular.

Em defesa dos acusados, seria possível alegar que Cristo abolira as vedações alimentares, que caracterizavam a lei antiga, segundo o princípio de que o mal não é o que entra, mas o que sai da boca do homem. Não havia, assim, proibição expressa contra nenhum tipo de carne, nem canina, nem humana.

Tal argumento, no entanto, seria absurdo (como deve ter pensado o cardeal Piccaglia): a antropofagia é uma abominação natural, anterior a todos os códigos, tanto quanto é naturalmente abominável ingerir carne de cães — coisa que era tida como até mais repulsiva, pelo menos para uma boa parte dos cristãos, conforme o depoimento de Albert de Aix.

Mas há, contudo, um segundo aspecto: se árabes e turcos têm natureza canina — e o cardeal era obrigado a reconhecer o testemunho dos réus, que confundiram com a de cães a imagem dos sarracenos —, não fazia sentido acusá-los de antropofagia. Aliás, os muçulmanos, como afirmara Simeão de Évora, tinham o costume de chamar seus próprios príncipes de cães. E os que têm cães por reis são cães também.

Ou seja, se os cristãos têm natureza humana e comeram pessoas de natureza humana, são antropófagos; se comeram pessoas de natureza canina, não podem ser acusados de canibalismo.

Só que o documento papal menciona círculos. Se o cardeal Piccaglia adotasse a primeira linha de argumentação, os cruzados seriam condenados; se adotasse a segunda, deveriam ser absolvidos. Onde está, portanto, a circularidade?

Eu arriscaria dizer que — ao desqualificar o crime de antropofagia, dado que as pessoas devoradas eram de natureza canina e não humana — Alessandro Piccaglia admitia, implicitamente, que os cristãos não eram, na verdade, homens. Porque homens não comem cães, por impulso natural. A não ser que tivessem algo da natureza canina: que fossem cães, eles também.

De canibus quæstio silua circulorum.

13

Geneticistas, arqueólogos, antropólogos, linguistas, todos concordam que o homem moderno — o bicho que nós somos — surgiu na África há cerca de 140 mil anos.

Tempos difíceis, aqueles. Embora rios e mares estivessem cheios de peixes, eles ainda não tinham aprendido a pescar. A caça também era atividade extremamente perigosa. O arco e flecha ainda não havia sido inventado e isso obrigava os caçadores a se aproximarem demais das presas — o que podia ser fatal, quando se tratava de animais de grande porte. Recursos vegetais eram até muito abundantes. O problema é que o homem sempre foi carnívoro.

Como nem sempre podiam dispor de carne, se alimentavam frequentemente de carniça — como os chacais, as hienas e os cães.

Os homens dessa época costumavam jogar as sobras dessas carcaças em buracos rochosos, que funcionavam como autênticos depósitos de lixo. A medida era, naturalmente, higiênica.

Sítios arqueológicos muito antigos — de até uns 60 mil anos — apresentam ampla diversidade de ossos de animais, geralmente fraturados para extração do tutano, muito rico em gordura. Um dado talvez surpreenda: ossos de seres humanos aparecem nesses mesmos depósitos, dispersos e misturados com os de bichos, depois de terem recebido o mesmo tratamento, o mesmo destino.

Nossa espécie, portanto, não nasceu apenas carnívora: nasceu canibal.

Mas há um grande enigma na história desses primeiros homens. Análises bem recentes, no âmbito da biologia molecular, demonstram que as variantes genéticas das mitocôndrias e do cromossomo Y de todas as populações humanas derivam respectivamente de uma mulher e de um homem que viveram na África. Os padrões genéticos desse casal primitivo ainda subsistem hoje — sendo que em maiores frequências entre os boxímanes (ou bosquímanos), que habitam regiões mais ou menos áridas de Angola, Botsuana, África do Sul e Namíbia.

Os boxímanes são reconhecidamente o povo mais antigo do mundo, formadores da cultura matriz da humanidade, pioneiros no emprego do símbolo e da metáfora.

Além de terem inventado o anzol e o arco e flecha, foram eles os primeiros a fazer adereços para o corpo (que, aliás, ainda fazem) com casca de ovos de avestruz. Foram os primeiros seres humanos a fabricar um objeto inútil, a se ocupar com algo que não tivesse relação com a vida prática e a subsistência. Os boxímanes criaram o conceito de beleza.

Quando a cultura boxímane floresceu, entre 50 e 40 mil anos, as evidências de antropofagia foram rareando, ao passo que começaram a surgir formas sofisticadas de sepultamento. Os boxímanes também criaram os ritos fúnebres, foram os primeiros a conceber a existência de vida após a morte. E nunca foram antropófagos.

Esse é, portanto, o grande enigma: por que, quando aparecem a arte e a metafísica, e as técnicas de caça e pesca se desenvolvem enormemente, os homens deixam de se alimentar de seus semelhantes?

A resposta parece óbvia: obtendo mais proteína fresca, de origem animal, podiam dispensar a carniça e a carne humana. No mesmo passo, o surgimento de manifestações artísticas e religiosas fez que tivessem maior conhecimento de si mesmos e pudessem rejeitar, eticamente, os hábitos canibais.

Todavia, como afirmei, estes argumentos apenas parecem óbvios. Nunca houve, é verdade, registro de canibalismo entre os boxímanes. Mas o grande herói da mitologia desses povos não é ninguém menos do que uma personificação do louva-a-deus — inseto canibal por excelência, cuja fêmea devora o macho no instante da cópula.

Ao menos no nível simbólico, ou psicológico, a antropofagia nunca desapareceu completamente. É por isso que pôde aflorar, depois, quando as culturas estavam já bastante diversificadas.

E quando isso acontece, quando um povo reassume o canibalismo, sempre o sanciona com um rito, não permite que se reduza a uma atividade meramente alimentar: em suas formas modernas, posteriores à explosão cultural promovida pelos boxímanes, o canibal só se manifesta numa combinação perfeita de arte e ferocidade.

14

Embora a missão do cardeal Piccaglia devesse ter sido sigilosa, houve, naturalmente, alguns rumores. Nas vielas de Jerusalém, os olhares que lhe eram dirigidos enxergavam o homem que — com a suprema autoridade papal — opinava sobre relíquias sagradas. Mas o que esses olhares de fato procuravam era um delator de hereges.

Alessandro, é claro, ainda se sentia humilhado com a decisão de Pascoal no caso de Máara, mas não tinha muito mais tempo para pensar naquilo. Por mais que possa parecer contraditório, tinha ali inimigos importantes: não os sarracenos, mas cristãos de língua árabe, que pretensiosamente se denominavam ortodoxos.

Eram eles, os ortodoxos, os guardiães das verdadeiras relíquias, viviam naquela terra desde os tempos de Jesus e sabiam exatamente onde estavam ocultas. Dentre todas elas, a grande obsessão do cardeal: os restos materiais da cruz, os pedaços da madeira de onde Cristo pendeu — que, segundo fontes locais, permaneciam escondidos na cidade santa.[3]

Godofredo tinha morrido na tentativa de tomar Acre, Balduíno era agora rei de Jerusalém e Alessandro Piccaglia caminhava, através do famoso Buraco da Agulha, quando foi abordado por dois homens, dois normandos rudes, que venceram facilmente a resistência dos sequazes.

— É um assunto urgente, eminência. Urgente e secreto — disse um deles, num péssimo latim.

Foi à parte que o cardeal Piccaglia ouviu os normandos. E tomou uma decisão surpreendente:

— Vou com eles. Não me sigam. Estou com Deus.

Andaram bastante até os subúrbios da cidade, onde entraram numa casa parcialmente arruinada. Dentro, havia mais dois homens, sendo um deles árabe. Foram, portanto, cinco pessoas que desceram pela passagem secreta.

— Perdoe, eminência, precisamos ter certeza de que não seremos descobertos.

A galeria subterrânea era estreita, baixa e muito mal iluminada. Alessandro não estava se sentindo bem, tinha falta de ar e começava a intuir uma cilada, que a presença do ortodoxo tornava verossímil.

Quando chegaram, enfim, ao que parecia ser o interior de uma velha catacumba, onde havia um pouco mais de luz e ventilação, o cardeal tomou fôlego: estavam numa ampla cavidade circular, escavada na rocha, na qual desembocavam outros dois túneis, ligados talvez a uma vasta rede de criptas subterrâneas.

---

[3] No que contrariavam a tradição ocidental, que diz ter sido santa Helena, mãe do imperador Constantino, a descobridora da verdadeira cruz, imediatamente transladada para Roma.

Em torno de uma mesa tosca, prontos para iniciar uma ceia não muito farta, estavam sentadas mais cinco pessoas, três mulheres e dois homens. Arranjados rente à pedra das paredes, havia vários objetos, aparentemente muito antigos: trapos de túnicas, fragmentos de sandálias, cordéis, cajados, pratos e talheres rústicos.

— Onde está a cruz? E quem são vocês, exatamente?

Um dos normandos respondeu:

— Para nossa segurança, a santa cruz virá por outro caminho, depois que anoitecer. Agora coma conosco, eminência. E abençoe nossa comida.

O cardeal aceitou, porque estava com fome. Mas tomou a precaução de não levar à boca nenhum alimento que não houvesse sido ingerido antes pelos hospedeiros. De certa forma, a presença das mulheres o tranquilizava, embora duas delas fossem turcas.

A ceia correu bem, a conversa foi cordata e comedida, o cardeal soube um pouco mais sobre as relíquias (e teve a convicção de que eram todas falsas) e sobre a identidade do grupo: estava entre cristãos, as duas estrangeiras eram filhas do árabe, tinham se casado com dois dos latinos. Os homens eram cruzados, que lutaram tanto no exército de Boemundo quanto nos de Godofredo e Balduíno, e agora se dedicavam à caça de relíquias. Tinham já obtido várias delas, como ele poderia comprovar. Piccaglia, educadamente, assentiu.

Quando uma das moças se levantou para buscar mais vinho, um ruído vindo do túnel por onde ela entrara, e onde as mulheres haviam preparado a comida, denunciou a chegada de mais dois normandos.

Não traziam cruz nenhuma. E estavam, como os demais, armados. Alessandro Piccaglia não conseguiu conter o desespero. Tinha acabado de reconhecer naqueles recém-chegados dois dos cruzados que interrogara, no processo de canibalismo.

— Precisamos ter certeza, eminência, de que nada será feito contra nós — disse um deles. E, se dirigindo aos outros:

— O cardeal foi bem tratado? Benzeu a comida? Comeu com vocês?

Súbito, Piccaglia teve um sobressalto. Não pensou em dizer que aquele inquérito era secreto, que não poderia revelar o resultado. Deu um brusco impulso para trás e teria caído de costas se não fosse amparado pelo árabe.

— Desgraçados, o que vocês me deram pra comer?

Porque ele tinha comido carne grelhada, uma carne deliciosa, de um sabor mágico, inebriante, que fora preparada pelas mulheres em algum lugar anexo ao túnel que ele não visitara. Inquiriu os circunstantes com os olhos, porque não queria ouvir. Os outros balançaram a cabeça.

— Aceite nossa amizade, eminência. Precisamos da sua bênção.

Um dos cruzados ofereceu um pequeno cálice de vinho.

— Em pouco tempo, vossa eminência vai perceber que já é um de nós. Quem experimenta uma vez não consegue mais parar.

Se o estímulo veio da Tunísia, devo a realização deste conto à minha mãe Marlene, cujas velhas amizades na cúria metropolitana do Rio de Janeiro possibilitaram minha ida ao Vaticano e o acesso àqueles tão secretos documentos. Foi também ela quem me disse, há muito tempo, que as boas histórias são aquelas totalmente baseadas em fatos reais.

A última noite

Flávio Izhaki

Formamos uma longa fila. Lado a lado, cerca de duzentas pessoas. Os jarros cheios d'água passam de mão em mão, pesados, transbordando, o chão de areia seca bebendo gotículas, os braços encharcados de esperança derramada. Aqui de longe, vejo meu marido debruçado numa rampa tentando debelar o fogo. Ao meu lado, minha filha grita desesperada. Não entende. Ou entende e tem medo. Meu braço já dói. Desde o entardecer tentando apagar esse fogo. A água da cisterna está no último quarto, avisou meu filho mais velho. Ele queria estar perto do pai, mas não deixaram. Sua posição é de menino de recado, e ele a desempenha como se fosse sua última missão, talvez seja, correndo de um lado para o outro transmitindo notícias, ecoando apelos, esbarrando nas coisas e pessoas, um animal enjaulado que sabe que queimará vivo em pouco tempo. Queimaremos. A noite se aproxima, os romanos só virão amanhã. Os romanos virão amanhã. Depois de dois, três anos de pesadelos e esperanças, de apelos e lutas, pequenas vitórias e um longo adiamento do inevitável, amanhã os romanos entrarão em Massada. A muralha oeste cairá com o fogo.

Todos falam, ninguém se escuta. Eleazar convocou os chefes de família para essa reunião no palácio norte mas ainda não apareceu. Dizem que está trancado em seus aposentos conversando com seus conselheiros. Nessa hora os ouvidos e olhos devem estar preparados para entender não a eles, mas... O que não ouso falar o nome. Estamos aqui agitados, esfalfados, muito tempo tentando vencer uma luta perdida contra o fogo, a derrota definitiva. Cada homem que está nesta sala não pensa apenas em si; as mulheres, jovens e crianças continuam batalhando para apagar o fogo. Mas de que serviria apagar o fogo agora que a parede oeste já caiu? No momento a noite nos protege, mas em poucas horas ela sumirá e virão os romanos. Precisamos de meses para construir uma parede como essa. Não seria da noite para o dia que ergueríamos outra. Só Eleazar pode nos dizer o que fazer. Foi sua sabedoria que nos manteve a salvo da mão romana nesses últimos anos. O que ele decidir será feito. Sem questionamentos.

Eu não deveria estar nesta sala. Eu não queria estar aqui. Tenho inveja do meu irmão mais novo, dois anos apenas, que nesse momento joga água, nossa última reserva d'água, no fogo invencível. Tenho inveja de sua ignorância, de sua credulidade. Ele me olhou e sem palavras ordenou que eu encontrasse uma solução para esse ataque, um milagre como tantos outros que presenciamos durante esse cerco. Eu tenho apenas 14 anos, quando cheguei aqui com meus pais tinha 8. Não lembro como é a vida fora dessa montanha murada, sem o mesmo tipo de comida mês após mês, inverno ou verão, não sei qual é o sabor de outra água que não a da chuva, como é viver sem ter a morte acenando no sopé da montanha. Mas era minha hora, cedo demais, e me casei, me prendi. Minha mulher grávida. Pelo menos está segura longe do fogo. Eu queria fugir. Eu sempre quis fugir. Mas agora não dá mais. Estamos presos, espremidos entre o fogo e essa reunião. Eleazar vai falar o que devemos fazer, como sobreviver. Eu sei a resposta. Fugir. Mas essa resposta não vale há anos.

Não foi para isso que resistimos tanto assim. Fui voto vencido. Os outros conselheiros têm medo de Eleazar, devoção. Mas não devemos ter devoção aos homens, e sim a .. A decisão está tomada, o conselho aprovou, agora chegará aos ouvidos dos homens, e dos homens para as mulheres, das mulheres aos jovens, as crianças não entenderão. E talvez seja melhor assim. Entender essa decisão é impossível. Poderíamos lutar mais, morrer pelas mãos impuras do agressor. Poderíamos lutar até o final e nos sujeitarmos ao destino que . escreveu. Mas fazer isso que Eleazar propôs, isso que ele decidiu e fará ser cumprido com suas palavras enredantes e punitivas, não está certo. Por .. Isso não está certo. Vai contra tudo em que acreditamos, tudo que . prega.

"Desde que nós, caros companheiros, há muito resolvemos não nos tornar escravos dos romanos, e de ninguém mais a não ser de ., que é a verdade e que reina soberano sobre toda a humanidade, chegou o tempo que nos obriga a colocar em prática nossa decisão. Fomos os primeiros a nos revoltar contra os romanos, e seremos os últimos a lutar contra eles; e só posso transmitir que este é um favor que . nos deu, o de que possamos morrer como bravos, em liberdade, o que não foi o caso de outros, que foram subjugados. Morrer juntos, ao lado de nossos queridos amigos, de nossas famílias, é uma glória. Deixemos nossas esposas falecerem antes que sofram qualquer tipo de abuso e nossas crianças antes que experimentem a escravidão. Mas antes de morrer vamos destruir nossas provisões e moradias com fogo, para que eles saibam que preferimos a morte à escravidão."

Os homens saíram da reunião e nos ordenaram que abandonássemos os jarros d'água. A decisão está tomada, disseram, e em cada semblante o peso. Meu marido alisa os nós dos meus dedos. Puxa-me para casa. Nossos quatro filhos a nossa volta. O silêncio. Um deles, o mais novo, para, arredio, e fica olhando o fogo que ainda crepita. Dedo na boca. Eu o pego pela mão e o puxo. Sem perceber também aliso os nós de seus dedos. "Vamos para casa", meu marido falou. E mais não disse. Nem ousei perguntar. Está decidido. Ainda não sei o quê, mas está decidido. E o que ele me falar, quando falar, farei, porque acredito que meu marido olha por mim, Eleazar olha por nós e . olha por Eleazar.

. me dê forças. Uma hora precisarei falar. Depois fazer. Mas o que me preocupa por enquanto é falar. Minha mulher me olha. Acho que já entendeu. Meu filho mais velho tem apenas 11 anos. Não lembra como é o mundo fora daqui. Disse isso chorando um dia. Eu só queria chorar também. Porque lembro que o mundo fora dessas muralhas era bem diferente da vida preso. Não que lá embaixo fosse melhor. Novo, perdi meu pai e minha mãe, sem razão ou sentido, pelas mãos deles. Os invasores pagãos que amanhã invadirão nossas casas. Mas talvez se outro jeito existisse. Mas não. Estamos sendo expulsos do mundo. Talvez eu comece falando isso para explicar por que preciso matar minha mulher e filhos. Que razão justa há para matar mulher e filhos?

"É como na história de Abraão que aprendi no Cheder. Faremos um sacrifício, mas no final seremos salvos." Disse isso para o meu pai. Ele sorriu, triste, mas não concordou. Passou a mão na minha cabeça, abaixou-se e me abraçou. "Você vai ver, pai", disse. Abraão pediu um milagre a . e foi atendido. Mesmo já bastante velho finalmente teve seu primeiro filho com Sara, igualmente velha. Um dia . cobrou de Abraão sua lealdade e pediu um sacrifício. Isaac, o filho de Abraão, deveria ser levado a uma montanha e morto, em oferecimento a .. Estamos numa montanha, . nos pediu um sacrifício. Meu pai aceitou, como deveria, mas ., misericordioso, só quer testar nossa fé. Na hora justa vai nos salvar dos romanos e o sacrifício não precisará ser realizado.

Eu não quero morrer. Eu não quero morrer.

Não sei se entendi. Sensação recorrente. Às vezes me explicam alguma coisa e na hora eu entendo, ou acredito ter entendido, mas depois. Minha esposa na minha frente, nós dois em silêncio, eu, que supostamente tenho algo a dizer, mais do que ela; ela respira alto, ofega. Na reunião explicaram o motivo, e tudo fazia sentido. Mas agora? Preciso matar minha mulher. Depois devo ir à praça onde alguém me queimará. Na religião judaica não é permitido suicídio, eles disseram, concordei, sempre soube disso. Saí de lá convencido, mas agora... Matar mulher pode? E por que precisamos morrer? Para dar continuidade às nossas crenças suportamos tanto tempo isolados aqui em cima. Não estaremos desistindo dela nos matando?

Meu marido parado na minha frente, os olhos longe, apontados para a direita, pensando. O cansaço do meu corpo pode ser medido pela força que tenho que fazer para que os meus joelhos aguentem ficar de pé. Desisto. Sento. Meu marido murmura suas dúvidas. Faz isso pensando estar em silêncio. Diz o que foi decidido na reunião, o que foi comunicado a ele e aos outros, o que terá de ser feito por vontade de .. "Por ., aceito meu destino", digo em voz alta. Ele desperta. "Eles falaram como deve ser feito?", pergunto. Ele tem os olhos marejados. Levanto, busco a adaga mais afiada, entrego em sua mão. Deito a cabeça na mesa, afasto os cabelos. Isolada aqui em cima, o único animal que mato com recorrência são os pássaros. E sempre lhes decepo a cabeça. Penso ser o jeito indolor.

Os gritos. De repente uma onda de berros ecoa de casa em casa. Começou. Ou é apenas a notícia sendo transmitida. Minha família sou eu. Vim para casa, como todos, mas não tenho para quem contar. Sou um dos dez sem família. Seremos a mão de .. Os escolhidos às avessas. Ainda é cedo. Os berros vão aumentando, depois o silêncio, e novamente berros. A orientação aos dez foi ir para casa, rezar, depois esperar no centro da praça pelos homens. Teremos de queimar tudo. Ainda não consegui rezar. Os berros me impedem. Os urros. Um vulto passou correndo pela minha janela. "Nem todos vão concordar", avisou

Eleazar, "mas tem de ser feito". Nessa frase a tênue linha entre sacrifício e assassinato. Quando penso nisso sinto que não tenho sorte de ser um dos escolhidos.

Toda a minha existência a serviço de .. Os estudos, as rezas, os jejuns, os banhos. Uma vida pura. E agora . me pede para matar minha esposa e os sete filhos. Eu não ouso questionar .. sabe por que nos pede tamanho sacrifício. Sabe por que me pede tamanho sacrifício. Mas não posso. Os meus filhos me olham esperando uma solução, minha esposa me olha esperando uma solução. "Faça o que . pediu", ela diz. Mas não consigo. Como faria? Quem sacrificaria primeiro? O mais velho, o mais novo, as meninas, minha esposa? ., me dê a resposta. Por favor ., me dê alguma resposta. "Preciso ler os livros", digo. Mas é noite fechada, não posso lê-los agora. "Tenho certeza que eles me soprarão a resposta", falo em voz alta. Vamos esperar a luz. Minha mulher se aproxima de mim e cochicha a resposta em meu ouvido. Penso um pouco. Concordo. Eu serei o primeiro, ela se sacrificará por mim.

Minha mulher não aceitou. Fugiu. Com nosso bebê no colo. Meu filho de 13 anos não quis ir com ela. Ele me olha, me encara. "Farei o que o senhor decidir", ele disse. Tenho que decidir. Mas não sei o quê. Minha mulher fugiu. Teria de ir atrás dela. Eleazar avisou, . falou por seus desígnios. Não quero ir contra ., mas não vou atrás da minha mulher. Puxo meu filho pelo braço. Ou ele me puxa? Saímos de casa. A praça ainda vazia, escura, sombreada apenas pelo fogo. "O que vamos fazer?", pergunta meu filho. Eu não respondo. Ele continua: "Não quero virar escravo. Não foi por isso que lutei todos os dias." Meu filho tem 13 anos, fala como homem. Eu não tenho palavras para discutir com ele. "Vamos para perto do fogo", ele diz. E vamos. "Tem de ser feito, pai." E me empurra.

"Façam uma fila por ordem de idade", ordena minha mulher. As crianças se alinham. Uma escadinha de sete degraus. Que horror, penso. Que . saiba por que devemos cometer tamanha barbárie. Minha mulher na frente da fila. Depois dela, do mais novo para o mais velho. "Eu quero ser a primeira", ela diz. "Quero estar lá para recepcionar meus filhos e meu marido." Fala isso olhando nos meus olhos. Que força tem essa mulher, que credulidade. Não chora, não treme, não pisca. As crianças gritam pela mãe, abraçam-na, desordenam a fila. Ela permite um segundo de comoção. Depois reorganiza a fila.

Fazemos amor no chão. Em silêncio. Abraçamo-nos nus por mais alguns momentos. Levantamo-nos de mãos dadas. Do centro do teto pende uma corda bem amarrada. Nela, uma lâmina de duas faces, com ambas as pontas afiadas. Na altura de nosso peito. Levo minha mulher para um canto da casa. Beijo seus lábios e largo suas mãos. Ela me puxa e nos beijamos novamente. E de novo, e de novo. Ela chora, eu choro. Contei para ela o que deveria ser feito. E que achava certo. Não podemos ir contra .. Não depois de tudo que vivemos e passamos. Independente de nossa luta, sem . jamais teríamos sobrevivido esses três anos. Os nossos melhores anos. Foi ela quem deu a ideia da lâmina de dupla face. Beijo seus lábios uma última vez, passo pela lâmina que roça meu peito nu. Arde. Não paro. Viro-me para ela e sorrio. Ela sorri. "Até daqui a pouco", ela diz. "Até." E corremos para nosso último abraço.

Ganho coragem e vou ver Eleazar. Entro no palácio. No chão pelo menos 150 mortos. No canto, Eleazar está de costas. Chamo seu nome. Ele vira, mas não é mais Eleazar. O seu rosto mudado, esvaído do poder e sabedoria que sempre emanou. Parece apenas um homem velho, muito velho. Os olhos baços, secos. Ele levanta e anda até minha direção. Tem de se desviar para não tropeçar nos corpos. "Finalmente algum de vocês chegou", ele diz. Não é mais ele. É estranho que ele não seja mais ele justamente nesse momento em que nos lidera para outro lugar. Ele me passa a adaga. Está limpa. Sua vestimenta, não. Empapada de sangue. Várias tonalidades. Em algumas partes já seca, escura. Eu não consigo me mexer. Ele diz, a voz ainda de Eleazar, a entonação: "Precisa ser feito." Mas fazendo isso não vamos contra o que acreditamos?, penso, não abandonamos nossas crenças para sempre? Mas não digo. Ele ouve, mesmo assim. E responde: "Foi desejo de .. Com nosso sacrifício criaremos um paradigma a ser seguido. Estipularemos nosso limite."

Outro entre os dez escolhidos entra no palácio e encontra Eleazar aos meus pés. "Foi feito", digo. Ele acena a cabeça positivamente. Não sei seu nome. Somos, éramos mais de mil aqui, nem todos se conhecem, conheciam. Fico com vontade de perguntar seu nome, mas desisto, seria bobagem. "Onde prefere?", ele pergunta. Não esboça emoção. Encarna a figura do escolhido com destreza. Eu olho em volta. Além de Eleazar, alguns de seus conselheiros e famílias. Todos desfalecidos, os que designavam nosso futuro jazem sem vida. "Prefiro que seja lá fora", digo. "Não acho correto que seja aqui." Ele concorda em silêncio. Caminho entre os corpos, ultrapasso-o rumo à saída. Minhas costas lhe oferecem a solução. A cada passo a expectativa da lâmina gelada. Meus músculos retesados. Quero correr, mas não consigo. Alcanço a porta, nada, ando mais uns passos. Virome. As sombras escondem seu rosto. Sem rosto ele já pode ganhar um nome. Pergunto. Não terei tempo para ouvir a resposta.

Meu pai e minha mãe estão deitados. Essa é a vida deles. Velhos demais para lutar contra os romanos, o fogo ou ir à reunião. Eu fui. Quando voltei, eles já dormiam. Aqui em casa apenas a tosse constante, rouca, de meu pai cortando o silêncio de quando em quando. Lá fora os berros, os gritos, o choro. O fogo lambendo a muralha oeste nos ilumina. A luz mudou na última hora. Não sei se o fogo se alastrou ou se daqui a pouco amanhecerá. Deitei ao lado deles quando cheguei e pouco me mexi. Talvez se eu ficar imóvel o tempo passará mais devagar. Ou se eu acalmar meus pensamentos e relaxar tomarei a decisão certa. E qual seria? Não sei se acredito em . suficientemente para morrer só porque Eleazar disse que esse é seu desejo. Mas ao mesmo tempo não quero me tornar a escória covarde que não teve coragem de realizar um ato heroico, na falta de palavra melhor, enquanto todos os outros realizaram. Meu pai acorda e pergunta pelo fogo. Finjo que estou dormindo.

Estou no centro da praça. Algumas casas ardem. Em outras, o silêncio. Massada agora é fogo e silêncio. Devo ser o último. Tenho que ir de casa em casa verificando se a ordem foi cumprida. Faço isso sem pressa, a noite ainda nos defende. Entro nas casas, chamo pelos nomes de quem conheço e deixo o fogo lamber os corpos que encontra pelo caminho. Alguns homens estrebucham, não estavam mortos, e esses gritos eu jamais esquecerei, seja aqui ou onde for. Primeiro eu contava os corpos, depois desisti, tarefa inútil. Numa casa, três pessoas dormem. Ouço tosses. Estão vivas. Ilumino mais o ambiente com as chamas, um velho pergunta o que está acontecendo, a mulher dele também acorda. O filho fala que não conseguiu. Repete sem parar que não conseguiu, não conseguiu. O pai pergunta para mim o que está acontecendo. Eu explico. Ele pede que eu acenda sua tocha e que saia. Cuidará disso. Quando olho para trás, a casa crepitando.

Eu serei o último, o último dos escolhidos. . me designou para cumprir essa missão. . me cochichou em reza como deveria ser feito. Esperai em casa, . disse, depois vos escondei e só saí quando o silêncio soprar apenas minha voz. Assim fiz. Cruzo o centro da praça à procura do outro, do que pensa que é o último dos escolhidos. Não é. . me escolheu para ser o último. Massada deve cair do jeito que . me sussurrou. Lá vem ele, o outro. Quando ele chegar eu devo revelar a vontade de . e ele cairá de joelhos diante de mim. Anuncio minha missão e o mato. Ele não ofereceu resistência. "É um alívio", ele disse. Nenhum judeu pode se suicidar, é contra as leis. Se fizer isso, foi porque . pediu. E assim farei porque . me pediu.

Fugi correndo de casa. Minha filhinha bebê no colo. Eu não quero morrer. Não quero que ela morra. Que soframos todos os castigos da escravidão, mas em vida. Tenho consciência da minha decisão, da ira que ela pode provocar. Serei julgada depois, mas mesmo condenada não mudarei de ideia. Não quero morrer. O único esconderijo possível: a cisterna. A água no final, mas ainda ela, na cintura, nos esconderá em sua turvação dos escolhidos e nos defenderá do fogo que arderá por toda Massada até o amanhecer. Achei que seríamos apenas eu e meu bebê, mas aqui somos cinco. Outra mãe com um filho, o único homem, e uma jovem solteira. Sobreviveremos para contar.

Uns e outros

Julián Fuks

Amanhece quando o último estrondo termina de ecoar por entre os casebres cobertos de pó, de pólvora, de partículas indigentes, e o silêncio engasta-se no povoado tão absoluto que não há quem não o reconheça. Outros, então, abrem os olhos já encarquilhados de tanto que se espremeram, desabraçam os joelhos e endireitam as costas agora livres de sustos e espasmos, e quase ao mesmo tempo habilitam-se ao deslocamento dentro de suas próprias casas. Primeiro tratam de atestar o vigor dos mais próximos, dos que habitam sob os mesmos tetos e entre as mesmas paredes, e verificam a solidez de tetos e paredes, para em seguida erguer cortinas, abrir janelas e sentir o calor benigno que lhes apazigua os corpos. Veem-se, distinguem-se e trocam olhares que por um átimo ignoram a dor das perdas e das noites passadas, em respeito à descoberta das mútuas sobrevivências.

Amanhece quando o último estrondo ribomba a quilômetros e quilômetros de distância, transpõe o muro divisor e vai esmorecer antes de atravessar a planície desértica. Uns, então, despertam-se como sempre se despertaram, lavam os rostos em água corrente e escovam os dentes, trocam os pijamas por ternos, tailleurs ou roupas mais confortáveis, untam de manteiga os pães entregues à porta e enfraquecem cafés com uma pitada de leite. Mais tarde cruzarão as ruas para não tangenciar edifícios oficiais, evitarão ônibus mais cheios e perscrutarão torsos encimados por barbas suspeitas ou peles um pouco mais morenas; por ora limitam-se a descobrir o cessar-fogo nas palavras das autoridades multiplicadas nos jornais.

No dia anterior, uma de outros se esgueirou pelas ruelas destroçadas, tentando não dar ouvidos a soluços e lamúrias que se desprendiam de gargantas alheias, passavam entre lábios rachados e teimavam em alcançá-la em seu trajeto. Privou-se também de deplorar as aglomerações de vozes que tumultuavam cada esquina, discursos inflamados e gritos de guerra que pareciam hospedar todo o ressentimento e toda a vingança do mundo — embora bem soubesse que não podia ser todo e não podia ser toda. Não era essa a sede que a assediava, que já se alastrava da boca ao esôfago e parecia querer tomar-lhe o corpo, a tal ponto que seus pés se alarmavam e precipitavam-se sozinhos em busca de auxílio. O tronco bambeava para acompanhar as pernas, e a garota não podia senão recusar-se a ajudar os que carregavam mesas e sofás sobre os pescoços, e recusar-se a secar as pálpebras chorosas da criança que parecia perdida em meio à terra abrasada. Queria apenas chegar ao muro, sem pensar que aquele muro cindira as terras deles e desalojara suas vivendas, sem pensar que aquela pilha de aço de 12 metros de altura os confinara e os legara à miséria, sem cogitar que por trás de seus portões não passasse de miragem o oásis da ajuda humanitária. Nada: até onde a vista alcançasse, só tanques e guardas.

Amanheceu e outro de uns que digere os pães e a notícia, esgueirando-se pelas páginas em busca de mais detalhes, desvencilhando-se de escândalos policiais, façanhas esportivas e novidades tecnológicas a preços imbatíveis, vai dar com aquele rosto da menina: sua decepção achatada, diminuída e estampada para consumo ou crítica. O homem não pode senão conter a inércia da leitura e observar a imagem peculiar que se oferece: a garota agarrada às grades da divisa e sua face, levemente inclinada, dividida em duas: meio ensolarada, meio ensombrecida. De um lado, a boca que se abre em lamento mudo, os lábios caídos revelando a aflição mais legítima, o instante exato em que a mandíbula sucumbe e o fôlego se resigna, o desalento próprio de quem se abandona e desiste. De outro, o olhar que resiste e não se deixa perder no vazio, a opacidade das pupilas e o faiscar das íris, a esperança alongando-se para além da fotografia e a um só tempo a mais severa repreensão pelas duras imposições da vida.

Décadas antes, quando ele mesmo era um menino e empreendia suas guerras em pleno quintal com soldadinhos de brinquedo, no tempo longínquo em que uns eram outros e outros eram apenas vizinhos incultos e maltrapilhos, a mãe sempre aparecia para puxá-lo pelo braço e recriminar-lhe algo, talvez a exposição ao perigo, talvez a falta de asseio. Enquanto ia lavando suas mãos, subindo pelos braços e chegando às orelhas, em voz baixa para que ninguém ouvisse, punha-se a recitar com toda minúcia seu sonho secreto. Haveria um momento, dizia em tom carregado de anseio, em que eles tornados uns mostrariam ao mundo como tratar os outros. Aprenderiam com suas próprias, profundas feridas e exemplarmente compartilhariam bens, pães, conhecimentos, benfeitorias. Sem dominações, sem confinamentos, sem conflitos: maioria e minoria vivendo o idílio que havia milênios fora escrito. E agora o quê?, indigna-se o homem descolando os cotovelos da mesa, tendo agregado leite de menos ao café. Foi enganado por sua mãe, foi enganado por seus pares. Ou esse suplício a que submetem os outros, o sofrimento latente sob a pele da garota, a pele suja e ulcerada da garota, são a lição que dão aos opressores antigos?

Mais razão devia ter o pai em seus vaticínios, o dedo decerto em riste em reuniões acaloradas, portas e janelas escudando-os após o toque de recolher, reuniões que ele acompanhava assustado com os ouvidos encostados à parede do quarto. Quando enfim se unissem, eles, seria preciso vencer e subjugar todos os inimigos, meter um soco em seus dentes, e tão forte que de joelhos viessem lhes pedir clemência e implorar a paz. Só então poderiam mostrar como são um povo amante da concórdia, como são capazes de superar as chagas milenares com toda civilidade; e a paz, é claro, com benevolência lhes seria dada. Emergindo da lembrança e ainda empunhando a folha, amarrotando as extremidades, o homem volta a examinar a foto e repara nos dentes mínimos, alvos, frágeis. Quão atroz é pensar em desferir neles um soco e arrebentá-los, quão covarde que assim façam jovens impassíveis detrás da barba rala, de músculos rijos detrás da farda. E quantos dentes serão arrancados com tantas bombas e tantos tanques? E se, algum dia, outros forem uns como eles, e quaisquer vierem a ser outros, quantos dentes mais serão arrancados com suas bombas e seus tanques e suas lições de civilidade?

Pai e mãe que silenciem, que seu tempo é o passado. No presente o que é preciso é ouvir o clamor que emana da imagem presa à página, a denúncia ditada linha a linha nos traços daquela face, a acusação exposta a todos com a eloquência da matéria viva, com a riqueza que só as feições humanas guardam. Talvez não seja tarde, os pensamentos do homem conspiram, o punho colidindo contra a mesa e fazendo ressoar as xícaras.

Não há rancor na expressão da menina; ainda não há o ódio que alimenta velhas e novas rixas. Talvez o sofrimento que ora infligem não seja tão grande quanto aquele de que foram vítimas, quanto os pesadelos que lhes atormentaram a infância, quanto o indizível. E, se assim for, e se ainda houver tempo de impedir um massacre, se alguém olhar a menina nos olhos e tratar de ampará-la, quiçá o horror encontre seu fim e deixe de propagar-se.

Um soldado saltou do tanque, e com a manga secou o suor represado pelas veias dilatadas da fronte. Esperou um instante até que a nuvem de poeira baixasse, e seu caminhar não foi retido por qualquer lente, não foi detido por qualquer máquina. Enquanto se aproximava das grades, levou devagar uma das mãos ao quadril e começou a traquejar contra o cinto, tentando a ruídos metálicos desatarraxar alguma coisa. A ponta prateada do cantil cintilou sob a luz do sol e a cegou por quase um segundo, mas logo a menina se soube aliviada. Estendeu as mãos em concha e recebeu a primeira dose d'água, com que refrescou cada poro do rosto e molhou os lábios. Depois tomou-lhe da mão a garrafa e bebeu a goles vastos. O soldado ainda mensurou a largura das grades ponderando se atravessava o braço e lhe oferecia um afago, mas julgou paternal demais o gesto imaginado.

Quando a garota desapertou as barras de ferro e deu as costas ao muro, foi como se a vida de súbito abrandasse. Nada estava resolvido, isso era claro, mas voltava a confiar nos músculos das panturrilhas e das coxas e agora podia até esquecer panturrilhas e coxas, pois seu corpo recobrava uma benquista integralidade. Mesmo o povoado, a uma pequena distância, parecia sobrelevar o caos e as tragédias dos últimos dias e mostrar-se harmônico em sua simplicidade, um vilarejo bucólico em vez do campo de refugiados em que se tornara. Agora, ao menos pelas próximas horas, podia ajudar as pessoas com seus móveis e suas lágrimas. Num empenho coletivo, e com o fim prenunciado dos ataques, eles seriam, ainda que outros, capazes de reconstruir suas cidades. E, enquanto a garota estava imersa em suas novas ideias, ensejando algo que não demoraria a se tornar um sorriso, um susto acudiu-lhe aos olhos e revelou a urgência de colocá-las em prática. Subsumido na sombra de um pavilhão bombardeado, um vulto parecia estirado ao chão em meio às pedras, a mão estendida pedindo para ser alçada, o momento perfeito para que o gesto cumprisse todo seu valor simbólico, para que patenteasse enfim o recomeço esperado. Mas os dedos se deixaram espremer em meio aos seus, dedos inertes e pegajosos e manchados de sangue, e a mão leve demais se deixou arrastar sem resistência, a mão que não era de um, não era de outro, não era de ninguém.

O último profeta
(peça teatral em ato único)
de Samir Yazbek

Personagens: Batista e Discípulo.
Cenário: Região da Judeia.
Ação: Pouco após o anoitecer.

A Manoela Sawitzki.

Batista está à sombra de uma árvore, sentado. Entra o Discípulo.

DISCÍPULO — Com licença, Mestre.
BATISTA — Você por aqui?
DISCÍPULO — Estava preocupado com o seu sumiço.
BATISTA — Só queria ficar um pouco sozinho.
DISCÍPULO — O que aconteceu?
BATISTA — Estava pensando em Jesus.
DISCÍPULO — Por que não esquece Jesus?
BATISTA — Isso não será possível.

Um silêncio.

DISCÍPULO — Você soube que Jesus anda batizando?
BATISTA — Me disseram.
DISCÍPULO — Ele não tem esse direito, Mestre.

BATISTA — Por que não?
DISCÍPULO — Você é quem o batizou primeiro.
BATISTA — E daí?
DISCÍPULO — É uma questão de ascendência.
BATISTA — Tantos já batizaram tantos por aí.
DISCÍPULO — Mas não da sua forma.
BATISTA — E você acha que ele precisava mesmo daquele ritual? Aquela água na cabeça não significou nada para ele. Jesus aceitou o meu batismo porque é gentil e queria que o povo o visse como igual a eles. Mas não precisava de nada daquilo para se purificar.
DISCÍPULO — Mas o ritual é uma criação sua.
BATISTA — Dos essênios, que me ensinaram.
DISCÍPULO — Mas você é quem deu um novo sentido a ele.
BATISTA — E Jesus dará um sentido ainda maior. Eu o batizei na água. Mas ele o fará no fogo e no espírito.

Um silêncio.

DISCÍPULO — Posso saber por que está tão certo de que Jesus é o Messias?
BATISTA — Foi o que Javé nos revelou naquele dia, no Jordão.
DISCÍPULO — Tem certeza que era Ele?
BATISTA — Se acreditou em mim das outras vezes, por que não acredita agora?
DISCÍPULO — Das outras vezes tivemos provas de que era Javé.
BATISTA — Não estava previsto que o Messias viria?
DISCÍPULO — Sim.
BATISTA — Não foi para isso que trabalhamos durante esse tempo todo?

DISCÍPULO — Claro que foi.

BATISTA — Então não entendo qual é a dificuldade.

DISCÍPULO — Existem muitos falsos Messias por aí.

BATISTA — Mas Jesus é diferente de todos.

DISCÍPULO — Posso saber qual é a diferença?

BATISTA — São tantas que é difícil de falar.

DISCÍPULO — Me diga ao menos uma.

BATISTA — Você terá de descobrir sozinho.

DISCÍPULO — Não é o que se lê nas escrituras.

BATISTA — A palavra não se cumpre à risca.

DISCÍPULO — Reconheceríamos o Messias apenas por sua presença.

BATISTA — Pois isso só não ocorrerá se vocês não quiserem.

DISCÍPULO — Como se não bastasse Jesus difamar nosso clero, ainda teremos de aceitar o tumulto que ele está causando? O Messias não traria a paz e a harmonia entre os povos?

BATISTA — Mas ninguém disse que isso se daria da noite para o dia. *(Um silêncio.)* Ou será que você não quer admitir que quando o Messias viesse, eu teria de me retirar?

DISCÍPULO — Não é nisso que estou pensando.

BATISTA — A verdade é que vocês se acostumaram comigo. Mas não podem esquecer que eu vim abrir caminho para ele. Todo mundo sabia disso, inclusive você. Ainda que a princípio eu tenha relutado, agora me sinto alegre por cumprir o plano de Deus.

DISCÍPULO — E se o Messias for você? Muitos acreditam que em breve Javé irá nos revelar essa verdade.

BATISTA — Javé sabe que eu não seria capaz de libertar nosso povo.

Um silêncio.

DISCÍPULO — Posso saber que impressão tão forte Jesus lhe causou?
BATISTA — Trata-se de um prodígio.
DISCÍPULO — Em que sentido?
BATISTA — Um homem bom.
DISCÍPULO — E você não é bom?
BATISTA — Não como ele.
DISCÍPULO — Posso saber o que significa um homem bom?
BATISTA — Alguém que pensa nos outros antes de pensar em si.
DISCÍPULO — E isso é possível?
BATISTA — Jesus está nos mostrando que sim.
DISCÍPULO — Era isso que você esperava desde o início?
BATISTA — Para mim também está sendo uma novidade.

Um silêncio.

DISCÍPULO — Desculpe, mas não há sentido algum no que está dizendo.
BATISTA — Você devia voltar para casa, isso sim.
DISCÍPULO — Não vou deixar nosso trabalho se perder por causa de um mistificador.
BATISTA — Não fale assim de Jesus.
DISCÍPULO — Não sou o único que pensa desse jeito.
BATISTA — Quer dizer que se voltarão contra mim?
DISCÍPULO — Não queremos chegar a esse ponto.
BATISTA — Se continuarem assim, será inevitável.
DISCÍPULO — Peço que reconsidere a sua posição.
BATISTA — Não vou fazer isso.
DISCÍPULO — Em nome do nosso povo.
BATISTA — Aos poucos, reconhecerão que Jesus é o Messias.

DISCÍPULO — Sequer consigo encarar Jesus como um profeta. No máximo alguém bem-intencionado, mas que não nos revelou nada além do que você e os outros profetas já nos revelaram. Como posso ficar em paz com a minha consciência?

BATISTA — É uma resposta que cada um terá na medida em que se aproximar de Jesus.

DISCÍPULO — Você sabia que muitos estão nos deixando para segui-lo?

BATISTA — Eu imaginei que isso um dia aconteceria.

DISCÍPULO — Abadias, por exemplo, seu discípulo mais fiel, procurou Jesus. Não lhe parece um golpe duro demais?

BATISTA — Dito assim, até que sim, mas deve ter acontecido pela urgência de Jesus. Ele precisa de aliados para difundir suas ideias. Para isso, seus discípulos têm trabalhado muito.

DISCÍPULO — Mas é certo usurpar a história de um povo para fundar uma seita?

BATISTA — Ninguém está usurpando ninguém, é uma linha de evolução que está se revelando. Muito ainda terá de ser feito para que o reino dos céus se instaure entre nós. Não se trata de uma seita, mas de algo único na história.

DISCÍPULO — Antes de vir para cá, encontrei Abadias com outros homens, ouvindo um discurso de Jesus.

BATISTA — Não se juntou a eles?

DISCÍPULO — Eu queria falar com Abadias.

BATISTA — Escutou ao menos Jesus?

DISCÍPULO — Senti vontade de esmagar a cabeça de Abadias, isso sim.

BATISTA — Pois é exatamente dessa fúria que precisamos nos livrar. Jesus tem nos ensinado que a mansidão é o caminho mais rápido para a bem-aventurança.

DISCÍPULO — É assim que ele pensa em libertar a Judeia dos romanos?
BATISTA — Você não sentiu nada ouvindo Jesus pregar?
DISCÍPULO — Se quer saber, ele me olhou com uma frieza que me gelou a alma, como se eu fosse um intruso em seu caminho. Alguém que ele preferiria varrer da face da Terra.
BATISTA — Com certeza você não o interpretou corretamente.
DISCÍPULO — Esse homem não me parece nada confiável.
BATISTA — E você, será mais confiável que ele? *(Um silêncio.)* Desculpe, eu não quis dizer isso. Você não compreende a natureza de Jesus.
DISCÍPULO — Serei obrigado a aceitar que ele é o Messias?
BATISTA — Devia ao menos tentar.
DISCÍPULO — E se eu não conseguir?
BATISTA — Fique atento aos sinais.
DISCÍPULO — Quais?
BATISTA — Das testemunhas, que têm mostrado que não se trata de um homem qualquer. Anunciei um guerreiro vitorioso que traria a ordem, mas Jesus é o mais compassivo dos homens.
DISCÍPULO — Tolerante me parece a melhor palavra.
BATISTA — E qual é o problema em ser tolerante?
DISCÍPULO — Tolerar os corruptos e hipócritas lhe parece digno de um Messias?
BATISTA — Você prefere o velho "olho por olho, dente por dente"?
DISCÍPULO — Acha justo oferecer a outra face a quem nos ofende?
BATISTA — Jesus não é tão inocente assim.
DISCÍPULO — É o quê, então?

BATISTA — Não ouviu dizer que ele expulsou os fariseus do templo?

DISCÍPULO — Muito se diz sobre Jesus, mas ele pouco tem feito por nós.

BATISTA — Tente seguir as pistas que ele tem deixado.

DISCÍPULO — Com qual objetivo?

BATISTA — Será mais fácil agora do que quando ele não estiver mais presente.

DISCÍPULO — E se eu não puder agir assim?

BATISTA — Estará contrariando Javé.

DISCÍPULO — Javé é quem está nos ignorando.

BATISTA — Como ousa dizer uma coisa dessas?

DISCÍPULO — É um momento delicado, Mestre. Nossa história poderá mudar a partir de agora. Estou temendo por nosso futuro. O que faremos com o trabalho realizado até aqui?

BATISTA — Jesus o levará adiante, nada será desperdiçado.

DISCÍPULO — Mas é uma ruptura, uma traição!

BATISTA — Não diga isso!

DISCÍPULO — Se quer saber, Abadias mal me olhou quando me aproximei dele. Tratou-me como se não me conhecesse. Então é para isso que Jesus veio? Ontem, Abadias era meu irmão, agora me trata como se eu fosse um inimigo. Jesus está feliz com isso? Como será que ele reagirá diante de uma guerra?

BATISTA — Que guerra?

DISCÍPULO — A que em breve nos jogará uns contra os outros.

BATISTA — Por qual motivo?

DISCÍPULO — Acha que Jesus será aceito por todo o povo?

BATISTA — Por isso deixaremos de apoiá-lo?

DISCÍPULO — Será uma luta inglória!

BATISTA — Que conduziremos com a ajuda dele.
DISCÍPULO — Eu sei o que virá.
BATISTA — Não seja tão presunçoso.
DISCÍPULO — A história se repete.
BATISTA — Agora será diferente.
DISCÍPULO — Talvez ver uma nação unida não passe de um sonho.
BATISTA — Há muito que estamos divididos.
DISCÍPULO — E com Jesus será diferente?
BATISTA — É nisso que estou apostando.
DISCÍPULO — Estou começando a me arrepender de ter iniciado essa jornada. A vinda de Jesus é uma afronta para nós. Ele é diferente do nosso povo, está desvirtuando o nosso caminho.
BATISTA — Jesus é um judeu como outro qualquer.
DISCÍPULO — O problema é que ele quer ser mais que um judeu. Não precisávamos de nada disso para continuar. Não aceitarei que aqueles que até ontem nos seguiam passem a nos ridicularizar. Tudo por causa de um fazedor de milagres.
BATISTA — Não conteste os milagres.
DISCÍPULO — Nunca ninguém os viu.
BATISTA — Já disse para esperarmos.
DISCÍPULO — Mas quem é ele, afinal?
BATISTA — Deixe que ele se revele.
DISCÍPULO — Desculpe, mas eu não vou esperar por esse dia.
BATISTA — Você é quem sabe.

Um silêncio.

DISCÍPULO — Eu nunca pensei que você estivesse com tanto medo. Está renegando a sua missão. Está deixando de cumprir sua parte no plano de Deus. Não pode abandonar o que lhe foi confiado em segredo.
BATISTA — Você é que não quer aceitar o fim da minha missão.
DISCÍPULO — Pois eu vou levá-la adiante, nem que seja sozinho.
BATISTA — Em que direção, se já não há caminho?
DISCÍPULO — Seguirei até encontrar o autêntico Messias.
BATISTA — Não poderá fazê-lo sem a minha permissão.
DISCÍPULO — Outros estarão ao meu lado.
BATISTA — Está querendo liderar nosso povo?
DISCÍPULO — Só porque estou duvidando de Jesus?

Um silêncio.

BATISTA — Mas onde iremos parar desse jeito? Pense no que fizemos durante esse tempo todo, para combater os escribas e a corja dos romanos. Acha que evoluímos alguma coisa, usando de tanta violência? Não crê que já é hora de mudarmos de estratégia?
DISCÍPULO — E não haverá estratégia melhor que a de Jesus?
BATISTA — Qual seria?
DISCÍPULO — Prosseguir, sem esmorecer.
BATISTA — Pegar em armas?
DISCÍPULO — Mas quem está falando em armas?
BATISTA — Será o próximo passo, a ver pela disposição do povo.
DISCÍPULO — Se servisse para estimular a espera do Messias, até que seria oportuno. Ou você esqueceu que estamos cercados de inimigos? Se quisermos manter nossa integridade, precisamos ser coerentes com nossos princípios, nem que às vezes usemos da força, você sabe disso.

BATISTA — Desculpe, mas eu não pactuo mais com essas ideias.

DISCÍPULO — Você verá o que os discípulos de Jesus farão para impô-lo aos demais.

BATISTA — Mas quem está preocupado com isso?

DISCÍPULO — Você acha que Jesus não está?

BATISTA — Você fala como se ele fosse um impostor.

DISCÍPULO — Jesus não hesitará em usar de artifícios para se fazer valer.

BATISTA — Jamais chegará a cometer as loucuras que cometemos.

DISCÍPULO — Ele é mais esperto do que imaginamos.

BATISTA — Já disse que Jesus não pensa em si.

DISCÍPULO — Você fala como se ele fosse Deus.

BATISTA — Tudo aconteceu durante os quarenta dias em que ele esteve no deserto.

DISCÍPULO — Do que você está falando?

BATISTA — Da certeza de que ele é o Messias. Até então, ele mesmo não sabia.

DISCÍPULO — Apesar da palavra de Javé, no Jordão?

BATISTA — Apesar.

DISCÍPULO — E como ele teve essa certeza?

BATISTA — A partir dele mesmo.

DISCÍPULO — Ele disse a si mesmo que era o Messias?

BATISTA — Por que está me ironizando?

DISCÍPULO — Mas onde está querendo chegar?

BATISTA — Esse é o cerne do mistério.

DISCÍPULO — A troco de quê está tentando se convencer disso?

BATISTA — Não estou tentando me convencer de nada.

DISCÍPULO — Está cansado de pregar no deserto?

BATISTA — Você sabe que eu nunca estive tão confiante.

DISCÍPULO — Talvez não esteja mais querendo viver.
BATISTA — Acho que já não vemos mais a vida da mesma forma.

Um silêncio.

DISCÍPULO — Crê ser possível um homem revelar a si mesmo que é o Messias?
BATISTA — Quando esse homem é o próprio Deus, sim.
DISCÍPULO — Está falando de Javé?
BATISTA — Claro que não.
DISCÍPULO — Mas que absurdo é esse?
BATISTA — Ele próprio me contou.
DISCÍPULO — Vocês conversaram?
BATISTA — Sim.
DISCÍPULO — Quando?
BATISTA — Ontem.
DISCÍPULO — Então foi por isso que você sumiu? E acreditou em tudo que ele disse? Como pôde chegar a esse ponto?
BATISTA — Através da fé.
DISCÍPULO — Mas isso é uma loucura!
BATISTA — É porque você não o conheceu.
DISCÍPULO — Já disse que o conheci.
BATISTA — Nunca o sentiu tão próximo de si.
DISCÍPULO — O suficiente para querê-lo bem longe.
BATISTA — Você não o viu dentro de você. *(Um silêncio.)* Não se sai imune de um encontro com Jesus. Aquele dia em que o batizei não foi nada perto de ontem. Quando ele se aproximou, senti todo o meu corpo tremer. Eu não conseguia tirar os olhos dele. Tive a impressão de que ele não pisava no chão. Não sei o que houve, mas esse encontro me transformou.
DISCÍPULO — Parece que além da conta.

BATISTA — E se me transformou... Se eu ainda importo alguma coisa para o nosso povo...

DISCÍPULO — Você sabe que importa.

BATISTA — Então me escute uma última vez. *(Um silêncio.)* No deserto, Jesus enfrentou inúmeras tentações. Venceu o homem em si e tornou-se Deus.

O Discípulo começa a sair.

BATISTA — Olhe para mim. *(O Discípulo volta-se.)* O que você vê?

DISCÍPULO — Um homem.

BATISTA — Pois então.

DISCÍPULO — O que há de espantoso nisso?

BATISTA — O que você espera de um homem?

DISCÍPULO — Tudo.

BATISTA — Não devia ser tão otimista.

DISCÍPULO — Ainda mais quando esse homem é você.

BATISTA — O que esperar de um homem que descobriu sequer ter vencido o animal em si? Se Jesus venceu o homem para se tornar Deus, eu ainda preciso vencer o animal para me tornar homem. Entende a diferença? Há um abismo entre Jesus e eu.

DISCÍPULO — Me parece uma bela forma de se autodepreciar.

BATISTA — Não se trata disso, mas da própria realidade. Foi o que eu percebi ao encontrar Jesus ontem. Por isso, subitamente me ajoelhei diante dele. E quando eu pensei que tudo estivesse acabado, ele me contou a história de uma prostituta.

DISCÍPULO — Que prostituta?

BATISTA — Nada que não aconteça a toda hora, em todo o mundo. Trouxeram-lhe uma prostituta para ele condenar. Mas quando ele me contou de sua reação...

DISCÍPULO — O que ele fez?
BATISTA — A perdoou.
DISCÍPULO — E o que isso tem de mais?
BATISTA — Seu perdão me humilhou.
DISCÍPULO — Humilhou?
BATISTA — Eu também a apedrejaria, como os outros.
DISCÍPULO — Estaria dentro da lei, se agisse assim.
BATISTA — Mas ao ouvi-lo falar, senti vergonha de mim. Do que fui até ontem. Não era um mero pensamento, em que eu me observava à distância, mas eu fora atingido na essência, de uma forma que eu desconhecia. Então, pela primeira vez avistei o ódio dentro de mim. O ódio que eu sentia por tudo e por todos. Agora compreendo de onde vinha aquela força.
DISCÍPULO — Pode me dizer de onde?
BATISTA — De alguém maior que ele.
DISCÍPULO — Pode haver alguém maior que Deus?
BATISTA — Acontece que Jesus é apenas uma parte de Deus.
DISCÍPULO — Agora vai partir Deus em pedaços?
BATISTA — Talvez o filho Dele.
DISCÍPULO — Haverá alguém que não seja filho de Deus?
BATISTA — Ninguém é capaz de decifrar todo o mistério.
DISCÍPULO — Seria patético se não fosse trágico. *(Um silêncio.)* Tem certeza de que está se sentindo bem? Será que no Jordão, você não se equivocou? Jesus não é seu primo?
BATISTA — Há anos que não nos víamos.
DISCÍPULO — Esses laços de família não se perdem assim tão facilmente.
BATISTA — É outro o tipo de sentimento que me une a ele.
DISCÍPULO — Tem certeza que Jesus não o seduziu? Foi mesmo a força dele que o convenceu nesse episódio com a prostituta? Não terá sido a fraqueza?

BATISTA — Você chama o amor de fraqueza?
DISCÍPULO — E o que o amor tem a ver com isso?
BATISTA — O amor é o maior atributo de Deus.
DISCÍPULO — E isso ele também lhe disse?
BATISTA — Onde está Deus, o amor estará junto.
DISCÍPULO — O amor às vezes pode ser tão conveniente. Perdoar uma prostituta pode significar tantas coisas. Há muitas vantagens em transigir com a imoralidade e a indecência.
BATISTA — E quais seriam essas vantagens?
DISCÍPULO — A questão é que para Jesus existir, é preciso que nos humilhemos. É fácil amar os oprimidos, até que se rebelem. Não era disso que precisávamos, mas de mais liberdade, nem que fosse para nos perdermos de vez. Não concebo outra forma de seguir. Mas Jesus nos impede de sermos nós mesmos. Está criando uma falsa ideia de bondade. O paraíso que ele prega não passa de utopia, até você está se iludindo.
BATISTA — Tente se aproximar dele e verá.
DISCÍPULO — Eu não vou fazer isso.
BATISTA — Então reflita sobre o modelo que ele está nos deixando.
DISCÍPULO — Essa é a ideia que eu mais desprezo.
BATISTA — Precisávamos de algo assim para continuar.
DISCÍPULO — Não podíamos seguir apenas com Javé?
BATISTA — Por que você insiste em contrapor Jesus a Ele?
DISCÍPULO — Nunca vai me convencer do contrário.
BATISTA — Então esqueça o Jesus divino. Encare-o como um homem. Pois tente enxergá-lo como eu o enxerguei. Descobri que ao lado dele não sou ninguém. E é por isso que eu preciso me calar. Entenda que não foi fácil chegar a essa conclusão. Mas eu precisei aceitar.

DISCÍPULO — E você quer que eu aceite o mesmo? Quer que eu concorde que a salvação está em Jesus? Quer que eu esqueça a promessa feita ao nosso povo?
BATISTA — Uma coisa não implica necessariamente a outra. *(Um silêncio.)* E você, não vai falar nada?
DISCÍPULO — O que mais você quer que eu fale?
BATISTA — Qualquer coisa.
DISCÍPULO — Que estou decepcionado por vê-lo tão derrotado?
BATISTA — Não estou me sentindo assim.
DISCÍPULO — Pensa que me engana?
BATISTA — Nunca pretendi fazer isso.
DISCÍPULO — Percebo que não suporta mais trabalhar para Javé. Mas devia pensar no povo que tanto o admira.
BATISTA — Não é hora de pensar em ninguém.
DISCÍPULO — Eu estou aqui escutando e... O que aconteceu com você, Batista? Onde foi parar aquela sua língua de fogo?
BATISTA — Chegou a hora de abrandá-la.
DISCÍPULO — Por que está traindo seu povo?
BATISTA — Não admito que fale assim.
DISCÍPULO — Você é conhecido em todo o Oriente. O que faremos com os que vêm de longe para vê-lo?
BATISTA — Vamos encaminhá-los a Jesus.
DISCÍPULO — Desculpe, mas eu jamais farei uma coisa dessas.
BATISTA — Se impérios caem, por que os homens não podem ser suplantados?
DISCÍPULO — Quer que o vejam como um vencido?
BATISTA — Pense na lei natural da vida.
DISCÍPULO — Qual?
BATISTA — Aquela em que os jovens sucedem os velhos.
DISCÍPULO — Mas vocês são quase da mesma idade.

BATISTA — Estou falando sob um outro ponto de vista.
DISCÍPULO — E você quer que eu convença os peregrinos disso? Quer que eu clame aos quatro ventos que o Batista é o último profeta?
BATISTA — Se não puder fazer isso, deixe que eu mesmo faça.

Um silêncio.

DISCÍPULO — Você até pode admirar algumas qualidades de seu primo. Admito que ele seja um caso de rara inteligência. Mas não devia descartar um projeto de uma vida inteira. Está cometendo um erro que jamais será perdoado. Por que não reconhece que não pode mais seguir sozinho, que precisa de nossa ajuda, que se enganou ao dizer que ouviu a voz de Javé no Jordão? Agora não era o momento de parar, Batista! Pelo contrário, era hora de unir nosso povo, como sonharam os patriarcas! Você nunca acreditou em si. Nunca valorizou o que fez pelo seu povo. As palavras... As pregações... De nada valeram as respostas que lhe deram?
BATISTA — Nunca ninguém acreditou em mim, essa é a verdade. Não estou cansado, mas exausto! De que valeu todo esse tempo de pregação? De que valeu o apelo à conversão moral e às regras de conduta? Tudo caiu no esquecimento! Nada chegou a tocar as pessoas! Agiram por obediência, não por convicção! Agradeço a Javé que o Messias tenha chegado com uma nova aliança. Agradeço que sua proposta seja diferente da minha. Basta de lei, chegou a hora da graça! Sim, chegou aquele que é maior do que eu, e agradeço que ele tenha vindo para pôr as coisas no seu devido lugar.

DISCÍPULO — Ou será que é o momento de desfazermos a farsa que o apresentou como alguém especial?
BATISTA — Agora vai me rebaixar?
DISCÍPULO — Talvez você não seja melhor que ninguém.
BATISTA — Precisa disso para se valorizar?
DISCÍPULO — Quem sabe até a sua força tenha sido forjada.
BATISTA — Me orgulho de ser o instrumento dessa transição.
DISCÍPULO — Ou terá Javé revelado a sua faceta mais sórdida?
BATISTA — Não tem medo de estar indo longe demais, falando assim?
DISCÍPULO — O que poderá me acontecer?
BATISTA — O que aconteceu com todos os que traíram o pacto com Javé.
DISCÍPULO — Haverá maior traição do que nos impor Jesus à força? Talvez Javé tenha nos enganado durante esses anos todos, espalhando pistas falsas pelo caminho, nos fazendo acreditar numa terra prometida, para só agora nos fazer entender que, se somos mesmo um povo eleito, o somos para o sofrimento.
BATISTA — Acredita mesmo no que está dizendo?
DISCÍPULO — Claro que não, Mestre, você sabe! *(Ajoelhando-se, no auge do desespero.)* Acredito em sua sabedoria. Acredito em seu discernimento. Acredito em sua justiça. Acredito que você sempre soube a direção que devíamos seguir. Acredito que você é o escolhido de Javé. E acredito que está nos escondendo algo de bom, que logo irá nos revelar.
BATISTA — Agradeço que tenha mudado de ideia. Mas eu não sou nada disso que você está falando. Talvez nunca tenha sido. Não chego ao ponto de dizer que minha vida tenha sido em vão. Nem tenho mais como saber se o que fiz foi certo ou errado. Mas agora só importa que eu tenha cumprido minha missão. Não sei o que

virá, mas é fato que nada mais será como antes. *(Um silêncio.)* E você, onde ficarão suas certezas a partir de agora?

DISCÍPULO — Como vou saber?

BATISTA — Terá de buscá-las dentro de si.

DISCÍPULO — Por quê?

BATISTA — Não será a partir das minhas que encontrará as suas.

DISCÍPULO — Por onde começarei?

BATISTA — Aprenderá com o tempo.

DISCÍPULO — Será que conseguirei?

BATISTA — Claro que sim.

DISCÍPULO — Até hoje meu único modelo de virtude foi você.

BATISTA — Mas agora será diferente. *(Um silêncio.)* Talvez esse momento nos revele algo de mais profundo: meu próprio fim.

DISCÍPULO — Eu não imaginava que estivesse tão desencantado.

BATISTA — Eu só poderia repousar com a vinda de Jesus.

DISCÍPULO — Você devia pedir ajuda a Javé para não sucumbir a esses pensamentos tão sombrios.

BATISTA — E se for verdade que morrerei em breve?

DISCÍPULO — Javé seria muito injusto se fizesse isso consigo.

BATISTA — Então estarei apenas desanimado, como em outras vezes?

DISCÍPULO — Javé o abandonaria quando mais precisa dele?

Um silêncio.

BATISTA — O problema é que estou sentindo a proximidade do fim.

DISCÍPULO — Foi Javé quem lhe disse isso?

BATISTA — Descobri por mim mesmo.

DISCÍPULO — Já não acredito em nada do que sente.

BATISTA — Logo agora que tudo está tão claro?
DISCÍPULO — Para mim nunca esteve tão obscuro.
BATISTA — Minha vida se encontra entre duas danças. A primeira aconteceu quando Jesus estava na barriga de sua mãe, e eu na barriga da minha. Quando sua mãe, que era minha tia, visitou a minha mãe, dizem que eu dancei para celebrar aquele que viria depois de mim. Parte do meu destino já estava selada desde então.

Um silêncio.

DISCÍPULO — E a outra dança?
BATISTA — Parece indicar a outra parte do meu destino. Uma visão de minha morte, que tive ontem. Minha cabeça — mal tive coragem de contar a Jesus que eu fora decapitado.
DISCÍPULO — De onde você tirou essa visão?
BATISTA — De um sonho.
DISCÍPULO — E como era essa dança?
BATISTA — Dessa não consigo me lembrar. *(Um silêncio.)* Mas numa coisa me sinto como a maioria. Sou um mero mortal.
DISCÍPULO — Existe por acaso alguém que não seja?
BATISTA — Jesus vive desde sempre e nunca morrerá.

Um silêncio.

DISCÍPULO — Mestre, estou ficando preocupado. Você não está me parecendo nada bem. Está dizendo coisas que... Danças... Cabeça...
BATISTA — Para mim é natural.
DISCÍPULO — E agora, que Jesus é eterno?
BATISTA — Para você, que diferença faz?

DISCÍPULO — Sonhou que perdeu a cabeça?

BATISTA — É justo perto do que fiz com o meu povo.

DISCÍPULO — Está dizendo que merece ser punido por Javé, por ter dedicado sua vida a uma missão que Ele lhe confiou?

BATISTA — Por ter me equivocado quanto aos meios para cumpri-la.

DISCÍPULO — Mas o que está acontecendo com você? Como se não bastasse abandonar o que conquistou, agora vai se culpar pelo que fez? Se ao menos houvesse uma tradição sustentando Jesus...

BATISTA — Jesus inaugurará a sua própria tradição.

DISCÍPULO — Talvez não precisemos mais de um Messias.

BATISTA — Só nos livraremos disso quando formos deuses.

DISCÍPULO — Acredita que será possível?

BATISTA — É melhor você ir embora.

DISCÍPULO — Não faça isso.

BATISTA — Não era o que você queria?

DISCÍPULO — Eu nunca disse uma coisa dessas.

BATISTA — Mas agiu para que acontecesse assim.

DISCÍPULO — Me desculpe.

BATISTA — Será melhor.

DISCÍPULO — Por quê?

BATISTA — Algo se rompeu entre nós.

DISCÍPULO — Só porque estamos discordando?

BATISTA — Acha pouco?

DISCÍPULO — E por isso devemos nos separar?

BATISTA — Não lhe parece inevitável?

DISCÍPULO — Eu não posso!

BATISTA — Por quê?

DISCÍPULO — Porque me sinto ligado a você! *(Um silêncio.)* Maldito Jesus!
BATISTA — Não fale assim!
DISCÍPULO — Ele te enfeitiçou!
BATISTA — Não diga bobagem.
DISCÍPULO — Você virou o fanático de uma seita que mal começou, cujos discípulos o abandonarão na primeira dificuldade. Uma seita que, sob a máscara da benevolência, levará o mundo à ruína!
BATISTA — Você decidiu ficar ao meu lado?
DISCÍPULO — Achou que eu o deixaria?
BATISTA — Será melhor para você que nos separemos.
DISCÍPULO — Eu é que sei o que será melhor para mim.
BATISTA — Vá embora.
DISCÍPULO — Não vou deixar tudo o que fizemos para trás.
BATISTA — Se ainda pretende seguir Javé, crie uma nova seita.
DISCÍPULO — Eu não estou preocupado com isso.
BATISTA — Você devia seguir seu próprio caminho.
DISCÍPULO — Eu só quero ficar ao seu lado!
BATISTA — Só se for ao lado de Jesus!

Um silêncio.

DISCÍPULO — Você está sendo muito cruel. Desculpe, mas eu não mereço passar por isso. Diga a Jesus o que está fazendo.
BATISTA — Para quê?
DISCÍPULO — Se ele for quem você está dizendo que ele é, jamais o perdoará.

Um silêncio.

BATISTA — Talvez Jesus tenha me impressionado justamente porque somos distintos. É possível que você esteja mais próximo dele do que eu.
DISCÍPULO — Para mim isso não faria a menor diferença.

O Discípulo começa a sair.

BATISTA — Aonde você vai?
DISCÍPULO — Agora você é que mudou de ideia?
BATISTA — Vamos voltar para casa.
DISCÍPULO — Acho que já não tenho mais casa. Fique com Javé. Ou com Jesus. Ou com quem mais você quiser.
BATISTA — Por que está falando assim?
DISCÍPULO — Foi você quem me obrigou.
BATISTA — E você, vai fazer o quê?
DISCÍPULO — Seguir sozinho.
BATISTA — Prefere desse jeito?
DISCÍPULO — Não me resta alternativa.
BATISTA — Depois do que passamos, acha que devemos nos separar?
DISCÍPULO — Parece que nenhum de nós mudará de ideia.
BATISTA — Eu não posso.
DISCÍPULO — Eu também não.
BATISTA — Não se engane.
DISCÍPULO — Talvez tudo isso não passe de um sonho.
BATISTA — Quem sabe um pesadelo.
DISCÍPULO — Talvez por isso seja melhor pararmos por aqui.

Sem Jesus, você não seguirá. Com ele, não continuarei. E já que virei um estrangeiro em minha própria terra, buscarei um novo lar.

BATISTA — Onde?

DISCÍPULO — Em qualquer lugar. Não será fácil, eu sei, sobretudo porque você não estará mais comigo. Mas talvez eu deva continuar buscando. Eu e todos que discordamos de Jesus. Porque de uma coisa estou certo: a unidade de nosso povo não se perderá. Ao contrário, será mais fortalecida.

Um silêncio.

BATISTA — E se o meu sonho se tornar realidade?

DISCÍPULO — Será um triste fim.

BATISTA — E antes disso, como serão meus últimos dias?

DISCÍPULO — Tristes também.

BATISTA — E meus últimos meses?

DISCÍPULO — Igualmente tristes.

BATISTA — Como saber quanto tempo viverei nessa situação?

DISCÍPULO — Você é quem está deixando que isso aconteça.

BATISTA — Não é verdade.

DISCÍPULO — Sua resignação é revoltante.

BATISTA — Não há como fugir do destino.

DISCÍPULO — Então prefiro partir, para não ver sua derrocada.

BATISTA — Tem certeza que será a melhor coisa a fazer?

DISCÍPULO — Eu já nem sei o que é "melhor" ou "pior".

BATISTA — Não podemos resolver as coisas de outra maneira?

DISCÍPULO — Adeus.

BATISTA — Que Javé o acompanhe.

DISCÍPULO — Até dele estou desconfiando. Quando iniciamos nossa jornada, nada seria capaz de nos separar. Tínhamos as mãos unidas e os olhos postos no infinito. Mas agora vejo o que sobrou disso tudo: tristeza e solidão. Será isso que deixaremos para as novas gerações?
BATISTA — Talvez Javé ainda nos conceda alguma bênção.
DISCÍPULO — E se o mundo for apenas um lugar de perdição?
BATISTA — Não acredito que Javé seja cruel a esse ponto.

O Discípulo começa a sair.

BATISTA — Espere!

O Discípulo hesita.

BATISTA — Vamos tentar de uma outra forma.
DISCÍPULO — Não creio que seja mais possível.

O Discípulo volta a sair.

BATISTA — E se eu estiver errado?
DISCÍPULO — Quanto a quê?
BATISTA — E se Jesus não for o Messias? Se ele não fizer nada por nós? Se ele só piorar as coisas?
DISCÍPULO — Por que Javé faria isso?
BATISTA — Talvez eu não o tenha entendido. O que aconteceria se eu pedisse para o povo esperar um pouco mais?
DISCÍPULO — Você reassumiria a liderança.
BATISTA — Será que me deixariam?
DISCÍPULO — Não tenho dúvida que sim.

BATISTA — E eu conseguiria?
DISCÍPULO — Buscaria forças naquele que nunca o abandonou.

Um silêncio.

BATISTA — E você, onde estará se eu voltar?
DISCÍPULO — Espero que por perto.
BATISTA — Então por que não fica agora?
DISCÍPULO — Não posso.
BATISTA — E se o futuro depender dessa nossa decisão? E se por causa dessa ruptura houver não apenas a guerra que você previu, mas tantas outras pela Terra?
DISCÍPULO — Que cada um resolva seus próprios dilemas.
BATISTA — Acredita que isso será possível?
DISCÍPULO — Não é o que você defende?
BATISTA — Mas se não resolvemos nem os nossos...
DISCÍPULO — O que você sugere?
BATISTA — A verdade é que eu nunca estive tão perdido.
DISCÍPULO — Então será difícil termos alguma esperança.

O Discípulo volta a sair.

BATISTA — Aonde você vai?
DISCÍPULO — Andar por aí.
BATISTA — Vamos tentar nos entender uma última vez.
DISCÍPULO — Desculpe, mas eu... Preciso partir.

Depois de hesitar novamente, sai o Discípulo. Batista ameaça segui-lo, mas desiste. Aos poucos escurece. Fim.

Memória

Uma fome

Leandro Sarmatz

Um homem pode pescar com o verme que se alimentou de um rei e comer o peixe que se alimentou do verme.

Hamlet

Afinal, tu sempre tiveste a maior vocação para escritor solitário, escreveu-me R. no último e-mail que se dignou a enviar. Depois disso, o silêncio perpétuo. Era final de outubro de 2004. Eu estava prestes a embarcar para uma temporada em Porto Alegre, minha cidade natal, primeiras férias desde que, há dois anos, eu e R. havíamos passado alguns dias trepando e enchendo a cara em Ouro Preto, a cidade dos becos, das ladeiras e das igrejas mortas, belas e mortas, e a declaração dela havia me deixado completamente baratinado. Escritor solitário? Escritor solitário? Escritor solitário? Eu seria capaz de enunciar mil vezes essa expressão, e ainda assim ela iria parecer francamente destituída de sentido. A rigor, eu não era uma coisa nem outra. Escritor: bem, eu havia publicado um punhado de poemas na adolescência, mas posso dizer que abandonei a poesia aos 19 anos. Há uma certa solenidade em declarar "abandonei a poesia", mas, acreditem, o digo sem a menor sombra de pretensão. E claro que eu não era nenhum Rimbaud, devo assegurar. Tampouco fui à

África comerciar armas e negros para depois morrer seco como um graveto, mil vezes estropiado, num leito de hospital. Depois, entre os 25 e 30 anos encetei alguns textos teatrais, mas nenhum deles foi levado aos palcos, além de uma pequena ficção que resta inconclusa. Provavelmente para sempre. De forma que, se eu era um escritor, eu só poderia ter algum parentesco com o triste, malogrado personagem do conto "Escritor fracassado", de Roberto Arlt. (Arlt: um gordo que escrevia como magro. Lembrar disso, preciso me lembrar.) Ricardo Piglia escreveu que foi preciso usar um guindaste para retirar, através da janela do apartamento, o caixão com o corpo imenso do escritor. Mitos portenhos. O personagem de Arlt: pretenso literato que atravessa a vida sendo uma promessa das letras, mas que, para seu próprio horror, nunca passa de uma utopia. Patético, mudo, derrotado. Pois é assim que eu me vejo, como uma promessa, e uma promessa nunca cumprida. E solitário? Bem, nisso talvez R. tivesse alguma razão. Desde que terminamos, eu não havia conhecido mais ninguém. Tampouco escrito uma linha sequer. Não que eu não tentasse ambas as coisas, ah, e como eu tentava, mas sempre num campo teórico, jamais tratando de ser prático. Preguiçoso como um gato gordo, essa foi a frase com a qual a mulher de um ex-amigo já me definiu. Um gato mudo, sem miau, e ainda por cima dolorosamente castrado. Pois de alguma forma ou outra eu não conseguia levar a cabo nenhum relacionamento e nenhum texto. Às vezes acontecia de eu conhecer, na festa de algum colega da editora (até há pouco era editor assistente de literatura infantil num grande grupo editorial, passava os dias entre minhocas tagarelas, nuvens com formas humanas e fadas melancólicas), uma moça interessante. Trocávamos algumas palavras, dançávamos. Parece mentira, mas tenho muito mais orgulho dos meus dotes como dançarino do que como editor ou literato. Meus passos. Pegava seu telefone, ficava de ligar, mas é claro que eu nunca telefonava. E não sei por que, para falar a verdade. Talvez porque o jogo todo, a sedução, não me fosse mais atraente. Não sei dizer. Ou essa minha mistura de orgulho e desamparo. Essa fome. E escrever, que é sempre tentar atrair a atenção de alguém, também já não parecia mais fazer muito sentido. Tenho 33 anos e sou baixinho, tendo ao atarracado, até há pouco era dono de umas manias, umas compulsões gastronômicas. Meu paladar é infantil. Sou filho único. Se pudesse, viveria apenas de pão, biscoito e chocolate. Mas sempre tive a ambição da magreza. E magro total. Metafisicamente magro. Literariamente magro. Como Kafka, como Beckett, como Graciliano. Seco, destituído de gordurinhas extras, leve a ponto de desaparecer. Já há algum tempo que venho tentando estabelecer as ligações entre magreza e literatura. Ou: magreza e boa literatura. Falo com o velho sobre isso. Penso muito na questão. Nem tanto quanto poderia, mas bastante para quem está assim como eu no momento. Tomo notas da minha memória, mas também do meu esquecimento. Não o faço por vaidade, posso declarar. Uma curiosidade incessante sobre o tema mais alguns devaneios pessoais conduziram-me a tal empresa. Pois também não foi a vaidade que me levou a emagrecer quase quarenta quilos nos últimos meses. Se foi, evito confessá-lo. Foi mais uma conjunção de acontecimentos. Querer emagrecer, para mim, assemelhou-se a um convite irresistível à arte, como naquelas performances de body art ou como o personagem de "O artista da fome", o conto de Kafka. Transformar-me em pouco mais de um saco de ossos pareceria o equivalente a escrever *Esperando Godot*. Ficar no essencial, depurar toda forma de excesso. Em jejum, num eterno Yom Kipur sem culpa nem perdão nem deus. Abstrato e fatal. Anoréxico no infinito. Rivalizar com o nada. Pois foi esse o princípio de tudo. Vejam: em muitas fotos de infância, sou aquele menino raquítico a quem o pediatra, espantado ("Nunca tinha visto um caso de raquitismo num lar de classe média"), havia recomendado judô, natação e vitaminas. Vejam: cá estou com 6 anos, fazendo pose de halterofilista, à beira da praia. O calção, presente da tia Helena, mal consegue cobrir o corpo magro, frágil arquitetura da infância. Vejam: é o dia em que os pais nos acompanham ao colégio para a celebração do Pessach, 1982. Eu tinha 10 anos, um cabelo de cogumelo, e as bochechas já denunciam os efeitos algo deletérios do judô, da natação, das vitaminas e do paladar infantil. Vejam: 1985, 13 anos, meu apelido era "Suíno" entre os colegas, eis uma foto do meu bar mitzvah. Nenhum comentário. Vejam: 1992, faculdade, eu tenho um ar saudável. Aos 20 anos, pareço até mesmo atlético. Vejam: 1999, uma foto tirada no casamento da minha prima. Estou, digamos, "cheinho". Contudo, no final de 2002 eu estava perigosamente gordo, como um dia Orson Welles foi capaz de se autodefinir. A balança oscilava entre os 78 e 80 quilos. E eu não passo de 1,65m. Sou baixinho, como declarei. Meu peso ideal, um médico me disse anteontem, é 60 quilos. Disse-lhe: 58 quilos é melhor, pois assim eu teria o peso de Raskólnikov. Duvido que tenha entendido. Ficou quieto, olhando-me com aquele olhar meio perdido de médico que não leu Dostoiévski. Vários tios e tias morreram em decorrência de complicações com o peso: diabetes, o inferno das doenças vasculares, o ataque cardíaco. Tia Raquel morreu aos 62, obesa mórbida. Tia Clara, que andava pra lá e pra cá com uma caixa de Amanditas dentro da bolsa, glicose beirando os 300, teve um ataque fulminante. Tia Fany, que operou o estômago, sofreu um AVC, ficou torta, tortinha, morreu meses depois, asfixiada no próprio vômito. As tias todas morreram. Era meu segundo ano em São Paulo, continuava mantendo o namoro com R., escrevia, às vezes febrilmente e durante largos períodos, as tais peças de teatro. Mas tudo parecia-me insosso, frouxo, inepto. Minha prosa parecia gordurosa, era como um pastel de feira amarelado, recém-resgatado do mergulho no óleo fervente. Sumo paradoxo: já saindo frio, destituído daquele calor que nos faz tolerar o excesso de gordura saturada. Continuava a ser a tal promessa literária, recebia cartas de um poeta menor da minha cidade que me lambuzavam de elogios os mais disparatados, minha antiga orientadora da pós-graduação vivia falando de mim a seus pares naqueles congressos de Teoria Literária, meus pais devem ter morrido com a certeza de que seus esforços para me assegurar uma boa educação não haviam sido em vão. Tenho certeza de que minha querida mãezinha e meu adorável paizinho pensavam no meu futuro enquanto o Ford Fiesta deles capotava na estrada, a caminho do litoral. E que em meio às chamas, lá da ferragem retorcida, minha mãe tinha seus últimos momentos neste mundo rememorando minha formatura na Faculdade de Letras. Meu pai, o peito esmagado pelo volante, gastava suas últimas reservas de oxigênio e dizia, Sou pai de um poeta, sou pai de um poeta. Eu escrevia e vivia como um gordo. E a obsessão da magreza foi um estalo, apareceu de forma tão súbita e inescapável! E esse momento varreu todo o meu ser. Da noite para o dia só havia o pensamento da magreza, a contagem de calorias, as idas e vindas ao banheiro (muito laxante). O espelho parecia ter se tornado um aliado. Era estranho e, ainda hoje, parece quase inverossímil. Num piscar de olhos eu estava abdicando do pão, dos biscoitos e do chocolate. Comia frutas, contava suas calorias num bloquinho durante o dia. E caminhava febrilmente durante duas, três horas ou mais. Atravessava a região central da cidade. Praça João Mendes. Rua Maria Paula. Consolação. Maria Antônia. Avenida Higienópolis. Alameda Barros. Ou então: Rua Jaguaribe. Rua do Arouche. Avenida São Luiz. Rua Augusta. E algo aconteceu comigo. Foi numa de minhas longas caminhadas, perdido no meio dessa gente. Eu já estava zanzando pelas ruas da zona central há pelo menos duas horas. A cabeça doía um pouco, eu tentava afastar a todo custo o pensamento de uma refeição, que vinha e voltava a cada passo. Eu lembrava de comida, esquecia, lembrava novamente. Eu comecei a ouvir melhor, ou pelo menos parecia que a audição estava mais apurada. Meus sentidos pareciam estar mais sintonizados com a realidade que me cercava. A magreza havia me deixado mais agudo. Foi então que eu comecei a escutar. Um velho passou por mim e disse: beterraba me provoca ânsia de vômito. Um casal passou por mim e o homem disse: comer todinha. Um japonês de meia-idade passou por mim e disse: derreteu. Uma menina passou por mim e disse: é o melhor sorvete que eu já. Um homem de aspecto triste passou por mim e disse: não sobrou migalha. Na frente de um bar um guarda passou por mim e disse: a carne toda. Uma velhinha muito alquebrada passou por mim e disse: a sopa rala. Diante do homenzinho verde do semáforo um adolescente passou por mim e disse: engoliu. Na saída de um estacionamento, o homem dentro do carro passou por mim e disse: os doces. Uma mulher passou por mim e disse: não fechei a boca. Um homem ou mulher, não consegui identificar, passou por mim e disse:

uma bolacha. Uma mulher muito gorda passou por mim e disse: só de gordura. E assim tudo o que se dizia tinha como assunto a comida. Todos pareciam encher a boca para falar do que estavam comendo. Era uma espécie de terrorismo. Julien Sorel chega a anunciar uma greve de fome, ao desconfiar de que teria que comer com os criados. A fome como política. Sorel adquirira a repulsa por comer lendo as *Confissões*, de Rousseau. Deixei de comparecer a um encontro mensal de literatos. Dois motivos. O primeiro é que o tal encontro é realizado num restaurante onde a *pièce de resistence* é uma feijoada. E eu estava me alimentando muito pouco, a cada semana eu restringia ainda mais a minha dieta. O segundo é que, despido das ambições literárias, não achava mais a menor graça naquele bando de poetas, prosadores e jornalistas que se engalfinham para mostrar, a cada encontro, o quanto têm supostamente elevado o nível (medíocre, na maior parte) de sua arte. E falam "arte" de boca cheia: de pretensão e feijoada. Era o tédio, também. O velho também desistiu de tudo isso, desse circo todo. No final você se cansa desse mundo antigo, diz o velho, citando Apollinaire. Tudo é alusão. Preciso parar de ser alusivo. Perdido no meio dessa gente. É curioso observar que, a cada peso perdido, perdia também a vontade de ler, escrever ou urdir livros. Mas vinha o tema do ensaio. Tenho a impressão de que um de seus pilares teóricos seja o aforismo de número 51 — meu peso algumas semanas atrás — de *Minima moralia*, de Adorno: "Nunca se deve ser mesquinho nos cortes... Faz parte da técnica de escrever ser capaz de renunciar até mesmo a pensamentos fecundos... Como à mesa, não se deve comer até os últimos bocados, nem beber até o fim." Eu pensava em roupas que se ajustariam à minha nova condição e se no dia seguinte faria sol para que eu pudesse zanzar entre as ruas do centro da cidade. Pensava também o quanto havia consumido, e o quanto a menos eu deveria consumir no dia seguinte. Chegava a contemplar o dia da inanição total. Como Gogol, que morreu sequinho, depois de semanas sem ingerir qualquer alimento e após anos de silêncio literário. Depois da segunda parte de *Almas mortas* (conta-nos Nabokov naquela biografia enxuta que ele escreveu na década de 40, assim que desembarcou nos Estados Unidos. Nabokov: um russo que tendia ao gordo e que às vezes escrevia num inglês muito adocicado. Lembrar disso, preciso me lembrar), depois da segunda parte da sua obra-prima, Gogol, que se habituara a observar e a anotar os costumes do seu povo e atribuía a esse poder de observação sua suposta inspiração, viu-se subitamente sem assunto. Tergiversava, empreendeu uma viagem para o Oriente, atravessava períodos de loucura e delírio. Mas não assumia a secura. Nas cartas, ele sempre dá a entender que estaria urdindo um novo e grandioso projeto literário. Nada. Enlouqueceu aos pouquinhos. E assim me isolava mais e mais. Ao mesmo tempo, não posso dizer que os elogios e observações de colegas e conhecidos ("Está mesmo elegante"; "Qual é o segredo dessa magreza?") não me afagassem o ego. Claro que sim. E o círculo se completava. Como que para corresponder às expectativas de magreza dos outros, eu mergulhava ainda mais no mundo do jejum. E havia esquecido completamente a literatura. Ou quase. Até hoje só consigo falar de literatura com o velho. Aliás, a única pessoa com quem converso ultimamente, fora o tralalá sem sentido que sou obrigado a simular, como um ventríloquo do departamento de RH, com as pessoas que trabalham na editora e eventualmente aparecem aqui para visitas, suas caras todas estranhamente iguais, bocas e olhos sempre no mesmo lugar, e como se movimentam suas bocas e seus olhos!, é mesmo o velho. Falo apenas com o velho. Mal abro a boca para falar com o médico, não digo um ai às enfermeiras. Nem punheta eu bato mais. O velho é magro, é quase um cadáver que respira. O velho quase não parece existir, tão leve se projetava na calçada quando a gente se encontrava para tomar um café e trocar umas palavras. Até hoje, quando aparece aqui, eu o admiro ao contemplar seu estado. Parece a cada dia mais roído por fora. Desconheço sua dieta. Preciso perguntar. Outra coisa para lembrar. Usa um jeans que dá a suas pernas a aparência de dois palitos prestes a se esfarelarem. O velho comeu a mulher do Jango às vésperas do Golpe de 64 e hoje passa os dias lendo Saint-Hilaire com o auxílio de uma lupa enorme. Saint-Hilaire na província de São Paulo. A viagem de Saint-Hilaire pelo Rio Grande do Sul e pelo Prata. Saint-Hilaire para lá e para cá. Sempre em trânsito. Perdido no meio dessa gente. O velho costuma dizer que a ficção científica não existe como gênero na literatura brasileira porque as narrativas dos viajantes europeus do século XIX já estabeleceram o Brasil como um planeta à parte, um planeta fantástico, espécie de Marte com palmeiras, suçuaranas e tribos indígenas que comiam carne humana. O passado é nosso futuro, diz o velho, e a forma pela qual cada geração lê o passado é a verdadeira ficção do futuro. Logo, afirma o velho, é irrisório tentar criar um mundo fantástico sobre um outro mundo previamente criado, como é o Brasil nas páginas dos viajantes europeus. Não tenho certeza disso. Mas o velho fala com uma ênfase. Isso e mais a tendência realista, que tende à estreiteza, do colonizador português, explica o velho, misturando seu puro palpite com uma dose de imaginação sociológica. O velho me convence. As histórias do velho. O velho teve algum cargo na Casa Civil durante o governo Jango. Era amigo do Darcy Ribeiro. O velho havia sido trotskista na juventude mas apesar disso se dava bem com o Darcy Ribeiro. Conta que os dois foram em parte responsáveis pela precariedade da Biblioteca Nacional, no Rio, durante um bom tempo. O velho diz que a Biblioteca Nacional tem (ou tinha) dois exemplares da Bíblia de Gutenberg. Os americanos souberam disso e ofereceram: em troca de um exemplar eles fariam um enorme prédio anexo para ampliar a Biblioteca Nacional, forneceriam toda a tecnologia de ponta da época (microfilme, suspeito) e transformariam a nossa biblioteca numa versão tropical da Biblioteca do Congresso, em Washington. O velho, que na época era quarentão, ex-trotskista e antiamericano, foi um dos que se opuseram ao escambo. Os primeiros índios em quinhentos anos de história que não aceitaram os espelhinhos do homem branco, caçoa o velho. Nada aconteceu. Nada feito. *No deal.* Aí veio abril, Jango não quis resistir e o velho foi para o Uruguai acompanhando a comitiva toda. E ele já tinha comido a mulher do Jango. O velho ficou dois anos no Uruguai ("bostando em Montevidéu e pastando na fazenda do Jango", como gosta de dizer), depois passou um tempo no Chile, depois na França e, num dia de março de 1974, desembarcou com nome falso no Brasil. Com o nome falso alugou um apartamento em Santa Cecília, num prédio que fazia esquina com a Avenida Angélica. Viveu uns meses assim, livre e apócrifo. Até que um dia o descobriram. Até hoje ele não sabe como e nem quem o delatou, se é que foi delatado. Livre e apócrifo. Levaram-no para ser interrogado num casarão, não nas dependências do Dops tampouco na Rua Tutoia, mas num palacete do Jardim Europa. A casa de um grande industrial, ele descobriu depois numa pesquisa que fez na época da

Anistia. E lá passaram a noite enrabando o velho. Durante umas seis horas eles comeram o cu do velho. Depois, amarrado e vendado, largaram-no numa ruazinha da zona leste. E o velho voltou para casa, de ônibus, esfolado, mas sentindo-se um sobrevivente e um bem-aventurado. Além de comerem o cu nada de mal lhe fizeram. O que é estranho, convenhamos. Preciso arrancar mais informações do velho. Minha memória também falha. E o velho conta isso sem ficar envergonhado. Não altera a voz. Assim como gosta de falar sobre a única experiência sodomita de Gilberto Freyre, contada pelo próprio ao velho numa tarde asquerosa de Recife, no início da década de 80. O velho tinha sido trotskista, fora enrabado por um bando de milicos, mas era amigo do Gilberto Freyre. O autor de *Casa-grande & senzala* esteve em Oxford na década de 20 e lá resolveu dar o cu, conta o velho. Afinal, todo mundo dava e eu queria experimentar, contou Gilberto Freyre ao velho, que me contava essa história soltando um risinho abafado, áspero. E Gilberto Freyre deu mesmo, arremata o velho. As histórias do velho me bastam. Mas vira e mexe o velho fala na sodomia. Acho que suspeita algo de mim, penso que ele deve considerar que, como o que me acontece é bastante comum entre as lolitas, as púberes e as histéricas, e raro entre homens na faixa dos trinta e poucos anos, logo eu devo dar o rabo também. Não desminto o velho. Não tem sentido. Nunca entramos em assuntos muito pessoais, fora o verdadeiro *gang bang* a que o velho foi submetido, sodomizado pelos milicos num palacete, há mais de trinta anos. O velho já deixou escapar que recorreu aos préstimos dos michês da Praça da República. Disse que afinal tomou gosto. Ou imagino? Diz e dá aquela risadinha anêmica dele. O riso magro do velho. Há uma ironia histórica aqui. O velho pagando para ser enrabado na

Praça da República. Preciso fazer uma observação para o velho. Sei que ele vai gostar. É assim. Uma parte da história da República pode ser contada através das partes pudendas do velho. A púbis republicana do velho. A pica do velho antes de 64, o rabo do velho durante a ditadura. O velho entrando e saindo da mulher do Jango. O rabo do velho sendo invadido pelos milicos. Não sinto necessidade de conversar com outras pessoas. Perdido no meio dessa gente. E também as outras pessoas sempre querem combinar encontros em restaurantes, bater papos em confeitarias, armar visitas em chás com bolo e biscoito. O velho se contenta com uma xícara de café sem açúcar. Eu coloco adoçante, quatro gotinhas equivalem ao dulçor de duas colherinhas de açúcar. Não posso uma coisa dessas, ir em jantares, feijoadas, churrascos, lanches, chás das cinco, coquetéis. A magreza não deixa. Sei que restringe minha vida, mas é isso mesmo que escolhi para mim, ora. Essa pele, esses ossos. Isso aqui é minha arte. Aqui mesmo, às vezes, aparece alguma enfermeira trazendo qualquer coisa mastigável na mochila. O próprio cheiro já me basta, o aroma de um sanduíche. Lembrei, o velho costuma tomar missoshiro, aquela sopa japonesa. Diz, brincando, que o gosto é de água de aquário. O humor peculiar do velho. Mas me perco em outros caminhos. Concentração. Uma das consequências mais nefandas e menos visíveis da minha condição (que de resto tem sido bem conveniente) é o lento, gradual ocaso da memória. Pareço um velhinho desmemoriado. Eu me sinto meio desarticulado. Boiando no tédio. Deslocado, ilhado da minha memória e de tudo, a tralha e as coisas importantes que amealhei ao longo da minha vida, de tudo o que me alimentou, o que me nutriu e também a merda toda dentro de mim que eu sempre quis expelir. Tudo de repente ganhou um ar de brechó, ficou meio obsoleto, empoeirado. Como se eu estivesse vivendo minha morte há muito tempo, como alguém que narra um encontro com Kafka, o supremo magro, morto em 24 e já uma lenda, já impalpável e quase apócrifo. De alusão em alusão. Perdido no meio dessa gente. O tema do encontro com Kafka. Apenas isso daria um novo ensaio, além do ensaio sobre a magreza, claro. Há sempre alguém na América Latina que conheceu alguém que conheceu alguém que conheceu Kafka. Lembrar disso, preciso me lembrar. Em fins de 1984, quando eu havia recém-descoberto Kafka (e, ao contrário da maioria dos leitores, que começam pela *Metamorfose*, eu tomei conhecimento do autor tcheco através da *Carta ao pai*), travei contato com Herbert Caro, o tradutor de Thomas Mann, Hermann Broch e Elias Canetti. Vi-o pela primeira vez na sinagoga dos judeus alemães, na época em que eu me preparava para meu bar mitzvah. Ele já devia ter quase uns 80 anos e havia sido um dos fundadores daquela sinagoga, ele e um bando de foragidos da Alemanha no final da década de 30 que se estabeleceram no Sul do Brasil. Caro me viu lendo uma edição da *Carta ao pai* na escadaria da sinagoga, num final de tarde, em pleno verão. Deve ter pensado que eu era um pequeno farsante, um desses patifezinhos obesos de 12 ou 13 anos que gostam de aparecer diante dos mais velhos lendo obras que julgam ser de leitura adulta, a impostura contumaz de um desses jesus entre os doutores. Eu, claro, não era muito diferente desses tipos, mas realmente estava entrando em contato com um mundo completamente novo para mim. Quer dizer que a mágoa, o ressentimento, a culpa e a autopunição poderiam ser motivo para escrever um livro? Claro que não devo ter pensado a coisa toda nesses termos, mas eu estava absolutamente deslumbrado com aquilo tudo. Caro aproximou-se de mim e disse, Está gostando da leitura? Estranho. Não consigo me lembrar se ele falava com sotaque ou se já o havia perdido, uma vez que estava no Brasil há quase cinquenta anos. Deve ser o efeito de suas traduções. Quando lembro de Caro, só consigo escutá-lo falando como uma tradução do alemão. Eu, que ainda não sabia que estava diante de um tradutor reconhecido, respondi com educação, mas da forma mais prosaica possível: Estou, sim senhor. Ele abriu um sorriso e sumiu dentro da sinagoga. Alguns dias depois, e eu ainda estava lendo a *Carta ao pai* (ou relendo: às vezes acho que a li umas trinta vezes durante aquele final de ano), Caro novamente veio subindo a escadaria. Viu-me e disse, Quer ouvir uma história? Confesso que achei estranho o convite. Desde os meus 6 anos de idade que alguém não me convidava para ouvir uma história. O que será que ele iria contar? Balancei a cabeça sem lá muita convicção. Sim. Ele se aproximou. Num esforço que parecia letal, foi dobrando as pernas até conseguir sentar-se no mesmo degrau em que eu estava. Então contou-me (a primeira de muitas vezes que ele iria rememorar essa história, cada vez trazendo novos detalhes, ou pelo menos eu acreditava que a cada vez eu conseguia acreditar mais em suas palavras e em seus detalhes) como ele conheceu Franz Kafka em Berlim, na década de 20. Foi num coquetel, disse, numa dessas festinhas regadas a álcool e a esnobismo literário em que a *intelligentsia* berlinense era pródiga. (Estou tentando lembrar de uma das últimas vezes que Caro contou-me a história, porque da primeira vez a maioria das palavras estrangeiras, alusões e referências a nomes escaparam-me completamente. E ele me contou essa história várias vezes até sua morte, em 1991.) Era o apartamento de alguém, que ele não se lembrava mais quem era, um enorme apartamento repleto de livros e obras de arte, o melhor da literatura europeia e da arte de vanguarda. Naquela época Kafka estava morando em Berlim com Dora Diamant, a mulher que o havia arrancado da triste condição de escritor solitário, dizia Caro. Mas Caro não conseguia lembrar se Dora estava no tal coquetel. Não recordava de ter visto Kafka acompanhado de uma mulher. Caro estava ali quase como um penetra (afinal, era um adolescente), pois havia sido convidado por Heinz Wolff, sobrinho do editor de Kafka, Kurt Wolff. Heinz sabia que o amigo gostava de conhecer escritores e o arrastou para aquele apartamento. Em todas as ocasiões em que desfiou essa história, Caro apressava em esclarecer-me: Não era o dr. Kurt Wolff da sinagoga (havia de fato um homônimo entre nós, um outro imigrante judeu-alemão com o mesmo nome do homem que publicara alguns textos de Kafka), mas o editor que havia lançado *A metamorfose* e toda a novíssima literatura de língua alemã daquele período antes do colapso total, quando as vozes mais altas da cultura da Alemanha se dispersariam pelo mundo ou seriam brutalmente caladas, dizia Caro. Ele se lembrava que de repente, de forma muito cuidadosa e polida, aproximou-se dele e de Heinz (que iria fugir para Caracas durante a Guerra e lá morreria após uma greve de fome que havia iniciado com o objetivo de chamar a atenção da humanidade inteira após receber as primeiras notícias sobre o confinamento e o extermínio de judeus em campos de concentração) um sujeito magrinho, vestido de preto dos pés à cabeça, um sujeitinho que parecia mesmo esquelético dentro daqueles trajes, um indivíduo que se movia com cuidado extremado pela sala repleta de autores, editores e os agregados de sempre do mundinho cultural daquela Berlim desaparecida, dizia Caro. Quando o sujeitinho magro estava mais próximo de Caro, apareceu então Kurt Wolff, tio de Heinz. Não o dr. Kurt da sinagoga. O Kurt Wolff de lá então apresentou Kafka a Caro e ao sobrinho, mas num tom de quem estava tolerando uma pequena contravenção adolescente, afinal não era para aqueles dois estarem no meio daquela reunião adulta. Foi a primeira vez que iria sentir-se um penetra, dizia Caro, e como ele iria sentir-se um penetra tantas vezes mais tarde! Esse é o dr. Kafka, de Praga, e é provável que vocês ainda o encontrem em outras ocasiões aqui na cidade, disse Kurt Wolff, pois o dr. Kafka acabou de se estabelecer em Berlim. Caro não lembrava direito sobre o que então ele e Kafka conversaram, se é que conversaram. Não era muito comum darem atenção a dois adolescentes. Apenas recordava como Kafka lhe parecia diferente dos outros adultos reunidos naquele apartamento enorme, era cortês, parecia saber escutar com atenção e falava baixinho, de maneira quase inaudível, num alemão de sotaque indescritível, o alemão de Praga, dizia Caro, e tinha um tom de voz que mais parecia uma folha muito fina de papel sendo rasgada, mas rasgada com esmero, carinho e desvelo, dizia Caro, a voz de alguém que devia acreditar que rasgar uma folha, deixar um pedaço, um fragmento de algo pode ser uma forma de atividade muito venerável. Mesmo assim, dizia Caro, a despeito de seu modo cortês e de seu tom de afável de conversa, ele mais parecia um desses tipos que eu abominava na minha presunção de jovem berlinense, ele era um judeu de Praga, o que para toda minha geração era um tipo híbrido e meio esquizofrênico, era alguém feito de retalhos: um pouco judeu, um pouco alemão e um pouco praguense. Em suma: um legítimo odradek. E Herbert Caro sempre ria muito dessa sua tirada cômica. Um odradek macérrimo, dizia Caro, tradutor de Canetti (com quem chegou a se corresponder durante um tempo), outro que se impressionava com a magreza alheia. O velho o leu? Provavelmente. O velho um dia deve ter lido todos os livros. Peter Kien, o protagonista meio perturbado de *Auto de fé*, o sinólogo que se julga acima dos demais humanos, é magro. Isso não deve ser por acaso. Não só isso. Lembrar disso, preciso me lembrar. Em um dos seus admiráveis volumes autobiográficos Canetti narra um encontro com Brecht, em Berlim, na década de 30. Fala do aspecto de magreza do dramaturgo, de seu rosto famélico. Antes, Canetti conheceu Karl Kraus, outro magro. Teria Caro conhecido Brecht? Pouco provável. A essa altura ele representava a Alemanha em campeonatos de tênis de mesa, sim, Caro deveria ter disputado as Olimpíadas de 1936, não fosse por Hitler e seus asseclas. Não participou das Olimpíadas e foi dar no Sul do Brasil, metade afortunado metade azarão. Como esta velha, morrendo mas cercada de gente. Aqui perto há uma velhota horrorosa, uma velhota que parece um gafanhoto, com seu feixe de ossos e músculos atrofiados. As suas filhas, ela tem três filhas, parecem uma nuvem de gafanhotos em cima da velhota, todas também formadas por feixes de ossos e músculos atrofiados, essa nuvem de filhas-gafanhotos que fica chorando por causa da velhota, zanzando para lá e para cá. Para lá e para cá. Tem dias que a velhota geme até altas horas, e é o gemido de uma coruja. Sempre à noite. É um gemido meio grave, mas desafinado. E as filhas da velha, essas três irmãs, olham para a velha e soltam três grunhidos que logo se unificam, o barulho idiota das três filhas dessa velhota formada por seu feixe de ossos e músculos atrofiados. Ossos e músculos, mais ossos que outra coisa. Vi um dia um livro com uma adolescente anoréxica na capa. Linda, com seus ossos à mostra, divina em sua secura.

Imagino-a todos os dias. Chamo-a de minha Miss Dachau. Não bato punheta. É puro o meu amor pela Miss Dachau. Assim como é puro o meu ódio pela velha. Uma coruja. A coruja, a coruja, a coruja. A menina. Não havia nada, um grão de poeira sequer que pudesse evocar a existência prévia de outra criança naquela casa. A presença de outra criança antes do meu nascimento ou mesmo durante os meus primeiros anos de vida. Sou filho único, era filho único, vou morrer solitário. Afinal, tu sempre tiveste a maior vocação para escritor solitário, escreveu-me R. no último e-mail. Não havia um único retrato, sequer um daqueles porta-retratos em cima da cômoda, no quarto dos pais, para que eu pudesse conhecê-la. Jamais tocavam no assunto. Ela havia desaparecido sem traço. Ficou sem traço. Perdido no meio dessa gente. Nas tardes vadias depois do almoço, quando já não me restava mais nada para fazer depois das lições e do desenho animado na televisão, eu costumava fuçar na única estante da casa. Havia os 12 exemplares da *Enciclopédia da mulher e da família*, um punhado de romances de Carl Heinz Konsalik, o *Diário de Anne Frank*, que foi o primeiro livro considerado adulto que eu li, anos mais tarde, com o retrato de Anne na capa, igualzinha à cara da minha mãe numa foto de sua adolescência, e alguns livros, nunca descobri o porquê, do padre Charbonneau. Eu tinha certo fascínio em folhear as obras do padre Charbonneau, nem lembro o que estava escrito, mas eu achava insólito ter em casa, em nosso lar tão judaico, algumas obras assinadas por um padre. Comentar isso com o velho. O velho estudou com os padres. O velho, que estudou com os padres e guarda muito da educação cristã, diz que a vida da gente não é a genuína vida, que o corpo da gente não é corpo, e que tudo nesta vida não genuína é breve, veloz e invisível. Foi dentro de um desses volumes que encontrei a menina. Tenho certeza. A foto: ela tem 7 anos, usa um vestidinho rendado e sorri muito para a câmara. É gordinha, uns olhos enormes e brilhantes, parece uma coruja. Eu me apaixonei por ela na hora. Retirei a foto do volume do padre Charbonneau e a fixei no pequeno quadro de cortiça que havia acima da cabeceira da minha cama. Eu estava apaixonado por ela. Passei aquela tarde, a mãe visitando alguém no hospital, passei aquela tarde inteira olhando para o retrato da menina. Linda, linda. Aquele dia transcorreu na mais absoluta normalidade. Assim como a noite, o pai chegando em casa, a mãe servindo o jantar, eu tentando participar da conversa dos dois adultos. No dia seguinte acordei e a coruja, a menina, continuava sorrindo em cima da minha cabeceira. Vesti o uniforme e esperei meu pai terminar seu café da manhã para me levar à escola. Tudo normal. Tudo é sempre tão normal antes que possa deixar de ser. Lembrar disso, preciso me lembrar. Quando eu voltei da escola, bem depois do meio-dia, fui correndo para o quarto ver o sorriso da coruja, da menina. Não estava lá. Minha mãe estava deitada na minha cama, a cabeça mergulhada no meu travesseiro, chorando como uma perturbada. Chorava um choro feio, era um mugido enorme que terminava com um berro. Estranho. Eu não sabia quem era a coruja, a menina, e muito menos havia sido tocado pela curiosidade de sabê-lo. Bastava contemplar seus imensos olhos brilhantes, o vestidinho e o sorriso para amá-la. Isso era o suficiente. Meu amor. Meu amor. Meu amor. Porém, quando vi minha mãe, que mugia como uma vaca, chorando agarrada ao retrato dela que até há pouco estava no quadro de cortiça sobre a cabeceira da minha cama, tive imensa curiosidade. E perguntei: minha mãezinha, quem é essa menina? E também disse:

minha mãezinha, estou apaixonado por essa menina. Abri um sorriso. E percebendo minha curiosidade e contemplando meu sorriso e atendo-se ao sentimento puro que podia ser vislumbrado no meu rosto infantil, minha mãe disse, como se estivesse devolvendo a pergunta: Quem é ela? Quem é ela? E eu pensei que, apesar do choro, dos mugidos e das lágrimas minha mãe estivesse querendo brincar de fazer enigmas comigo. E eu repeti, no mesmo tom encantatório: Quem é ela? Quem é ela? E soltei uma enorme gargalhada. Minha mãe então se recompôs, ergueu-se e disse: É alguém que foi para bem longe, bem longe. E tudo isso me pareceu tão convincente, com tanto sentido, e ainda mais porque parecia mesmo convincente e cheio de sentido, que fiquei falando bem baixinho, só para eu mesmo escutar: Eu gosto da menina e ela está bem longe, bem longe. E mordi meu lábio. E depois sorri para minha mãe. Sem ouvir minhas palavras e sem enxergar o meu sorriso, minha mãe então fixou novamente o retrato da coruja, a menina, no quadro de cortiça acima da cabeceira da minha cama e disse: Vamos almoçar. E almocei contente aquele dia. Porque eu amava a menina e porque, lembro com quase toda certeza, havia filé de peixe frito no almoço, e eu sempre gostei de filé de peixe frito. Um dia, talvez um ano e meio depois, eu ganhei do meu pai um pôster emoldurado do Mickey e acabei retirando da parede o quadro de cortiça, e tudo o que estava fixado nele foi para o lixo, inclusive o retrato da coruja, a menina. Não lembro por quê. Também ninguém se opôs. Esses detalhes me escapam. Muito tempo depois, na época em que eu me preparava para o meu bar mitzvah, o meu avô materno, que estava cego por causa do diabetes e havia perdido as duas pernas por causa do diabetes, pousou a mão na minha testa e disse: Tua irmã era a coisinha mais linda deste mundo. Eu gelei. Achei que meu avô materno estava, além de cego e sem pernas, completamente esclerosado. Irmã?, que irmã? Meu avô materno então ficou mudo, tirou a mão da minha testa e pediu que eu lhe trouxesse laranja picada com pedacinhos de queijo, seu lanche da tarde. Que irmã? Eu era filho único. Meu avô materno morreu alguns meses após o meu bar mitzvah. E eu sinceramente já havia atribuído ao crepúsculo mental, às suas últimas horas de raciocínio claro, aquela declaração desconcertante sobre minha irmã. Que irmã? Sou um escritor solitário. Quase dez anos mais tarde, o pai de um amigo meu da faculdade, um sujeito que havia sido chefe de polícia em Porto Alegre durante os anos 70, perguntou se eu era da família daquela história do pedalinho, aquela tragédia da menina, afinal o sobrenome era o mesmo. Qual era mesmo o nome do meu pai? Meu coração disparou. Comecei a imaginar que havia uma outra história, uma história subterrânea a ser contada, um mundo cindido do meu e que no entanto tinha sua existência de certa forma dependente do meu mundo, e que essa história (que afinal poderia ser a história subterrânea da minha família) um dia iria se encontrar com aquela que eu julgava ser a história oficial da minha família. Qual era mesmo o nome do meu pai? Sim, havia dois mundos coexistindo na minha casa. Falei o nome do meu pai. O antigo chefe de polícia parou, pensou um pouco. Observou-me por alguns segundos. Disse: Eu devo estar enganado, eu estou ficando velho, o passado já me aparece diferente, isso é sintoma de velhice, o passado mudando conforme o tempo, deixa para lá. Resolvi tentar esquecer a pergunta e a provável existência desses dois mundos cindidos na minha história familiar. Que irmã? Passa mais um tempo. Eu já havia concluído a pós-graduação. Meus pais morrem no acidente de carro, a caminho da praia. Estou sozinho no mundo, tenho meia dúzia de parentes com quem nunca me relacionei, sinto-me meio perdido nesta vida. Perdido no meio dessa gente. Dias depois do enterro, quando eu estava esperando o caminhão de uma instituição de caridade que iria buscar roupas e alguns pertences dos meus pais, pouso os olhos num jornal da semana anterior, o jornal que traz uma pequena matéria sobre o acidente que matou meu pai e minha mãe. Ao lado da reportagem, uma tripa de texto secundária: *Família protagonizou tragédia em 1973*. E ali estava sintetizada (eu achava) a história não oficial da minha família, uma história que subitamente vinha à tona. Ali estava escrito que num domingo ensolarado de abril de 1973 meu pai e sua filhinha de 7 anos foram passear em um pedalinho no Guaíba, um daqueles pequenos barquinhos em que, por um aluguel de duas horas, era possível deslizar pelas águas ainda não completamente poluídas da zona sul de Porto Alegre. Que minha mãe e seu filho de pouco mais de um ano de idade ficaram instalados numa pequena sorveteria próxima. Que, como acontece tanto em abril, uma chuva forte surpreendeu a todos que deslizavam em pedalinhos pelo Guaíba. Que todo mundo foi obrigado a retornar. Que um desses pedalinhos, aquele em que estava meu pai e sua filha de 7 anos, virou, por algum motivo idiota, ou apenas por mero acaso emborcou e despejou os dois, pai e filha, naquelas águas. Que meu pai conseguiu ser salvo por um rapaz que estava próximo a eles, um recruta do exército. Que, por um desses infortúnios terríveis, a garotinha de 7 anos desapareceu naquelas águas turvas antes que pudessem ter a iniciativa de salvá-la. Que homens-rãs do corpo de bombeiros e familiares passaram os cinco dias seguintes tentando achar o corpo da garotinha. Que o corpo nunca fora resgatado daquelas águas. Que a polícia havia aberto um inquérito na época, mas não tinha chegado a nenhuma conclusão e tampouco implicado alguém no episódio. Era essa a pequena notícia ao lado da notícia do acidente que vitimou meu pai e minha mãe. Era esse o fio que ligava a história oficial da minha família com sua história subterrânea, eu pensei. A coruja. A coruja. A coruja. A menina. Eu esquecera dela duas vezes durante minha vida. Seria capaz de esquecê-la novamente? Lembrar disso, preciso me lembrar. Que irmã? A forma pela qual cada geração lê o passado é a verdadeira ficção do futuro, diz o velho. As histórias do velho. Não senhor, eu não estava disposto a esquecer a coruja, a menina. Mas tergiverso. Preciso me concentrar. A hora é propícia. Mas hesito. Temo transformar em má literatura uma experiência ruim. Cansei dela. Cansei dela. Da literatura. Poeta menor. Nós, menores. Nós, poetas menores. Nós, escritores de meia-tigela. Menores, menores, menores, menores, menores. Medíocres, pretensiosos, ávidos, esses solitários e essa multidão. Essa gana. Só digo tudo isso porque agora estou pacificado. Estou em trégua comigo mesmo. Sem vislumbres da azia. Sem a fome. Nenhum desejo atravessa o meu corpo. E como é tão repentino tudo isso! Como são velozes todas essas coisas invisíveis! Ponham a mão na minha testa. Ponham a mão na minha testa por um momento para me dar coragem. Isso é Kafka. De novo. Preciso parar de ser alusivo. Vivi uma vida alusiva. Perdido. Vou: perdido no meio dessa gente, desse casal agonizante na estrada, perdido no meio dessa gente, ouvindo os delírios desse velho enrabado, perdido no meio dessa gente, vendo a cara de pascácio desse doutorzinho que nunca leu Dostoiévski, no meio dessa multidão de enfermeiras, perdido nessa escuridão, abrindo e fechando os olhos nessa luz amarela, às vezes é mais branca e mais clara, perdido no meio dessa gente, vão tomar no cu, perdido no meio dessa gente, essas vozes todas, perdido no meio dessa gente, a coruja debaixo d'água, perdido no meio dessa gente, de boca fechada, de boca fechada.

Na minha suja cabeça, o Holocausto

MOACYR SCLIAR

Na minha suja cabeça, o Holocausto é isto:
Tenho 11 anos. Sou um garoto pequeno magrinho. E sujo: Deus do céu, como sou sujo. A camiseta manchada, as calças imundas, os pés, as mãos, o rosto encardidos: sujo, sujo. Mas essa sujeira externa não é nada comparada com a imundície que tenho na minha cabeça. Só penso em coisas ruins. Sou um debochado, digo palavrões. Língua suja, suja cabeça. Mente imunda. Esgoto habitado por sapos e escorpiões venenosos.

Meu pai se horroriza. Meu pai é um homem bom. Só pensa em coisas puras. Só diz palavras amáveis. É muito religioso; o homem mais religioso do bairro. Os vizinhos se perguntam como é que um homem tão bom, tão piedoso foi ter um filho tão perverso, tão mau de caráter. Sou a vergonha da família, a vergonha do bairro, a vergonha do mundo. Eu e a minha suja cabeça.

Meu pai perdeu irmãos no Holocausto. Quando fala nisso os olhos se lhe enchem de lágrimas. Estamos em 1949; as lembranças da Grande Guerra são ainda muito recentes. À cidade chegam refugiados da Europa; vêm em busca de parentes, de amigos que possam ajudá-los. Meu pai faz o que pode pelos infelizes. Exorta-me a imitá-lo, sabendo, contudo, que pouco pode esperar de quem tem a cabeça tão suja. Ele não sabe o que ainda o aguarda. Mischa ainda não apareceu.

Um dia Mischa aparece. Um homenzinho magro, encurvado; no braço, bem visível, um número tatuado — o seu número do campo de concentração.

Causa pena, o pobre homem. A roupa que usa está em trapos. Dorme nas soleiras das portas.

Meu pai toma conhecimento dessa penosa situação e fica indignado: é preciso fazer algo, não se pode deixar um judeu nessa situação, principalmente um sobrevivente do massacre nazista. Chama os vizinhos para uma reunião. Quero que estejas presente, me diz (sem dúvida para que me contagie, eu, do espírito da caridade. Eu? O da cabeça suja? Pobre papai).

Os vizinhos se prontificam a ajudar. Cada um contribuirá com uma quantia mensal; com o dinheiro, Mischa poderá morar numa pensão, comprar roupas e até ir a um cinema de vez em quando.

Comunicam a decisão ao homenzinho, que, lágrimas nos olhos, agradece-lhes com efusão. Meses se passam. Mischa agora é gente nossa. Convidam-no, ora para uma casa, ora para outra. E convidam-no por causa das histórias que conta, no seu português arrevesado. Ninguém conta histórias como ele. Ninguém descreve, como ele, os horrores do campo de concentração, a imundície, a promiscuidade, a doença, a agonia dos moribundos, a brutalidade dos guardas. Não há quem não chore ao ouvi-lo...

Há. Eu não choro. Por causa da suja cabeça, naturalmente. Não choro. Em vez de chorar, em vez de me atirar no chão, em vez de clamar aos céus diante dos horrores que ele narra, fico me fazendo perguntas. Pergunto-me, por exemplo, por que

Mischa não fala iídiche, como meus pais e como todo mundo; e por que, na sinagoga, fica imóvel, em silêncio, quando todos estão rezando.

Essas indagações, guardo-as para mim. Não me atreveria a fazê-las a ninguém; e também não falo das coisas que a minha suja cabeça fica imaginando. Minha suja cabeça que não para; dia e noite, sempre zumbindo, sempre maquinando...

Fico imaginando: um dia aparece no bairro um outro refugiado, Avigdor. Também ele veio de um campo de concentração; mas, à diferença de Mischa, não conta histórias. E fico imaginando que este Avigdor é apresentado a Mischa; e fico imaginando que desde o início se detestam, apesar de terem sido companheiros de sofrimento. Imagino-os numa noite, sentados à mesa de nossa casa; é uma festa, há muita gente. E de repente — uma cena que é produzida facilmente por minha suja cabeça — estou sugerindo que os dois disputem uma partida de braço de ferro.

(Por que braço de ferro? Por que haveriam de medir forças dois homenzinhos fracos, que no passado quase morreram de fome? Por quê? Ora, por quê. Perguntem à minha suja cabeça por quê.)

E aí estão os dois homens, braço contra braço; braço tatuado contra braço tatuado; ninguém nota nada. Mas eu noto — graças, é claro, à minha suja cabeça.

Os números são iguais.

— Olhem — brado —, os números são iguais!

No primeiro momento, todos me olham, espantados; depois se dão conta do que estou falando, e constatam: os dois têm o mesmo número.

Mischa está lívido. Avigdor se põe de pé. Também ele está pálido; mas manchas vermelhas de fúria começam a lhe surgir, no rosto, no pescoço. Com uma força insuspeitada, agarra

Mischa por um braço; arrasta-o para o quarto, fá-lo entrar, fecha a porta atrás de si. O que se passa ali só a minha suja cabeça pode saber, porque foi ela que criou Avigdor, ela que deu a Avigdor essa força descomunal, ela que o fez abrir a porta e depois fechar; é na minha suja cabeça que está a porta. Avigdor está interrogando Mischa, está descobrindo que ele nunca foi prisioneiro de lugar nenhum, que não é sequer judeu; é apenas um esperto ucraniano que se fez tatuar e inventou a história para explorar os judeus.

De modo que mesmo minha suja cabeça não tem dificuldade em fazer com que Avigdor — e meus pais, e os vizinhos — o expulsem com fúria, uma vez a tramoia revelada. De modo que Mischa fica sem nada, e tem de dormir num banco da praça.

A minha suja cabeça, porém, não pode deixá-lo em paz, de modo que continuo imaginando. Com dinheiro de esmolas, Mischa compra um bilhete de loteria. O número — mas só esta suja cabeça mesmo! —, claro, é o que ele tem tatuado no braço. E ele ganha na loteria! E muda-se para o Rio de Janeiro, e compra um belo apartamento e está feliz! Feliz. Não sabe o que minha suja cabeça lhe reserva.

Uma coisa o incomoda: o número tatuado no braço. Resolve retirá-lo. Procura um famoso cirurgião (tudo isto são requintes criados por minha suja cabeça) e submete-se à operação. Mas aí tem um choque, e morre, depois de uma lenta agonia...

Um dia Mischa conta a meu pai sobre barras de sabão. Disse que viu no campo da morte pilhas e pilhas de barras de sabão. Sabe com que era feito esse sabão? — pergunta. Com gordura humana. Com gordura de judeus.

À noite sonho com ele. Estou nu, dentro de uma espécie de banheira com água fétida; Mischa me esfrega com aquele sabão, me esfrega impiedosamente, gritando que precisa tirar a sujeira da minha língua, da minha cabeça, que precisa tirar a sujeira do mundo.

Acordo soluçando, acordo em meio a um grande sofrimento. E é a esse sofrimento que, à falta de melhor termo, denomino: Holocausto.

Trinta. Ou mais.

SALIM MIGUEL

I

Coincidência? Sei não! Eu tava pensando na vossa pessoa, no causo que espicha e enrola, nem sei se repito o que já tinha contado, quando pedem que pegue um passageiro no consultório da rua Professora Enoé Schutel, tô aqui, já sei: vamos pro Ouro Verde, na Carvoeira. Não? É pra praça XV? Pela beira-mar? Também não? Pelo caminho antigo da Agronômica, que bom. Nunca me lembro até onde andou nossa história. De qualquer maneira, indo pela Agronômica tenho o que contar, meu pai dizia que todo esse mundão de terra foi do meu avô, perdeu no jogo do dominó, do dominó, sim! Jogava em parceria; cada um entrava com... o dinheiro muda tanto que vou falar no real, com 10 reais, meu avô entrava também com a parte do parceiro, eram dez partidas. Quem ganhasse sete ou mais ficava com o dinheiro do perdedor. Conta meu pai que meu avô foi perdendo até um dinheirinho que tinha debaixo do colchão, depois o cavalo manga-larga, depois o carro de bois e a junta de bois, e aí começou a perder as terras, dizia "pra que que eu quero tanta terra que não vale nada", se não fosse um dos parceiros, que suspendeu o jogo para nunca mais, ele teria ficado até sem a roupa do corpo. De qualquer maneira, sobrou um terreninho e a casa, que meu pai herdou, deixou para minha mãe e onde moro hoje. Até morrer o meu avô não desistiu: continuava jogando com três sombras, que só ele, claro, via, e aí passou a ganhar. Ganhou primeiro todas as terras da Agronômica, depois as de Santo Antônio de Lisboa, depois as praias do norte, e por fim ele saía dizendo que toda a Ilha era dele, pois havia sido ganha no jogo do dominó. Meu pai falava que minha avó contava dos avós e bisavós dela histórias que eles haviam ouvido dos avós e bisavós, e assim indo pra trás, chegavam a uns trezentos anos, quando, fugidos de Portugal e da Inquisição, acabaram no Nordeste, e de lá meu pai nunca soube explicar, porque nunca também lhe explicaram de que maneira se viram nesta Ilha que já foi bem melhor. Sei que eram semitas, e que trocaram de nome, de Coelho passaram a se chamar Arruda; o que nunca consegui descobrir é se eram judeus ou árabes. Agora vejam a coincidência, a que me referi lá em cima: estamos aqui nós dois, em plena paz, tendo eu sangue judeu, ou não, mas acho que tenho, e você tendo sangue árabe. No entanto, nos damos perfeitamente bem, posso dizer que já somos até amigos. Por que aqueles cretinos lá do Oriente Médio não fazem o mesmo? Mas é isto e não isto o que comecei contando, em todo caso quem tem que desenrolar a meada não sou eu. Será que na cachola continua gravando os pedaços anteriores que lhe contei, já aviso, repetir não vou, mesmo porque não garanto se ainda deles me lembro e se todos são verdadeiros ou alguns fantasia, pois eu também gosto de fantasiar. Estamos chegando na praça XV, e contei e não contei o que queria, da mesma forma que até agora não lhe dei a prometida receita da fritada de camarão, que é muito gostosa. Onde quer ficar? É na praça XV mesmo ou numa das ruas transversais? Aqui tá bom? Então, até a próxima, e prometo que começarei pela fritada de camarão.

II

Hoje não esqueci, trouxe escrita a receita aprendida com minha irmã Abigail. É simples, o que vale é o camarão ser fresco e de boa qualidade. Aqui está:

Ingredientes:
1 kg de camarão (pesado c/ casca), fresco, descascado, de preferência tamanho médio
6 ovos
cebolinha
salsa
orégano
alfavaca
sal

Modo de preparo:
Misturam-se os camarões com o tempero. Numa frigideira antiaderente, bem quente, com um nadinha de óleo, passam-se os camarões para ficarem rosados; batem-se as claras (não demais), acrescentam-se as gemas e uma pitada de sal, despeja-se metade dos ovos na frigideira, acrescentam-se os camarões, o restante dos ovos e vira-se para cozinhar do outro lado.

III

E aí? Já experimentou a receita que lhe dei? Ainda não? Não sabe o que está perdendo. Agora mesmo me veio uma ideia: como eu trabalho 24 horas, depois entrego o carro para o meu meio-irmão Mário e folgo as outras 24, o que não é nada recomendável para a saúde, mas a gente acaba se acostumando, vou preparar uma fritada e convidá-lo para ir apreciá-la na minha modesta casa. Pode ir tranquilo, sou eu que preparo a comilança, embora para carnes e peixe de água doce, tenho de reconhecer, minha mulher é melhor do que eu. Já comeu um peixe na brasa? A gente limpa o peixe, bota sal grosso, um temperinho verde não faz mal, enrola-se o bicho em folha de bananeira, cava-se um buraco na terra, espalha-se o carvão em brasa no fundo, uma camadinha de terra, bota-se o peixe em cima, outra camada de terra, mais brasa em riba dele, cobre-se tudo com telha, fica pronto em mais ou menos uma hora, é de lamber os beiços. Mas sem qualquer prosápia, repito que na fritada ninguém me supera. Aceita o meu convite? Pode ser para, deixe ver, estou fazendo o cálculo, tenho livre este sábado, o dia lhe parece bom? É claro que o prato tem de ser acompanhado de uma cervejinha bem gelada ou de um vinho, de preferência branco; tenho ambos em casa. Mesmo que minha mulher e alguns amigos torçam o nariz, a não ser uma saladinha, o único acompanhamento é pão, de preferência pão caseiro. Mas deixemos agora a fritada de lado. Será que já lhe disse? Meu avô só teve dois filhos, melhor, uma filha e um filho, claro que meu pai. Minha tia era uma pessoa linda, muito inteligente, queria estudar, ter um lugar não só nessa ilha embruxada, mas no mundo. O destino lhe foi ingrato. Arranjou um namorado que era uma peste, e quando resolveu se desfazer dele, ele é que se desfez dela, simplesmente matando-a com duas facadas, uma no pescoço e a outra num lugar que como eu sou tímido não vou dizer, mas deve imaginar onde é que foi. Isso acabou em pouco tempo com minha vó, e se ainda não o disse, vou dizer agora: as tais terras lá da Agronômica eram herança dela, pois meu avô, descendente de italianos do Vale do Itajaí, quando casou com ela tinha vindo conhecer a Ilha de Nossa Senhora do Desterro, desejoso de ganhar dinheiro, conheceu e ganhou foi a Rachel. Se não sabia lidar com a terra, sabia, e muito bem, lidar com pedras semipreciosas que comprava lá por Minas pelo menor preço possível e vendia já lapidadas. Era muito habilidoso no trabalho com aquelas pedras, transformando-as, com instrumentos que ele mesmo bolou, em miniaturas de aves ou gatos, que adquiriam um valor enorme, pois eram minúsculas, mas podia-se ver claramente, por exemplo, um beija-flor ou então um gatinho, e desses, tenho na minha casa, indo lá você verá que é uma preciosidade. Ganhou um bom dinheiro, e, no fim da vida, era dono de toda esta Ilha e do que nela se encontra.

IV

Hoje daqui do Ouro Verde vamos para onde? Certamente não para Passo Fundo. Se digo isso, é porque tem um professor com o qual viajo para várias partes do Brasil, uma das vezes foi para esse pedaço do Rio Grande do Sul, ele ia participar de um encontro, depois fazer uma palestra e lançar um livro, embora o homem não concorde, costumo dizer que é de autoajuda. Foi por um período de três dias. Ficamos numa pousada, na primeira noite a proprietária chegou e me disse "coisa curiosa, fui ver na tua ficha e tu tens o mesmo sobrenome que o meu. É um sobrenome incomum, incomum é que também meu pai era de Florianópolis". Conclusão: depois de uma conversa que durou bom tempo e vasculhando nosso passado, chegamos a rir, meio constrangidos, pois, sem dúvida, aquela Zulmira Salvatori e eu éramos meios-irmãos. Meu pai, por uns tempos sócio de uma loja de ferragens, acabou comprando um caminhão e durante anos foi caminhoneiro, levando de preferência produtos perecíveis, com isso fez um bom pé-de-meia. Chegou a precisar de rebite para não dormir no trajeto, tinha hora certa para entregar o produto. Vem aí outra história, resultado dessas caminhadas: eu fui, depois dessa viagem a Passo Fundo, até Ponta Grossa, no Paraná, com o professor. Eu era ao mesmo tempo motorista e uma espécie de secretário, vendia os livros dele: um intitulado *Filosofia do bem-viver*. Depois da palestra e dos autógrafos, um professor me procurou e disse, "tens o mesmo sobrenome que o meu, tu és daonde, de Florianópolis?", respondi que sim, e ele, "meu pai, que mal conheci, também era de lá", e de repente descobri que esse Cacildo Salvatori era outro meio-irmão meu. Minha cuca começou a ferver.

V

Sou o quinto de nove irmãos: quando minha mãe deu o grito de independência, dizendo basta, meu pai não se conformou, e não dizia "tive", ou "tivemos", tantos filhos, dizia fiz tantos filhos. Reclamou: Mafalda, eu te disse que queria chegar ao fim do alfabeto. Estamos só na nona letra, não é possível. E ela, procura então outra, pra mim basta; veja só o nome dos nove filhos, eu sendo o quinto: Abigail, Betina, Cacilda, Davi, quem sabe uma referência aos nossos antepassados, Evilazio de Arruda Salvatori, veja que nome pomposo, este seu criado, Felícia, Genebaldo, Hilário e Idalina. Com tanto irmão aparecendo, minha cuca quase se fundia. Eu sabia que meu pai havia se ajuntado logo depois da separação: teve com a segunda mulher, que morreu do quinto parto, quatro filhos: Josafá, Karlota, Leonídio, Mário. Não se deu por satisfeito: juntou-se com uma terceira mulher, e lá se foram mais cinco letras. Acho que chegou a ultrapassar o alfabeto, pois a meia-irmã de Passo Fundo e o meio-irmão de Londrina tinham as letras Z e C, e não sei de outros. Quando os amigos diziam pra que tanto filho, respondia com três palavras da Bíblia: "crescei e multiplicai-vos". Acrescentava: quem sou eu para contrariar o livro sagrado? Mais do que eu, quem investigou essa raiz familiar foi minha irmã Abigail, incansável em busca de outros meios-irmãos e irmãs. Certo dia reunimos o que foi possível. Dezoito na casa da minha irmã, que, de todos nós, foi a única a querer estudar pra valer, e terminou professora da Udesc. Esses 18 eram de três mulheres. Foi uma festa animada, pois cada um tinha sua visão daquele estranho homem, tantas vezes pai e tão pouco paternal. Abigail, depois dessa reunião, continuou mantendo contato com eles, e tentando encontrar os outros. Falei para ela dos de Passo Fundo e Ponta Grossa, mas não achei interessante contar aos demais. Ela retrucou: "será que ficou só nesses"? Acrescentou, "tenho uma dúvida. Eu sempre me referi a trinta. Agora acrescento, 'ou mais'".

VI

De meu pai, já vivendo com a terceira mulher, ao chegar certa manhã lá em casa para avisar que nosso avô havia morrido: "foi bem cedo, a gente estava tomando café, de repente ele puxou do bolso o retrato da mulher, disse com um sorriso, querida, estou indo, e se foi". No fim da vida o avô de vocês vivia num mundo só dele, ainda que tivesse momentos de lucidez, jogava intermináveis partidas de dominó, ganhando todas, de repente pedia, como se a mulher já falecida estivesse junto dele, "Rachel, traz uma cachacinha e um cafezinho pra gente". Um dia eu estava chegando de uma cansativa viagem a Salvador, ele me pegou quando eu descia do caminhão e foi dizendo, eu já vi, preciso te mostrar a ilha todinha, trasantonte de madrugada fui acordado, um homem de fogo me disse toma esta caixinha, abre ela, aperta um botãozinho e vais poder avoar por toda esta tua terra, não é que avoei e deu tudo certo, vi a ponte que eu não conhecia, fui até o Campeche, vi levantar voo o avião do Zé Perri, que quase bateu em mim, andei pelo Ribeirão da Ilha, desci na praia, ajudei a puxar uma rede, deram tainha pra todos menos pra mim, arreliado voltei a subir, tão bonito, vi dunas, mangues, praias, em tudo uma placa:

PROPRIEDADE DO MIGUEL SALVATORI

Parei no galho de um garapuvu, um passarinho me denunciou, bem-te-vi, bem-te-vi, pulei pra um jaracandá, quase destruí a casa de um joão-de-barro, que reclamou, tira esse pé, ias esmagando meus filhotinhos, o que estás fazendo aqui em cima, vê se despenca e morre logo; agora que estou quase morrendo, quero te mostrar lá do alto tudo o que vai ser teu, te cuida, tu que és um banana que só sabe fazer filho, pra que botar tanto inocentinho nesse mundão, se esses merdinhas que mandam estão acabando com toda essa beleza. Eu disse: "tudo bem, pai", certo de que no dia seguinte ele de nada se lembraria e agora morreu. O velório vai ser no cemitério das três pontes e o enterro é às cinco horas da tarde. Vou avisar os outros netos, adeus.

VII

Gosto muito de conhecer gente, aprendi muito com os passageiros nesses mais de quarenta anos, quando paro já sei o tipo que é, se espera que eu lhe abra a porta, vai sentar no banco de trás, percebo, esse não quer conversa, teve um que não abriu mão nem de dez centavos. As mulheres, é claro, sentam no banco de trás, em geral são mais atenciosas. Sei não, de mulher entendo muito pouco, sou macho de uma fêmea só e se minha avó ouvisse essas palavras ia logo dizer "limpa essa boca, moleque", então falo pra vossa pessoa da minha avó, firme, decidida, muito à frente de seu tempo, vivia repetindo, "mulheres e homens têm que ser iguais, onde já se viu", se as outras brincavam, "Rachel, por que então te derretes na frente do Miguel?", respondia "me derreter é uma coisa, ele mandar em mim é outra". Insistiam, "não enxergas que o dominó está acabando com tudo que vocês têm?", sorria, "lamento pelo cavalo e a junta de bois, por aquele mundo de terra não, a gente só precisa de sete palmos, temos que dá e sobra pro resto da vida". Mas o resto da vida de minha avó foi curto, não durou muito depois da morte da filha, andava pela casa aos gritos: "os mandões estão protegendo o bandido, que é gente dos militares, capo ele, tiro os ovos e faço engolir". Foi depois da morte da minha avó que meu avô passou a jogar dominó com parceiros invisíveis.

VIII

Minha mãe, mistura de sangue negro e português, embora também de gênio forte, era diferente da minha avó. Deu o grito de independência e resolveu cuidar sozinha dos nove filhos, se o ex-marido, meu pai, ajudava, tudo bem, caso contrário se virava sozinha, recusou várias propostas de união, era excelente modista, adorava fazer vestidos de casamento, pôs os filhos a cuidar do terreninho, uma bela horta, algumas galinhas e porcos; foi ao mesmo tempo nossa mãe e nosso pai, fez o que pode, pois um pai faz falta. Gastaria ainda mais vosso tempo e nem assim diria tudo.

IX

Acredita no acaso? Não? Já me disse, é um cético empedernido. Eu acredito e muito. Tinha 25 anos, já no táxi, certa manhã um cara de fala arrevesada me procurou: era um pesquisador alemão, queria ir a São Pedro de Alcântara, saber dos primeiros colonizadores: o ano, 1959. "Você me leva até lá? Ficarei uns dias." Fiz o trato e voltei no dia combinado. O homem foi logo dizendo precisar de mais um dia e me convidou para jantar na casa onde estava hospedado. Quem nos abriu a porta foi uma bela jovem, olhamos um para o outro, não trocamos uma só palavra mas eu me disse "é ela". Na saída só abanei, não tive coragem de lhe falar. De Iracema sim, uma única palavra: volte. Voltei e voltei sempre que pude, foram quatro anos de raros encontros, às escondidas, um dia cansei, bati na porta, entrei e fui dizendo ou vocês me aceitam ou vamos fugir. O alemão estava a ponto de me agredir, mas sua mulher bugra implorou, "Kurt, pensa como foi com a gente", seis meses depois estávamos casados. Os primeiros anos foram difíceis e decidimos não ter filhos. Em 1968, o patrão fez uma proposta, me passar o táxi, era a realização de meu sonho, eu abateria da dívida uma porcentagem da féria do mês, durante dois anos só tirei alguma folga aos domingos, a patroa me ajudava fazendo doces alemães para fora; com quase oito anos de casados tivemos nossa primeira filha e, em seguida, dois rapazes, um hoje enfermeiro no Hospital Universitário, o outro quer ser advogado; não tenho do que reclamar, estou com 70 anos, aposentado, mas gosto de dirigir, não sei ficar na moleza, o mesmo pensa minha mulher, sempre às voltas com os doces que lhe rendem uns trocados.

X

Hoje vamos até sua terra? Que bom! Lá mora minha filha, que é professora. Vossa reunião demora? Então vou poder visitá-la. Será que ela quer imitar o meu pai? Teve vários namoradinhos na escola, e já passou por três namorados "firmes". Quando foi lecionar em Biguaçu, disse pra mãe: vou ficar sozinha por uns tempos. Não ficou. Em menos de meio ano, estava de namorado. Um sábado telefonou: mãe, amanhã vou almoçar com vocês e tenho uma novidade. Sentou na sala, beliscou um apfelstrudel, sorriu e foi logo explicando: quero que vocês, domingo que vem, almocem comigo em Biguaçu, para conhecer o Salumzinho. Gente boa, também professor, logo, logo vimos que fomos feitos um para o outro. Levamos um susto. Com esse já era o quarto, em menos de cinco anos. Estaria ali o sangue do meu pai? Só eu reclamei, minha filha, tu deves ter uma gotinha de sangue judeu, esse Salumzinho é turco, e não ias dar um tempo? E ela: dei, mas tu não falas tanto em acaso, e não repetes que minha avó dizia que todos os homens e mulheres são iguais? Fomos; o Salumzinho tinha quase dois metros e pesava mais de cem quilos. Reconheço: é mesmo boa gente, e prepara um quibe como poucos.

XI

Buenos dias. Faz um tempinho não conversamos, me gusta mucho la isla, pero... me disse um chileno que deixei no aeroporto e o "pero" foi para lamentar no que estão transformando esta ilha. Logo repeti para ele o que dizia meu avô, "esses merdinhas que mandam vão acabar com minha ilha", e estão acabando, não acha? Hoje então vamos para a clínica de olhos, lá perto da praia de Itaguaçu, que lugar mais bonito, o mar batendo nas pedras, a baía Sul e ao fundo la isla. Visita de rotina ou sua visão piorou? Sempre me diz bom se está igual, pior se piora. Vou esperar por você o tempo que quiser. Este bichinho está precisando de gás, tem um posto aqui perto, vende mais barato. Depois, vou conversar com o Mário, mora num apartamento na praia da Saudade. Esse meu irmão é um solteirão, não fuma nem bebe, só faz colecionar tudo o que se refere ao Avaí. O apartamento de quarto e sala ele ganhou de torcedores. Jogava muito bem, tinha recebido um convite pra treinar no Vasco, estava tentado, os torcedores se reuniram e lhe deram o apartamento. Vai ser uma conversa demorada, então, pode deixar, não lhe cobro a espera. Temos bastante tempo, volto ao nosso causo: quando meu pai ficou viúvo, com quatro filhos pequenos, o Mário, com menos de dois anos, devia ainda um bom dinheiro do segundo caminhão. Não podia cuidar das quatro crianças, contratou a vizinha, amiga da falecida, só que ele não podia ficar sem mulher. Em menos de um ano, arranjou a terceira. Um dia, conversando, ele disse: por que não moramos juntos? Isaltina respondeu: é o que eu estava esperando ouvir de ti. E meu pai: só que... Ela não deixou que concluísse: sei, tens quatro filhos pequenos, gosto de criança, passam a ser meus. Ele foi rápido: Isaltina, eu quero fazer mais filhos, e ela, de pronto: eu também quero, quero TER filhos e incorporo as tuas quatro crianças, e ele: será que já te disse, tenho outros nove, e ela: eu sei, eu sei, e ele: puxa, sabes de minha vida! A mulher sorriu: e quem por aqui não sabe. Quando tiveram o quinto, o médico chamou-os e disse: tua mulher não pode mais ter filhos. Meu pai lamentou, mas dessa vez não quis se apartar. Viveram bem por mais 11 anos, ele cuidava daqueles nove, sem esquecer dos outros que teve com minha mãe. Já tinha um bom pé-de-meia, um bocadinho debaixo do colchão, a maior parte em caderneta de poupança; votou no Collor e quando o "Caçador de marajás" confiscou a poupança teve de vender um dos caminhões. Isaltina foi a que mais tempo viveu com meu pai, vinte anos, se davam bem, tinham uma roda de amigos, ela repetia, não quero ser nada mais do que uma boa dona de casa. Uma noite, meu pai pediu que ela se vestisse bem, arrumou-se, foram a um restaurante, ele pediu uma caipirinha e ela um suco de uva, ele disse baixinho tintim, um brinde pelos nossos bons vinte anos. E ela: e pelos que virão. Meu pai foi direto: nada de outros, vamos nos separar. Com o susto ela só conseguiu dizer: por quê? E ele: porque sim. Isaltina se levantou murmurando quero ir pra casa, já. No caminho, segurando as lágrimas, ela disse: Se não queres ficar, ninguém te obriga, só tem uma coisa, Mário e os outros já estão independentes, os nossos ainda precisam de apoio. Meu pai foi direto: Te deixo a casa, vou para o apartamento que tenho no Sambaqui, te garanto uma mesada. Isaltina foi clara: Estamos conversados, não precisamos de documento nenhum, mas se falhares um mês que seja, vou na justiça.

XII

Embora o bairro do Sambaqui não fosse longe, nenhum de nós a partir daquele momento soube da vida meio misteriosa do pai, até que ele mandou recado dizendo que vivia com uma jovem, logo se soube que poderia ser sua bisneta ou até minha neta. Tiveram duas filhas: Sulamita e Ticiana. Tinha parado de trabalhar, vendeu o caminhão, fez uma rodinha de amigos que se reunia sempre no mesmo bar, bebericando e jogando conversa fora, concordavam em política, falavam mal dos nossos administradores, repetindo a frase "esses merdinhas vão acabar com a ilha", mas discordavam, gritavam, quase se atracavam quando o assunto era cinema, meu pai vidrado em farvestões e seriados. De raro em raro telefonava para os filhos, o mais das vezes para a Abigail, para o Mário, para o Nésio ou para mim. Certo anoitecer, entra em casa, vê malas, sacolas, a mulher com as duas filhas no colo como quem está esperando. Mal teve tempo de perguntar e ela foi dizendo: Podia ter ido embora sem te avisar, mas não quis fazer isso. Os olhos de meu pai se arregalaram: Que história é essa? E ela: História nenhuma, tô indo embora. Ele balbuciou: Por acaso arranjaste outro? Isso nunca me fizeram. A mulher sorriu: Nunca? Sempre existe uma primeira vez. Não tenho outro, posso até mais adiante arranjar, vou morar no Estreito, com uma prima; arranjei um emprego. O susto de meu pai foi ainda maior. Ele não era bonito nem jovem, mas tinha algo que atraía as mulheres, e agora, veja só, de repente alguém tinha coragem de dizer "vou te deixar". Alguns dias depois, fui até o bar conversar com ele, parecia outro homem, todos podiam ver em sua cara, no corpo, na voz seus mais de 80 anos. Insistíamos: "venha morar com um de nós". Recusava, escolhendo um seria injusto com os demais, preferia continuar levando sua vidinha. E a "vidinha" era sair de vez em quando atrás de garotas de programa.

XIII

Quando soubemos da morte de meu pai o corpo já estava no necrotério. Depois do enterro, Abigail, a primogênita, Mário, o mais novo dos quatro da segunda mulher, Nésio, o mais velho dos cinco da terceira, e eu fomos ao apartamento, acolhedor, até que bem arrumadinho, num quarto a cama de casal, a mesinha ainda com um copo d'água, o armário e com destaque três retratos na parede: Miguel Salvatori, Rachel Arruda Salvatori, Judith Arruda Salvatori; na outra peça, um sofá-cama, uma estante com jornais, revistas, alguns livros e centenas de vídeos.

Bem visíveis em uma das prateleiras da estante, enfileiradas, fotos de seis mulheres: minha mãe, a segunda mulher, a terceira, duas que não sabíamos quem eram, e a sexta, que fora a única que tivera coragem de deixá-lo.

Existem duas versões para a morte de meu pai, que faleceu em 1999, um mês antes de completar 89 anos, e não realizou seu sonho de ver o novo século e o novo milênio, eu acredito em uma, Abigail acredita na outra. Os vizinhos estranharam a falta de movimento na casa, bateram na porta, ninguém atendeu, chamaram a polícia, ele estava de pijama, sentado em frente à janela que dava para a praia, morto. A segunda, na qual acredita Abigail: ouviram gritos histéricos vindos do apartamento, arrombaram a porta e meu pai estava em cima de uma jovem que gritava: "tirem isso daqui, tirem isso daqui". A guria enfiou a roupa, sumiu e nunca mais se soube dela. Ao deixarmos o apartamento, Abigail, pé no chão, disse a palavra final: para nosso pai, ainda que pareça difícil para uma filha e mulher dizê-lo, era a melhor maneira de um homem como ele morrer.

Sonâmbulos

WHISNER FRAGA

os relógios cochilam entre os quadris das estantes, nos entregando uma hora sonolenta e atrasada, os estratos do dia estão flanqueados pela preguiça e o consolo do alvoroço na rua é este virulento esquadrinhar de abandonos acampado aqui dentro. até ao êxito dessa sua piedade, assentada nos eixos do mediterrâneo, inoculada pela feição de continentes longínquos, ao seu pai e à serena religiosidade de sua família, que se alinham no cinabre desses sobressaltos, josé lobo ou youssef dib, como se num recanto da noite, enfolhadas as janelas, lacrados os quartos, um homem escapasse do homem, o pesado relevo de seu sotaque desse vez a uma melodiosa saraivada de palavras árabes, num rude e constante trovejar de intimidades, é que desfolhado o amarelo, o verde da pele, que agora eram o uniforme de sua sobrevivência, emergisse o cedro comprimido pelas faixas vermelhas que poluem o corpo de seu líbano. o homem traduzido no homem, helena, o libanês comprimido no brasileiro, avançando pelas escadas dos poros, emergindo na zanga com o filho pequeno que se debruça nas quinas de tudo. *ya lail*, era assim que, rastreando as sombras, seu pai descobria um rebordo de tripa ou um toco de pele para o almoço do dia seguinte, era assim que as arrobas de mercadoria surravam o lombo endurecido em um penoso palmear de meses, era assim que a hoste expunha seus critérios de gado: *esses turquinhos que comem crianças*, e que nem se dignava a formar filas para esvaziar as canastras dos mascates, foi assim, helena, que o velho lobo não desviou os olhos de beirute durante os 45 dias que durou sua despedida a bombordo do massilia.

wadiha, a orgulhosa, afif, o malandro, aun, nagi, salua, astun, o poeta e fádua, todos renunciaram o mesmo útero que você, helena, e que pertencia àquela que seu pai resgatara de um lavadouro na síria. ou de uma foto, como queira, cujos pigmentos foram absorvidos pelas digitais de pretendentes. quem sabe tenha sido ela quem lhe legou este amor pelas árvores? quando estou triste, helena, e a autopiedade rasteja em meus pensamentos como uma lagarta nas folhas das goiabeiras que usurpam meu pomar, invoco as pistácias de um quintal em damasco, que margeava o quarto de sua futura mãe, cujas sementes fendiam a noite inteira, almiscarando seu angustiado sono, a morosa rajada de estalos singrando as décadas até à casa em que me exilo das criaturas, como que salpicando a minha consciência com minúsculos nódulos de sustos, a inchar com seus compassos a delgada consistência do vácuo, como uma goteira a grunhir com seu repertório de uma ou duas notas. até às encostas de suas ancas, helena, em que acamo, *allah mâak*, as sentenças do dia: um que é indigno, um que é parasita, um que me trai, a coisa descamba para a ingratidão e afins e é só em seu colo, helena, que deixo de esperar tanto dos outros.

até à salva em que sua mãe equilibrava uma garrafa de áraque e alguns copos miúdos, durante o domingo no qual uma manada de patrícios se demorava para o banquete da família e seu pai triturava soberbo o repasto dos vitoriosos, excitado pela fartura de *mujadara*, de *hallaue*, os rostos incandescentes dos que se engasgavam com uma lentilha ou com uma frase incerta, eu captava, em tons a cada instante mais elevados, o martelar de sua mandíbula, os dentes conformando o *chanqliche* numa informe baba de ruídos, que jorrava dos cantos da boca para o pano agarrado ao seu pescoço, helena, e o melhor da reunião era aquele intimidado silêncio dos enojados, os olhos acanhados assistindo ao laborioso refluxo, quando seu pai sugava toda aquela miséria esbranquiçada e expedia para as cavernas do estômago.

aos fantasmas que se empanturravam com nosso medo, helena, no antiquado amarelo das muralhas católicas, no íntimo das quais as batinas retorcidas dos padres exalavam um esplendor de ânsia e penúria, era ali que nos educavam, com suas ficções matemáticas, seus devaneios químicos, suas megalomanias geográficas, sob os cipós do pátio, que só emitiam ideias de chicotes, enquanto um sopro remexia o sótão à caça de algumas conexões elétricas, daí o ruído da agulha retalhando o vinil, uma sinfonia de estrondos recortando as paliçadas até à surdez do casal de filas, até às salas de aula insípidas e vazias, ampliando a decomposição dos sons, era assim, helena, que o inferno nos assombrava e nos unia. era um rangido de fotos cozidas serenamente pelo ardil de ácidos, emolduradas numa argamassa de excrementos de baratas e pó, equilibrando-se ao lado de troféus e de livros mastigados por gerações de insetos.

era um hostil cruzeiro pela pátina de suas coxas, helena, do qual eu era o único passageiro, se coincidia que escapasse daquele terror que eram as folhas bebericando o mormaço de tudo, que eram os tucanos com seus bicos rachados, saltitando mancos pelos viscos dos galhos (e seu chilreio de corvos coloridos) — que eram, por fim, os caramanchões e sua simbiose com musgos, a ira verde bebendo a ferrugem das luminárias, que já não consentiam sequer que lhe ajustassem uma lâmpada.

até às quermesses em que nos empanzinávamos com prendas e simpatias, ao atormentado comício do leiloeiro, até à leitoa encurralada por uma congregação de tábuas e outros artefatos de pouco proveito, um tumulto de pamonhas, espetos, mingaus e bolos, uma neblina de gordura condimentando a lona das tendas, mas o que compravam, helena, além de uma clemência aqui e outra tolerância ali, era o perecível título de "respeitáveis senhores", crepitando no clarão de orgulho que escapava de suas camisas de seda.

allah mâak, deus abençoe esta reverberação libanesa dos seus joelhos decodificando a histeria do vestido, *allah mâak*, deus abençoe sobretudo este revoar de amor infiltrado na minha felicidade, que flagela com convicções insensatas o meu pessimismo arduamente equacionado, *allah mâak*, deus abençoe esses seixos que alçam de sua córnea às 99 contas de lisr da masbaha que os dedos de seu pai calculam até às raias do infinito.

as retinas do tempo e sua miopia, um desfocar de acasos mergulhados na sucata dos dias, um cacho de gatos que furta a plumagem das folhas de fumo no canteiro, os pixels da tv projetando mapas no rosto mascado de meu avô, era o jornal nacional, helena, que o velho jamais cessava de contemplar, era o cid moreira e sua voz a rebater em minhas ideias e eu a baralhá-lo com deus, enquanto a gata rastejava pela cozinha, com sua barriga arqueada de filhotes, sempre a passear com os machos da redondeza. e mais tarde, após a queda deste pai de meu pai, aproveitando sua lentidão de mãe, arrastaram-na para uma caixa, para uma rua, para um riacho, uma rajada de unhas tatuando os braços de meu tio, e a orfandade dos bichanos, que encharcavam os pescoços com uma nata imaginária, as línguas retorcidas à cata de uma teta enxotada do mundo, e a fome, helena, até à sarcástica aquarela da verdade: aqueles lábios a aspirar o leite azedo da morte e os palmos que nem se submeteram à angústia do chão, amassando a barriga do pânico.

e havia o outro, e por ele raramente apreciei transpor a soleira do alpendre, helena, quando acontecia de visitá-la, era aquela lesma sambando no recanto das narinas, os cotos do bigode fisgando o grude expulso dos antros epilépticos de seu irmão, e em mim o terror lambiscava a ânsia quase predatória de me arruinar, tudo que fosse essa dependência me afugentava, até o martírio corroer a simétrica disposição do raciocínio, tudo que fosse essa papa evacuada numa boca paralítica, tudo que fosse a retina opaca sentenciando sua índole de resto, mas um resto que necessitava de zelos, helena, um resto a espichar as abas da fralda, delatando com sua aflição de horas os acúmulos de merda ajustados às pregas da pele, um resto inábil para esses gestos de se locomover, um resto que oferecia o lombo para os desafogos da enfermeira, com um chamuscar no semblante alteando uma desforra impossível, um resto, por fim, helena, que era pior que isso, era um gris, um chumbo a embaçar o horizonte ensolarado do seu éden. era um entorpecimento que amplificava a desgraça de tudo, nunca que eu poderia abrigar este milagre em meu domínio: falta-me o glacê dos toques, a benevolência cauterizadora das vítimas. e sobretudo não me assanha esta inócua tentação de descendências. o cerco dos genes, uma proteína mal costurada na ganância das células, um tropeço na criptografia de deus e pronto: são extrusados barro e pus, unidos em uma criança, que adivinha incapacidades até no exercício de respirar.

de volta às feiras, helena, às tendas onde dependuravam os badulaques de costume: amuletos de espora de galos, anéis em que um olho disfarçado numa asa de borboleta cisca as bolsas das freguesas, as esculturas de cenoura, batata e cebola encarceradas num pequeno vidro de picles, o amargor das guarirobas infeccionando o ar até à saliva da fome, as lebres e suas enormes antenas a interceptar a ameaça do abate, a larva do doce de leite desabrochando úlceras em caldeirões gigantescos, as galinhas a se encapelarem, de cabeça para baixo, alçadas por um cabo de vassoura e humilhadas com os apalpões de clientes, enquanto o cauteloso avançar de papai nos premiava com mais tempo (para que eu tentasse por pouco mais, helena, na persistente serenidade da erosão, atingir o mistério submerso no mandil de sua prudência), era um aturdido matraquear de dedos, enterrados uns entre os outros, um remanso de prazer límpido e infantil embriagando com sua ternura a inércia daqueles domingos.

e não atinei com a importância do seu isolamento, helena, *diga-me com quem andas*, e você seguia apenas comigo. bastava, portanto, que avançasse nesta matéria, que abalasse com a perturbação da curiosidade a cera de minha essência, para então regressar renovado à imponente saga das aparências — e atenuar a neblina que roçava nossa comunhão.

não havia entre os meus o gratuito júbilo da reunião, a não ser no natal, helena, quando o primo de longe surgia nos currais da rodoviária, empunhando a mesma mala de todos os anos, equilibrando um cigarro recém-aceso na boca desatenta, depois o aroma do pernil a atracar nas gretas dos cômodos, enquanto na varanda os parentes discutiam empréstimos, empapando a bondade de skol e mentiras. era uma babel de reclamações e mexericos se infiltrando em nossos tímpanos: as baixas cercas que protegiam a fidelidade de uma tia, as chapinhas a esticar as senoides dos cabelos de outra e uma tonalidade de horror a ofuscar um destino vertiginoso: não desejava essa convivência sanguínea, eram as argolas de um parentesco nos arrastando para a alucinação das afinidades. assim sublinhava a transitoriedade desses amigos de ocasião: quando me era permitido romper o selo dos presentes, havia talvez um enteado do irmão de meu pai, desse que se agita ao redor de um alcoolismo congênito, a silenciar com um chute o pisca-pisca de meu carrinho de controle remoto, há pouco resgatado de uma loja paraguaia.

era no conluio dos terços que invariavelmente irrompia o padre lino, a agigantar-se na porta da sala, o guarda-sol perdido no braço, o chapéu derramado nas palmas como uma hóstia de domingo, arranjado para aninhar em seu feltro os cheques dos dízimos. até à copa em que a falange dos tijolos nos isolava dos 40 graus do início da tarde, e você trazia a chave encastoada no novo testamento para o ritual da adolescência (o corpo a afogar nas folhas e a cabeça à superfície dos salmos): e a apoiávamos nos nossos dois indicadores, helena, para que a bíblia imitasse uma gangorra que preferia a rota de nossas exigências. uma balança viciada a cambalear entre o sim e o não das conveniências. cunhávamos com a fantasia a seita dos espíritos a socorrer com as respostas que nos agradavam. e dali a pouco um naco de pano descobria o chapisco dos poros de suas pernas, o saguão dos mamilos a disparar a malícia do seu cheiro contra o poderio de minha castidade, o acrílico das unhas enrodilhando o xadrez da saia, quase a evidenciar o bordado da lingerie. contudo, helena, não era sempre que o sinuoso fluxo de sua voluptuosidade alcançava os nervos da minha excitação, não era sempre que abandonava o pacato trauma de uma sexualidade emporcalhada de culpas, para rejeitar essa excêntrica obrigação de virilidade e me asilar num rudimento de honestidade, não era sempre que o odor de sua vulva me avivava os rejuntes da glande, ou o escuro contorno da margem de sua virilha, ou as pupilas encantoadas nos triângulos dos olhos.

um mar latindo no barranco de suas pálpebras, helena, quando o oriente se punha no sol de suas bochechas e era um luto aplacado no assoalho de suas feições, aquele acanhado disfarce que nomeei abismo poente, porque era um trágico apego à suntuosidade dos devaneios, uma promessa de retorno, quando a cadência dos anos ralhava contra a indigesta ilusão, o líbano para sempre distante dessa sua bolorenta conformidade.

[e a negligência alastrando-se pelas bodas de seus pais, helena. naquele tempo sua mãe mal adormecia e iniciava um passeio pelos cômodos, o chinelo a encerar o piso numa triste suavidade de passos, para invariavelmente se deter no aparelho de som e imaginar no caule da geringonça um disco de maria bethânia a rodopiar enfurecidamente, e depois estender os braços a um parceiro imaginário e se arriscar nas variações dos acordes melancólicos e da voz afunilada no cativeiro das caixas acústicas. um casamento em que o protocolo dos *ois* e dos *boas-noites* já sentia o rarefeito poder das obrigações: até as farpas do arame, que demarcava a área conferida a cada um na cama, apresentava os sinais dos coices. entende como só lhe sobrava o recurso do sonambulismo? e você e sua insônia, helena, presenciavam o intrigante bailado de sua mãe, enquanto do quarto um colérico ronco anunciava o cansaço de seu pai — e o legítimo repouso. até que no terceiro mês — e continuávamos enredados nas armadilhas de nossas próprias divergências — pelejávamos com seu retorno às asas do lar, esse exílio incompreendido, essa humilhação tardia, quando uma imprevista epidemia supurou o desejo (desbastado pela catástrofe das rotinas). o velho youssef resolveu serenar os pesadelos com exercícios noturnos, sem consciência da ginástica no colchão, do zunido das espiras fatigadas das molas, sem consciência do ruidoso fôlego de todas as suas cavidades, do enxofre que a má alimentação, os charutos, o álcool e o mofo da idade grudaram no estupor de seu hálito, sem consciência de si e do carinho que envolvia aquelas palmas eroticamente centradas em suas costas ao voltearem a mesinha de centro, adormecidos. e a surpresa dos beijos, uma língua acariciando a outra após anos de retiro, e finalmente os panos a desistir de acobertar o farrapo das carnes. não é que melhorassem o trato durante as outras horas, era somente a lembrança aproando à beira da trégua. até ao despertar, em que ele, servindo-se de uma revoada dos sentidos, surpreendeu-se em namoricos com a esposa e, da escotilha de sua visão embaçada, decifrou um potente sobressalto no gatilho da garganta e soube domá-lo. e se já era incomum a coincidência de dois zumbis se amando pelo sofá, o que dizer do silêncio de seu pai? como interpretar o relâmpago de ansiedade e contentamento na rigidez de uma *raas* sempre focalizada nos lucros? e por fim, como adivinhar que o lobo prosseguiria o jogo, um desperto e outro delirando, na senzala da luxúria? já veteranos nas partidas que invariavelmente ambos venciam, era de se alegrar com o assovio de um durante a desolação da manhã, com o vibrar de comoção de outro entre dois compromissos, era de se copiar esse desabamento de aflições, helena, essa aura de inevitabilidade nunca se encaixou muito bem em nossos ideais desfigurados. até que a cal dos tetos se pintalgou de pernilongos e seus rasantes camicases se intrometeram na cisterna das orelhas, helena, tornando intrincada sua luta por um cochilo. se você, antes de se encaminhar para a cozinha, sondasse a franja do criado e se deparasse com o pequeno rádio-relógio, descobriria que em poucos minutos ele acusaria 11 horas da noite. no banheiro do corredor você espionou a exaltação de sua mãe ao retocar o ruge na porcelana da *khadd*, com uma viscosidade tão espontânea nas traves da boca, que nem um louco a consideraria dormir. para dali a pouco representar outro capítulo, sob a cornija das farsas, da novela da ressurreição daquele casamento.]

eram fadas as santas de minha infância, o lustroso sino que noticiava num severo fá a hora em que 12 ou 13 pagãos deveriam se reunir sob uma mesma batuta, a da professora de catequese. a paróquia empilhava aranhas nas interseções das tintas, uma cerâmica secular escondia a vermelhidão da terra e as freiras humildemente engomavam até as trincas das lajotas. no cântaro da memória, helena, aquelas leis entornavam e se perdiam num alvoroço de tédio, sete mandamentos, dez pecados capitais, minha atenção era sequestrada pelos guizos daquelas ordens monótonas. mas as histórias, essas ondas esparramadas pelo ardor daquela desafinada súplica, rogavam o auxílio de toda a minha concentração. sim, desde o fratricídio, passando pelas pragas no egito, pelos evangelhos — "eles, porém, vendo-o andar sobre o mar, pensaram tratar-se de um fantasma e gritaram", e eu a descobrir a minha pouca fé, já que nunca desfrutei de um mínimo êxito nas inúmeras tentativas de navegar pela piscina do clube —, pela metamorfose da água em vinho, tudo era encantamento. mas nada que se aproximasse da devoção daquela mocinha, que no regato de seus dogmas embirrava em fazer singrar navios tão vistosos que encalhariam em quaisquer outras torrentes. como aquela criança que hipnotizava abelhas, obrigando-as a depositar o mel nas escarpas de sua faringe, aquele, que se despiu em uma praça e humilhou o pai, dissecando o sintético organismo que aliciava sua família, empurrando-os para a fossa da dependência, do conforto, da corrupção. nem a militância de robin hood nem a rigorosa benevolência do super-homem ateavam a mínima fagulha em meu acanhado gosto infantil ou sequer provocavam uma diminuta lembrança da catarse que o comportamento dos santos infundia em mim.

nem os 24 meses de submissa perseverança foram o bastante para me adestrar, helena, e eu ainda hoje me envergonho quando, ao me benzer, confundo os ombros em que deveriam se alojar o pai e o filho. tampouco aprendi sobre os acordos das mãos ao acolher o mirrado biscoito consagrado. e, no último semestre de doutrinamento, quando uma lava de veneração já se miscigenara ao sangue, nos obrigando a cair aos pés daquela ninfa, que tornava tão comoventes as aguadas parábolas da igreja, com as agulhas das sandálias a salientar os grossos tornozelos e o umbigo a nos espiar por trás do rendilhado da blusa, quando já nos afeiçoáramos o suficiente à redundante efígie de seu frescor, nos aparece uma monja no retângulo do púlpito, já deteriorada pelas injúrias do tempo, para substituí-la. um requintado castigo para os pecados de crianças... a senhora exercia com competência sua didática de tirania e, já na primeira lição, discursava a respeito do uso do nome de deus (recorrer ao seu santo nome para ajudar uma pessoa doente, pode? siiiiiiiiiiiiiiim. evocar sua diviníssima intercessão para ganhar um bom prêmio da loteria, pode? nããããããããããããão), quando a biela de uma dúvida começou a travar o movimento das minhas certezas, inquiri sobre a ajuda de jesus para me tirar de um sufoco: há vários dias um resfriado sacudia o dédalo de minhas tripas e eu não conseguia expulsar o cocô que se enfileirava em todas as furnas dos intestinos e tencionava pedir um auxílio divino para me livrar daquele suor mineral que alagava minhas camisas sempre que visitava o banheiro, para lá deixar apenas o odor asqueroso de minhas forças minadas. num inesperado abandono de sua ascese, a velha enxertou em sua palmatória toda a ênfase punitiva que conferia aos hereges. por vários dias, faíscas de dor torturaram as juntas das mãos. creio que nos anais do vaticano não há registro de outras crianças que estiveram tão próximas da excomunhão. assim aprendi que o sanitário era um local fétido demais para receber a presença do espírito santo.

até aos grânulos de acenos extintos naquele píer de beirute, youssef, até às minúcias de cercos do hezbollah, ao imponderável achaque do medo, ao ruir da cronologia da língua, da pátria, de todo um bonsai genealógico, pais e irmãos, que pacificaram a inveja com o fel da amargura — entre o paradoxo de abandonar sua quinta ou continuar a padecer, ao respeito pelas crenças de seu povo, que diminuiria em vista das ruínas e das estradas de terra com suas crateras esbugalhadas pelas minas, aos braços que, num brusco pressentimento de raízes, dificultarão seu regresso, à cólera dos convites que deixaram roucos seus argumentos — aqui há *massari* que dá para nos reunir a todos; pretextos ingênuos que se fundiram nessa rocha colossal, inquebrantável, que se apega com desmesura ao peito e que por cá denominam saudade.

Alegoria

Os funerais de Baruch Weizman

Alexandre Plosk

Mauro continuava segurando o jornal. Olhava fixo para as pequenas letras dentro do box retangular. Há uns dez minutos, uma notícia tinha lhe chamado a atenção. Não exatamente uma notícia. Um anúncio. Anúncio fúnebre. Havia qualquer coisa de errado com aquele texto. Já o relera algumas vezes, mas custou a se dar conta.

"Consternada e com muito pesar, Yvone Salgado comunica o falecimento do sr. Baruch Weizman e informa que o sepultamento será realizado toda quinta-feira, às 10h, no Cemitério Israelita de Vila Rosali."

Mauro tinha adquirido há algum tempo o costume de ler o obituário. Fazia-o já tão mecanicamente que lhe era difícil encontrar o evidente equívoco. Algo que poderia ser percebido de imediato por alguém que não tivesse o hábito. Alguém que, de verdade, "lesse" o texto, cuidando do significado de cada palavra.

Sim, como em todo obituário, havia várias informações valiosas a respeito da vida do falecido. Se teve nenhum, poucos ou muitos filhos, netos, bisnetos... Se recebeu pouca ou extensa quantidade de anúncios... Há casos em que uma ou até mesmo duas páginas inteiras de um diário são preenchidas por reclames relativos ao mesmo defunto. São mensagens assinadas pelos mais diversos grupos: de empresas a universidades, de entidades de classe a escolas de samba etc., revelando de que maneira aquele que se foi interagia com a sociedade.

A emotividade do texto é outro item a ser examinado: amado, querido, saudoso, insubstituível... a lista é longa, mas tenta relatar o quanto se queria bem ao finado. Nenhum dos adjetivos, obviamente, é prova de qualquer relação com a verdade. Mas serve como fonte de imaginação para o leitor.

Assim, Mauro logo percebeu que muito provavelmente o sr. Baruch não tivera filhos. Tampouco tinha pais ou avós vivos. Portanto, com grande probabilidade não morrera jovem. Com boas chances, uma vida solitária. Então quem seria Yvone Salgado? Aí se vislumbrava uma chave para o mistério. Weizman e Salgado. Uma união jamais aceita entre um judeu e uma gói? Ou apenas uma relação de devoção austera entre o dono de um negócio e sua secretária?

Imaginou a primeira vez em que ela chamou Baruch de "Barúk", sem saber que o "ch" ganha a mesma sonoridade da letra "r" na língua portuguesa. Teve a impressão de que Baruch corrigira-a sorrindo, já encantado por algum não-sei-o-quê em Yvone. "É Baruch, como em..." Difícil encontrar uma rima em português, sorriu Mauro, concluindo que o diálogo não deve ter ocorrido desse jeito, ou que não deveria, romanticamente, ter se passado dessa forma.

Além de um certo comedimento emocional, havia uma certa falta de intimidade com a tradição judaica no anúncio. Não se convidava para velar o corpo na Chevra Kadisha, a "Sociedade Sagrada", organização judaica responsável pelos rituais *post mortem*. Evidentemente, tudo fora organizado pela sra. Salgado, o que explicava a falta de jeito.

Enfim, não era nada disso que preocupava Mauro. Havia algo muito mais importante a ser desvendado naquelas poucas linhas e que, por alguma razão, não conseguia enxergar.

Ele sorriu quando percebeu o erro do anúncio. Em vez de comunicar que o enterro aconteceria dali a dois dias, precisamente no dia 18 de maio, uma quinta-feira, informava-se que o adeus ao sr. Baruch aconteceria não só *naquela* quinta-feira, mas em *todas* as quintas-feiras.

Deu uma gargalhada ao largar o jornal no sofá bege. Quem estaria mais vexada? A senhora Yvone ou o funcionário do jornal? Quem cometera a mancada? Imaginou os parentes, ainda que distantes, constrangidos com o lapso nesta comunicação derradeira.

Porém, poucos metros depois, ainda antes de chegar ao banheiro para tomar uma chuveirada, Mauro teve um leve estremecimento. Poderia não ter sido uma simples gafe.

"Toda quinta-feira."

A frase ficou reverberando enquanto abria o armário para escolher a roupa que seria usada no trabalho. Já naquele instante soube que teria de estar presente ao sepultamento do sr. Baruch Weizman.

No ônibus para o centro da cidade, Mauro mal conseguia se concentrar no relatório que teria de apresentar. Ainda faltava um dia para o funeral. Era difícil tirar aquilo da cabeça. Como teria sido em vida o falecido? E que tipo de relação teria tido com a mulher que encomendara o anúncio?

Tanto na rede virtual como na Biblioteca Central, estranhamente, não havia qualquer referência a um Baruch Weizman ou a uma Yvone Salgado. Apenas conseguira o nome de uma certa empresa chamada B. Weizman.

O almoço foi engolido rapidamente no restaurante a quilo. Mauro não gostava muito de estar ali sozinho. Além disso, teve receio de que alguém do escritório o encontrasse e o importunasse naquele momento.

À noite, releu o anúncio mais uma vez. Continuava ali. "Toda quinta-feira." Sorriu ao pensar na bobagem que seria ir até aquele enterro. O cemitério ficava bem distante do centro da cidade. Contudo, antes de dormir deu uma olhada no guarda-roupa caso resolvesse mudar de ideia.

Obviamente, aquele ato o remeteu a outros sepultamentos passados. Claro, um previsível gatilho da memória, mas que sempre se renovava.

Não gostou do que lembrou. Eram imagens por demais amargas e já tão distantes que Mauro mal permitia que chegassem ao nível consciente. O mal-estar só reforçou a decisão de não empreender a viagem à distante Vila Rosali. Um nome curioso de mulher, que o fazia recordar a bisavó gorda, que gostava de usar óculos de aros grossos, deixando suas feições ainda mais enigmáticas, com seu passado castelhano, seu gosto pelos espíritos, tão distantes da cartilha judaica tradicional da família.

Mauro lembrou-se dos compromissos no escritório e felicitou-se por ter mais o que pensar.

Era sempre difícil dirigir até Vila Rosali. Um verdadeiro transtorno. Sem falar que o carro andava com a bateria bem fraca. De modo que Mauro tomou um ônibus para o subúrbio. No fim das contas, com todas as entradas em ruas erradas que certamente cometeria, o tempo de percurso até que foi razoável. Pouco mais de uma hora e 15, o que lhe dava cinco minutos para se guiar dentro do cemitério.

Demorou bem mais do que isso até perceber que o caixão estava na sala à esquerda de quem entra, subindo os degraus. Impossível não reviver dias de luto tão contumazes ao sentir o ambiente lhe penetrando as narinas e os poros.

O nome do sr. Baruch estava colocado num pequeno mural logo na entrada da sala, onde se lia a data de 18 de maio, quinta-feira, ou 5 *Sivan, iom ramishi*, pelo calendário lunar hebraico. Os homens que conduziam a cerimônia estavam todos de *talit*, espécie de manto religioso, com o qual se cobre os ombros nas orações. Mas também há o costume de colocá-lo mais acima, cobrindo a cabeça, deixando-o cair por sobre os ombros. E era assim que todos os presentes estavam. Mauro não pôde ver a face de nenhum deles, já que estavam todos voltados em direção a Jerusalém.

Mauro tentou relembrar outros sepultamentos a que comparecera no passado e ficou na dúvida se já assistira a uma cerimônia assim. Teve a leve impressão de que jamais vira algo do gênero, em que se incluía uma reza completa. Achou o costume um pouco estranho, mas talvez ainda mais inusitada fosse a sua própria presença naquele recinto.

Nem sinal da autora do convite, o que só reforçou em Mauro a crença de que, fatalmente, o romance jamais fora aceito pela família de Baruch, causando profundo trauma a Yvone.

O caixão, obviamente, estava fechado, como requer o preceito judaico. Bem, nada de mais, pensou Mauro. Imaginou o aspecto do sr. Baruch, as nunca vistas feições caucasianas, o nariz reto, as maçãs do rosto salientes, refletiu sobre como jamais o havia conhecido, como jamais haviam conversado, convivido, se desentendido, confidenciado, mas que estupidez, pensou Mauro, subitamente entendendo a bobagem que fora ir até a longínqua Vila Rosali para sepultar o desconhecido sr. Baruch. Se fosse embora rapidamente, se pouparia de encarar qualquer um daqueles homens e ter de inventar uma desculpa de onde conhecia o sr. Baruch. Da escola? Do trabalho? Das farras de juventude? Se fosse sorrateiro, poderia aproveitar que todos seguiam em silêncio recitando as 18 orações do *shmona esré*, o número mágico que significa vida em hebraico.

Só que, sentado no assento lá no fundo do ônibus, algo ainda não lhe deixava em paz. Refez mentalmente a cena inúmeras vezes e chegou à mesma conclusão em todas elas. Havia visto nove homens ali dentro. A velha questão do *minyan*. Quantas vezes ouvira quando jovem alguém berrar da porta da sinagoga que ficava dentro do colégio. *"Minyan!"* É possível rezar solitariamente. É possível rezar em um pequeno grupo. Mas, segundo a tradição, as orações só alcançam um valor espiritual em um patamar mais elevado quando são ditas por um grupo de, pelo menos, dez judeus com maioridade religiosa. No caso do *kadish*, a prece pelos mortos, a situação é mais complexa. O *kadish* sequer pode ser recitado sem a presença do quorum religioso.

Dez. O número mínimo de *tsadiquim*, ou homens justos, éticos, para que uma comunidade seja poupada do extermínio. Tal qual fora selado há milênios num acordo, duramente negociado, diga-se, entre Deus e Abraão.

E, se sua memória não o traía, Mauro poderia jurar que havia, de fato, nove homens naquela sala. Portanto, ele seria o décimo. O que traria um "bônus" ao sr. Baruch no caminho aos céus. Certamente, Mauro escutaria o *"minyan!"*, caso o tivessem flagrado deslizando rumo à saída.

Péssima ideia ter ido lá. Por que fora ler o anúncio?

A semana passou devagar, depois rápida, depois devagar. Demorou a esquecer o evento. Quando esqueceu, tudo voou. Mas na quarta à noite, como que ouvindo um sino tocar, Mauro abriu o guarda-roupa e lembrou que uma semana atrás estava escolhendo o que vestir para a cerimônia.

Bem, agora seria por demais ridículo ir até lá. Não bastara se despencar uma vez à Vila Rosali? Entretanto, uma voz dentro de si argumentou que a bobagem fora ter ido na primeira vez. Como assim? Mauro se surpreendeu com o pensamento irritante que lhe apunhalava com uma faca de plástico. Era tão claro... Se raciocinasse dentro da lógica absurda do anúncio, o importante não era comparecer na primeira quinta-feira. Mas, justamente, na segunda. Afinal, no dia 18, não haveria nada de incomum em assistir ao sepultamento do sr. Baruch. O mesmo não se poderia dizer da reprise do dia 25, uma semana depois. Este sim, um fato de considerável relevância.

Porém, por que dar tanto valor a um erro de comunicação? Era óbvio que, ou bem a viúva, já a tratava assim, ditara errado, ou bem o funcionário do departamento comercial do jornal não percebera o erro.

Depois de um longo suspiro, Mauro tentou se convencer de que, pelo menos, aquela seria a última vez que iria ao sepultamento do sr. Baruch. Enfim, ainda era capaz de manter o bom humor, felicitou-se.

Dessa vez, foi mais leve. Ao menos, sabia que não teria de encarar as feições interrogatórias dos amigos e parentes do falecido.

Afinal, cumpria uma mera formalidade. A satisfação de um capricho da curiosidade. Um desses caprichos que dão trabalho, mas que nos empacam a semana, meses, até mesmo anos de nossa paz interior, se não nos dobramos docilmente a eles. Estava claro que não haveria ninguém por lá, porque não existia a menor chance de um novo sepultamento. Na quinta-feira passada, sentira-se como um desses corretores despidos de qualquer moral, que se aproveitam da oportunidade para oferecer seus serviços aos enlutados, nem bem o corpo esfria.

Quase saltitante, Mauro entrou no cemitério e lembrou-se facilmente do local onde deveria simplesmente "bater o ponto".

Ninguém se virou mais uma vez e ele já ia embora quando teve a quase certeza de ter visto, sim, os nove homens rezando em direção a Jerusalém. Dessa vez, Mauro teve de levar a mão à boca para conter a gargalhada fatal. O ápice viria a seguir quando notou a plaquetinha confirmando o sepultamento do sr. Baruch, também naquela quinta-feira, 25 de maio, ou *12 Sivan, iom ramishi*, pelo calendário hebraico.

Não houve jeito, o som que veio de dentro de sua garganta foi bestial. Uma explosão de humor, soando quase como um grito de raiva. Da estupidez que se propunha, da falta de caráter daquele jogo idiota. A quem queriam pregar a peça? Há um limite para a picardia, para os jogos irônicos. Mesmo assim, era impossível conter o riso, o riso-desabafo, contudo um riso, a capacidade de achar graça até na morte duplamente falsificada, apenas com o intuito de brincar, de sorrir das desgraças, tudo tão humano, oras... Porém, tantas lágrimas que já lhe saíam pelo canto dos olhos foram interrompidas por um sonoro e definitivo grito de silêncio. *"Sheket!"*

A ordem fora tão contundente que Mauro custou a perceber o que havia de errado quando o terceiro homem, a contar lá da frente, se virou e lhe ordenou que se calasse.

O homem se direcionou novamente a Jerusalém pouco depois e Mauro teve a nítida impressão de não ter lhe visto os olhos. Não só os olhos, como o nariz e a boca de onde foi expelida a sentença. Era como se houvesse apenas um *talit* envolvendo o nada. Um nada talvez esfumaçado, talvez antropomorfizado, mas, em suma, um nada. Ao abaixar os olhos, tentando visualizar o que não havia visto, Mauro foi ficando um tanto soturno. A coisa andava mal. Tudo estava ficando fora de lugar. E quando ergueu o olhar novamente, lembra-se muito bem ainda, todos os nove se viraram em sua direção em uníssono: kadish! Por algum motivo caberia a ele recitar a oração dos enlutados. Algo muito estranho, pois pela lei judaica, tal tarefa cabe preferencialmente ao filho, ao irmão, enfim, aos familiares mais próximos do morto, sempre de acordo com uma hierarquia. Só no caso de não haver parentes, recorre-se a um estranho. Mas por que ele, entre todos os outros?

Havia outro problema, talvez mais grave. Os nove homens que o encaravam não tinham, de fato, um rosto. A preencher o *talit*, apenas um nada esfumaçado.

Obviamente tudo não havia passado de um sonho, foi a primeira frase que lhe veio à cabeça quando acordou no meio da noite. Mauro tinha a sensação de não ter voltado ao trabalho depois do horário de almoço nos dias seguintes. Talvez tivesse vagado pelo centro da cidade, pelos museus, pelas bibliotecas... Provavelmente já não andava bem há algum tempo, tinha de admitir. As coisas iam um tanto mal, uma falta de vontade generalizada, uma volta recorrente a imagens do passado. Pouco presente.

Muitos outroras e raros porvires. Mas, sem se deixar levar por algum sentimentalismo, os fatos pretensamente acontecidos no cemitério de Vila Rosali teriam de ficar resguardados num canto seguro da memória. Um sonho. Um pesadelo. Apenas mais uma noite maldormida, entre tantas outras.

A fachada da empresa B. Weizman parecia razoavelmente bem conservada. Um prédio em estilo modernista dos anos 1950. Poucos ruídos vinham lá de dentro.

Mauro olhou em volta. Estava em um bairro industrial que andou em baixa, mas que, aos poucos, recuperava certo renascimento.

Não havia qualquer vigia ou segurança esperando-o para interrogá-lo. Assim, Mauro abriu o portão e entrou na propriedade. Porém, alguns passos foram suficientes para desencorajá-lo. Havia algo de familiar ali dentro. Um certo aroma de infância. Deveria mesmo entrar? Só o canto dos passarinhos a responder-lhe.

A pequena escada de cinco lances levava-o a uma espécie de recepção. Apesar do ambiente vazio e com cara de ter parado no tempo, toda a conservação material da fábrica estava intacta. Como se funcionários zelosos cuidassem daquilo tudo como um museu de prestígio, onde recursos financeiros não são problema.

O enorme galpão tinha um maquinário completo. O que se fabricaria por ali? Mauro não tinha a menor ideia. Mas ao observar uma pilha colocada junto a uma das pilastras, foi fácil perceber que se tratava de uma pequena indústria de calçados. Belos sapatos. Belos e simples. Em sua maioria marrons, numa proporção bem superior aos pretos. Mauro experimentou um par. Confortáveis. Do tipo que a classe operária deveria usar nos anos... Oitenta? Setenta? Sessenta? Em que época tudo ali estaria funcionando a plenos vapores? Quando, de fato, havia morrido o sr. Baruch? Sim, porque se o anúncio referia-se a todas as quintas-feiras, quando é que os sepultamentos teriam se iniciado? As perguntas o desvirtuavam da ideia de uma visita pacífica. Logo, a calmaria ia se desfazendo. Quase podia sentir o coração batendo e ecoando pelo espaço gigantesco à sua volta.

Era preciso chegar à sala dele. Subiu por uma escadaria. Havia uma espécie de "aquário", lá em cima. Uma sala de onde o sr. Baruch provavelmente fiscalizava tudo no seu pequeno império. O rei do castelo...

Uma sala muito branca, onde os poucos móveis escuros, de estilo modernista, ganhavam uma beleza incomum. Um porta-retrato mostrava um homem de seus quarenta e muitos anos, feliz, ao lado de uma mulher, cerca de dez anos mais moça. Eles estão de mãos dadas, sob o sol, aparentemente num cenário desértico, cada um sobre um camelo. Os dois de turbante árabe. Ele parece exultante, como se fora um sheik, ao lado de sua mais apreciada odalisca. Uma viagem à Terra Santa? Por que o recorrente costume de se metamorfosear em árabe acomete tantos judeus que visitam Jerusalém e arredores?

Então seria aquele o feliz sr. Baruch, ao lado de sua amada Yvone? Examinou bem o rosto do sr. Baruch. Sim, qualquer coisa de muito familiar. Era a única foto. Nada de filhos, netos, pais, avós, bisavós. A contínua ausência de ruídos foi como um sinal para Mauro. Assim que se fez o silêncio dentro do silêncio, o escritório quase como uma caixa lacrada à vácuo, Mauro foi abrindo as gavetas uma por uma. Contabilidade, contabilidade, contendas jurídicas, contabilidade, documentos, contratações, demissões, contabilidade, toda à administração da empresa se concentrava naqueles poucos metros quadrados. Poucos, quase nenhum, vestígios da privacidade do sr. Baruch. Havia, sim, uma pasta médica. Por que guardá-la ali? Mais provável tê-la em casa, no bairro de Botafogo. Mauro achou um pouco estranho, pois teve a impressão de que a palavra "Botafogo" apareceu em sua mente algumas frações de segundo antes de conferi-la na pasta de escrituras.

Deu pouca atenção ao fato, já que parecia haver motivos de maior interesse no histórico hospitalar do sr. Baruch. O dono da sólida e onerosa cadeira em que estava sentado havia tido uma longa sequência de internações no Hospital Silvestre, conforme explicavam os informes da companhia de seguros.

A subida ao Hospital Silvestre dava uma boa caminhada. Poucos minutos depois do trânsito congestionado do Cosme Velho, já se sentia o ar puro, o cheiro das árvores acompanhando a estradinha pouco utilizada.

Mauro optara por este itinerário, pois tinha quase certeza de que a casa de Botafogo estava ocupada por uma família. Sim, o número que constava da escritura fazia-o jurar que só podia tratar-se da residência em frente a uma tradicional padaria. Quantas vezes já não tomara seu café ali mesmo observando a casa em frente e seus alegres moradores atrás das belas grades trabalhadas em ferro: pai, mãe e filhos brincando pela manhã, no jardim. Provavelmente, o imóvel fora vendido em algum momento pelo sr. Baruch. Só podia ser aquela casa, número 148.

Tamanha era a convicção que Mauro logo concluiu que não seria nada proveitoso ir até aquela arejada casa pela manhã, quando a maior parte dos habitantes estaria por lá. Mais produtivo começar o "tour" subindo até o Silvestre.

Era tanto verde em volta que o hospital se confundia com uma casa de campo. Um cenário bastante acolhedor. Os funcionários tinham expressões tranquilas, como se, de fato, morassem numa pequena cidade serrana. Como se trabalhassem num hotel fazenda.

A ficha do sr. Baruch estava no arquivo morto. Ora, que ironia da língua. Não fora muito trabalhoso passar pela gorda e sonolenta funcionária, que devia estar sonhando com vacas, porcos e galinhas. Mas toda a placidez interiorana se desfez rapidamente quando Mauro leu o prontuário mais antigo do sr. Baruch.

Amputação do pé esquerdo. Mauro pensou naquela foto do deserto. Talvez os últimos momentos de felicidade. Aquele procedimento só podia significar uma coisa: a tão temida doença. Mauro era daqueles que não gostava de pronunciá-la jamais. Como se o simples fato de torná-la sonora fosse capaz de materializá-la em pleno ar, atraindo-a para o próprio emissor. Câncer.

Mauro estranhou que houvesse uma caixa guardada na gaveta dos prontuários. Podia ser apenas sua imaginação, mas, ao abri-la, quase se convenceu de que havia visto um órgão humano: o pé esquerdo do sr. Baruch.

Uma tontura fez com que Mauro largasse a caixa de qualquer jeito e tentasse desaparecer o mais rápido possível dali. Mas, ao passar pelos estreitos corredores do arquivo morto, esbarrou na estante metálica, o que fez com que a bem nutrida senhora de maçãs do rosto avermelhadas acordasse de seus sonhos bovinos e lançasse um grave "quem está aí?". Como nos segundos que se sucederam não houve qualquer sinal de presença humana, a moça fechou os olhos e voltou aos pastos verdejantes.

Mauro saiu dali muito mais soturno do que havia entrado. A exçursão ao campo não fora nada agradável. A descoberta do passado sofrido do sr. Baruch lhe causara um forte abatimento.

Ele ficou imaginando se o que vira fora verdade ou não. Pensou no que fariam com o membro amputado. Só havia um lugar onde poderia descobrir.

A construção era arrojada. Diferente da que frequentara na juventude. Porém, era ali que se localizava a espécie de central da comunidade. Onde se dirimiam as principais dúvidas, onde rezavam os mais eminentes líderes da colônia.

Caminhando pelos corredores de mármore italiano, Mauro foi se sentindo mais confortável. O grande salão da sinagoga chassídica, localizada no bairro mais nobre da cidade, ainda estava iluminado, apesar de restar um único homem. Ele estudava o Talmude, finalmente em paz com seus livros, depois de tantos compromissos durante a semana.

Contrariando as expectativas de Mauro, o homem de preto não se assustou com a presença sorrateira do angustiado visitante. Parecia até que o esperava. Logo ofereceu uma cadeira e perguntou no que podia ajudar, como um bom rabino. O sotaque estrangeiro ainda forte, revelando não apenas uma única origem, mas uma vida passada em diversos países, talvez Alemanha, Israel e França, antes de vários anos de Brasil.

Mauro sentiu-se subitamente acanhado, mal lembrava do motivo de estar ali. Finalmente, recordou-se da imagem do pé esquerdo. Indagou ao rabino o que a lei judaica falava sobre membros amputados.

O homem de sutis feições orientais coçou a barba benfeita, fechou os olhos e tocou seu chapéu, como se buscasse concentração. Começou perguntando a Mauro se já havia reparado nas imagens da televisão que retratam os primeiros momentos posteriores aos atentados terroristas em Israel. "Quem são sempre os primeiros a chegar?", indagou-lhe. Mauro não tinha a menor ideia da resposta, muito menos por que o rabino começava a explanação de uma maneira tão longínqua. Chegou a se arrepender de ter ido parar ali. Por que ir até o Oriente Médio? A questão sionista era o que menos lhe interessava naquele momento. Mas reconheceu a imagem que o *rav* lhe avivava. São os homens de colete amarelo, os integrantes do "Zaka", um acrônimo do hebraico para *zichuy corbanot ason*, ou "identificação de vítimas de desastre", lhe explicou o religioso. Reconhecidos internacionalmente como os mais hábeis do planeta, sendo escalados para desastres ao redor do mundo, os homens do Zaka são como detetives atrás de restos humanos.

"Por quê?"

Era praticamente impossível escapar da envolvente retórica de um rabino de boa cepa, pensou Mauro, lembrando-se das aulas do ginásio. Quando nos damos conta, já estamos enredados dentro de uma história dramática, com personagens e cenários visualmente bem construídos.

"Como você deve saber, meu caro...", disse o mestre com seu sotaque inconfundível, puxando os "erres" e abusando da melodia persuasiva, no ritmo tão típico dos ortodoxos, por anos treinados em debates diários.

Ele subitamente ficou em dúvida de seu próprio nome.

"Mauro", a voz quase não saiu.

"Mauro?", estranhamente o rabino parecia duvidar, como se o aluno tivesse errado a questão. Mauro chegou a sorrir do absurdo da situação. O rabino insistiu. Queria saber mais, para ter certeza. "Mauro..."

"Cohen", foi o primeiro sobrenome que lhe veio à cabeça.

"Ah, um Cohen! *Col hacavod*, todo o meu respeito!", felicitou-lhe o rabino por estar diante de um descendente da tribo de sacerdotes hebreus. "Então, como você deve saber, meu caro Mauro, a nossa lei, a Torá, no que se refere aos preceitos que lidam de forma prática com a morte, se baseia num conceito muito claro: *kevod hamet*, o respeito pelos mortos. É por isso que nós não exibimos o corpo num funeral. É por isso que o judaísmo abomina a cremação. Nós não permitimos a mutilação do cadáver. Do pó vieste, ao pó voltarás. A decomposição tem de ser natural. Agora, você me pergunta sobre o caso em que a parte de um corpo teve de ser retirada. O que fazer? Exatamente como os homens do Zaka. Segundo a tradição, todo o corpo é sagrado e, portanto, qualquer parte dele, nós devemos enterrá-la junto com o morto."

"Mas, rabino, no caso em que um membro é retirado ainda em vida...", Mauro não se conteve.

"Eu já ia chegar lá, meu simpático Cohen. A tradição nos diz que devemos enterrar o membro amputado. De preferência, no mesmo lugar onde nosso corpo irá descansar."

Daquele momento em diante, Mauro não conseguiu mais escutar o rabino. Só pôde visualizar o sr. Baruch acompanhando seu próprio funeral. Ainda que de um membro apenas.

O que teria passado pela cabeça do sr. Baruch naquele momento? Quão vivo ou quão morto estaria naquele instante em que seu pé esquerdo o abandonava e iria esperá-lo já no mundo dos mortos?

Sim, parte dele estava sendo enterrada.

E não é isso que nos acontece todos os dias?, pensou Mauro. Morrer um pouco a cada dia, a cada minuto, a cada segundo?

Ora, mas por que tamanha consternação por um desconhecido? Que bobagem, raciocinou Mauro, ainda mastigando os pesadelos noturnos no café da manhã.
    Depois de uma longa caminhada pelo plúmbeo calçadão de Copacabana, pensou melhor e decidiu que era preciso desanuviar. Respirar novas influências. Iria ao teatro.
    Chegou pouco antes de a casa lotar. Apesar de ser talvez a única pessoa desacompanhada, não se sentiu só. Pelo contrário. Gostava de estar próximo de grupos grandes de pessoas.
    Aproveitou para observar, coisa que adorava fazer. Perguntou-se por que, diferente do cinema, ir ao teatro é um programa que raramente se faz sozinho. Em suas observações, era comum ver pessoas solitárias nas salas de cinema. O mesmo não acontecia nos teatros da cidade. O que haveria de tão peculiar nesta forma de arte?
    Enfim, isso não lhe causava maior embaraço. Mas naquele dia, especificamente, pouco a pouco, Mauro foi sentindo falta de sua antiga companheira. O enredo do drama talvez tenha aumentado a incômoda sensação. A trama era simples: os percalços da vida de um casal através do tempo, como tantas outras peças em cartaz na cidade. Porém, essa optava por poucos risos. O tom melancólico predominava.
    Como estava no bairro de Botafogo, não conseguiu resistir a dar uma caminhada até a antiga casa do sr. Baruch, o homem sepultado todas as quintas-feiras. Talvez estivessem todos dormindo. Foi o que pensou ao ver as luzes apagadas, o ambiente silencioso. Só depois de pular as grades é que pensou na con-

sequência do ato. Mas, no fundo, tinha a convicção de que não soaria qualquer alarme. Era tão natural voltar até ali. Se já estivera, ou não, fisicamente lá dentro, era apenas um detalhe. Pois, na imaginação, com certeza, já havia frequentado o local. Nem os cachorros se importaram com sua presença. Pelas camas, três crianças dormiam. Engraçado, pois não pareciam com aquelas que Mauro vislumbrava do outro lado da rua, na padaria. O casal também não era o mesmo, embora o marido se parecesse muito com um dos meninos que brincavam no jardim, só que tornado adulto. Quanto tempo havia passado, afinal? Quantos anos passados nesse estado de uma certa dormência com a vida? Pouco à vontade no trabalho, poucos, esparsos relacionamentos, o prazer de apenas observar, imaginar. Quase não escutava sua própria voz. Meu Deus, pensou Mauro, chega de letargia. Pensou em acordar as crianças, oferecer-se para brincar, tal qual tivera tanto gosto em fazer. Sempre fora bom com as brincadeiras infantis. Inventava histórias de improviso, fazia vozes de heróis, vilões, coadjuvantes, narradores, personagens de todas as idades, de todos os tamanhos, forças, qualidades e defeitos. Teria dado um bom ator? Provavelmente, não. Mas talvez valesse a pena colocar algumas daquelas ideias no papel. Encená-las um dia. Isso, encenaria as histórias no jardim daquela casa para um grupo de crianças. Ali, junto da velha amendoeira.

    Alguém foi buscar um copo d'água. Observou o vulto ao longe. Era a bela esposa do filho do Almeida. Sim, os nomes voltavam pouco a pouco. Tomou cuidado para não assustá-la. Uma brisa provocante invadiu a sala. O cheiro dela era gostoso. Saudades de companhia feminina. Lembrou-se do porão, onde guardavam-se as sobras, os rejeitos, as memórias boas e as ruins também.

A escadinha lateral não havia mudado com tantas reformas. A escuridão ali naquela parte da casa era tão grande que Mauro chegou a tropeçar nos degraus. O ruído seria capaz de acordar alguém. Os cachorros latiram. Esperou alguns instantes e, como não escutou sinal de nenhum morador acordado, caminhou até a portinha.

Lá dentro, um mundo de traquitanas e quinquilharias. Muitos velocípedes velhos, duas bicicletas, até mesmo um jet ski quebrado jazia por ali. Também guarda-chuvas com defeito, pares de tênis de criança que seriam usados pelo próximo rebento mas que ficaram esquecidos, idem para casaquinhos, mantas, pijamas, shorts... fotos jamais organizadas de viagens, cadernos adormecidos do ginásio, livros didáticos rabiscados e, quem sabe, um baú deixado por um antigo morador? Um baú herdado desde a Europa, desde a Romênia, talvez.

Um conteúdo do qual o filho do sr. Almeida jamais teria coragem de se desfazer. Melhor ficar largado ali num canto do porão, do que a má sorte de jogá-lo ao lixo e vê-lo retornado ao lar sob a forma de maldição. Sim, porque o que se via pela sequência de fotos do sr. Baruch não era nada de afortunado. Ainda que nas primeiras houvesse um sorriso, sim, de fato, um sorriso no rosto do homem que ia perdendo, um a um, seus membros. O pé esquerdo foi apenas o início do processo. Na foto seguinte, estava sem a perna esquerda. Depois, também sem a mão direita. Por incrível que pareça, até aí tudo parecia uma brincadeira diante de quem estava atrás da câmera. Como uma fantasia de carnaval. Dos bons carnavais passados na serra. Impressionante o bom humor, a alegria que devia estar em jogo naquele ambiente em que foram realizadas as fotos. Pois as amputações eram motivo de chiste, de um "o que se vai fazer, ora?", "o que tem de mais, no fim das contas?". Mas as imagens que vinham na sequência já não evocavam essa atmosfera. Um sorriso forçado, de canto, um olhar mais sério. Sem o pé direito, sem um dos ouvidos. Mauro deixou a imaginação fluir, visualizando um homem que testemunha, um por um, seus órgãos indo embora. Um homem desvanecendo até restar um último átomo.

Contudo, de volta à materialidade das fotografias, ninguém ali havia se entregado. Nem o modelo, nem a pessoa responsável por eternizar a progressiva dilapidação de um corpo através de retratos. Mas por que insistiam, já que o momento do clique só poderia exacerbar a dor sentida? Essas respostas só poderiam vir da boca de quem disparava o obturador.

Teve que segui-la. Andava com a ajuda de uma bengala. Entretanto, podia-se verificar o porte atlético que haveria de vigorar até poucos anos atrás. O corpo, ainda elegante. O cabelo, em ótimo estado, ajudava. Deviam fazer uma bela dupla. Um casal desses que chamam a atenção onde quer que estejam. Não por alguma beleza especial, mas pela cumplicidade, pela vitalidade.

Algumas das fotos vistas na véspera revelavam um bucólico parque. Ao que tudo indicava, localizado no bairro do Flamengo. Talvez pelo fato de que por ali a cidade pouco havia mudado através dos anos ou porque a sua intuição andasse especialmente boa, Mauro não teve muita dificuldade em encontrá-la voltando da caminhada matinal, carregando uma pequena sacola.

Ela entrou num prédio. Então, após a morte do Sr. Baruch, mudara-se para as proximidades do parque no Flamengo, ele concluiu.

Subiram juntos as escadas. Como ela já não enxergava bem e, talvez, por nunca ter se recuperado da perda, convidou-o a entrar, chamando-lhe por Baruch.

Mauro ainda ensaiou dizer que não era quem a sra. Yvone pensava ser. Melhor não insistir. Não adiantaria, e para que retirar-lhe esse bom momento?

A sra. Yvone colocou as frutas sobre a mesa e, sorrindo, lhe disse que tinha muitas saudades. Pouco depois, perguntou-lhe a que devia a visita.

Mauro ficou em silêncio. Não sabia como responder. Na cabeça dela, o sr. Baruch ainda estava vivo. Será que ela teria lido o anúncio fúnebre? O erro que causara tantos aborrecimentos e, no final das contas, tantas consequências inesperadas na vida insossa de Mauro?

"Sim, eu li o anúncio", disse a sra. Yvone, como se tivesse sido possível escutar os pensamentos de Mauro. Ele não conteve um sorriso. Ela devia estar remoendo essa gafe há um bom tempo. "Fiz mal?"

"Não, minha cara. Você jamais errou comigo." Mauro constatou que o talento de criar vozes e personagens continuava-lhe intacto. Deveria, sim, manter o encontro com as crianças junto da amendoeira. Talvez a sra. Yvone pudesse lhe ajudar. "Eu vi as fotos."

"Oh...", assustou-se a sra. Yvone, tentando esconder uma lágrima.

"Está tudo bem."

Ela finalmente sorriu e chegou a rir um pouco.

"Jamais perdemos o humor, não foi? Está certo que os últimos retratos não foram muito alegres."

Depois de um silêncio em que ela procurou alguma coragem, finalmente se escutou novamente a voz da sra. Yvone.

"Eu queria te perguntar uma coisa. Por que você nunca quis que eu te acompanhasse... lá?"

"Morrer, deve ser um ato solitário, me parece. Assim como nascer."

"Você nunca disse o que sentia a cada vez que..."

"Você quer saber?"

Os olhos dela suplicavam.

"Eu olhava para aquela caixinha pela última vez e me despedia com tristeza. Mas assim que eu pegava a pá e a terra ia cobrindo tudo, eu me sentia cada vez mais vivo."

"Como assim?"

"Quanto mais perto da morte, mais se sente a vida pulsando. Acho que é natural. Todas as vezes em que voltei de Vila Rosali, voltei mais forte."

"Sim, você sempre voltou tão animado. Até fazia questão de fazer amor...", ela sorriu. "Era sempre especialmente bom, é verdade."

Mauro fez um carinho no rosto de Yvone, que sorria. Estaria levando adiante demais o disfarce? Teve vontade de parar, com medo de ferir tão nobres e honestos sentimentos. Porém, o personagem era tão fácil de interpretar. Já o conhecia tão intimamente.

"Lá no fundo, eu achei que fosse apenas para me poupar", continuou Yvone, não deixando alternativas para Mauro. "Pensando bem, querido, sim, concordo que a alegria era genuína. Mas, e a tristeza? Por que escondê-la de mim?"

"A tristeza... Ela ficou aqui dentro. Mas entrou mais fundo, entende, Yvone? Não é algo que a gente sente na hora. Ela só penetra e fica guardada nas profundezas. Cada perna, cada braço, meu ouvido... Lembra? Eu senti isso na prática. Desde o pé esquerdo. Quantas vezes pude sentir as dores do meu pé esquerdo, mesmo depois que se foi? Chamam de dor fantasma, de membro fantasma... Esses pedaços ficaram de fora, mas de alguma maneira, dentro de mim. Talvez tentando me puxar de volta para eles. Essa é a luta pela vida."

Ela o olhou com tristeza. Mauro não gostou de vê-la assim.

"Mas eu venci, querida! Eu venci! Estou aqui, não estou? Vou continuar para sempre do seu lado."

Sem dúvida fora longe demais, mas fora brilhante, rejubilou-se Mauro. No entanto, a senhora à sua frente foi ficando mais melancólica. Levantou-se e foi secar os poucos pratos e talheres que estavam no escorredor.

"Quem perguntou sobre você foi seu amigo Mauro."

A frase ficou pairando na cozinha por longos minutos. Era estranho. A memória não ajudava muito. Não tinha como ter conhecido o sr. Baruch. Como ela podia se confundir dessa maneira? Talvez, simplesmente, o sr. Baruch tivesse um outro amigo chamado Mauro.

Ele mesmo tivera um grande amigo de infância com esse nome. Sim, talvez seu primeiro amigo. Depois, vieram vários outros. Mas é óbvio que o primeiro marca mais. Fica o nome bom, um nome que lembra amizade, que lembra que o outro pode não ser um rival, um inimigo. O outro pode ser como nós. Eu posso ser como ele. Ele pode ser como eu. Mauro.

Por sobre a mesa, ele se deu conta de que o jornal estava lá, bem à sua frente. Primeiro de junho. Quinta-feira. Foi a última vez que viu o anúncio. Yvone apenas lhe sorriu com olhos confiantes.

Subiu as escadas em paz consigo mesmo. Quando os nove homens de *talit* se viraram em sua direção, ele já sabia o que teria de fazer. O sr. Baruch apenas assentiu com a cabeça e começou a recitar o seu próprio *kadish*.

Cessão de campa

BERNARDO AJZENBERG

Tinha basicamente três possibilidades: Vila Mariana, Embu e Butantã. Eram quatro, na verdade, e a quarta — não necessariamente por ordem de preferência — era o crematório da Vila Alpina. Cinco, talvez: a quinta seria uma caverna qualquer, como se fazia muito antigamente, antes dessa mania de abrir um buraco na terra para enfiar os corpos.

Estava no Chevra Kadisha, na rua Prates, no Bom Retiro, com hora marcada. Um edifício baixo, quase uma casa, com os dizeres Sociedade Cemitério Israelita de São Paulo na fachada. Depois de um olhar meio desconfiado do segurança — segurança que não olha desconfiado não é segurança, por isso pensei em parabenizar o homem, mas eu estava em cima da hora —, avancei para o balcão, apresentei-me, mostrei minha identidade, e a senhora que me atendeu, muito simpaticamente, ficou, ou pelo menos se mostrou, perplexa.

— É para você mesmo?
— Sim.
— Você não tem mais do que trinta anos de idade... Já quer reservar um lugar?

Sorri daquele jeito bem amarelo que meus amigos dizem ser típico da minha figura imberbe e respondi:

— É isso mesmo. Nunca se sabe o dia de amanhã, não é?

A senhora, ainda muito simpática, esboçou um muxoxo.

— De onde tirou essa ideia, menino?
— Faz parte da vida, não faz?
— Olha, custa meio caro, viu?
— Dinheiro não é problema. Além disso, acho que dá para parcelar, não dá? Gostaria que fosse na Vila Mariana...

Dinheiro não é problema eu disse para impressionar, porque, na verdade, o meu estava contadinho, fazia dois anos que guardava para esse fim uma poupança que valera o sacrifício de algumas baladas.

— Negativo, meu jovem. Lotado. Ali não tem lugar.

Fiquei decepcionado. Sabia que meus pais tinham reservado os lugares deles naquele cemitério, que é o mais tradicional, o primeiro "campo-santo" judaico de São Paulo. Pensei em recorrer a eles, à sua "influência" na comunidade, mas logo desisti da ideia. Fazer a reserva do meu espaço era um segredo meu.

Insisti:

— Sou filho único. Vou ficar sozinho?
— Você não é casado?
— Não.
— Não vai casar, um dia?
— Não.
— Vai ter filhos...
— Jamais...

Afastei-me do balcão para pegar água num bebedouro perto dali. O segurança me olhava, ainda desconfiado (esse cara é dos bons, pensei, com certa inveja). Não havia mais ninguém no local, além de nós três.

— Na verdade — retomei, de volta ao balcão, olhando firme nos olhos da senhora simpática —, eu preferiria ser cremado, sabe? Mas sei que não haverá ninguém para ficar com as minhas cinzas...

— Um primo?

— Nem pensar.

— Um tio, talvez mais jovem?

Meneei com a cabeça.

Instalou-se um silêncio grave entre nós. Li o cartaz na parede ao lado, que, em síntese, dizia algo como *não deixe o problema do seu enterro para os filhos, cuide dele antes, para que de você restem apenas as boas recordações e não a lembrança do trabalho e dos gastos que você deixou para eles de última hora*. Inteligente. Correto. Isso é que é marketing, raciocinei, não aquilo que aprendi na faculdade.

— Por falar em tio — retomei —, tenho um que se mudou recentemente para Israel. Ele com certeza vai ficar lá até o fim, se a senhora me entende. Não pretende voltar... Será que não fez uma reserva na Vila Mariana?

— Como ele se chama?

— Pinchas Chaimovich.

Prestativa, a senhora tirou de um armário um grande mapa, mais um bloco de folhas com listas e anotações à mão.

— Nada — disse ela. — Ninguém com esse nome tem uma reserva na Vila Mariana.

Foi nesse momento — quando passei a mão na testa para enxugar o suor — que apareceu, esbaforida, a figura de Celso Stern, entrando de modo espalhafatoso no saguão, agitado, olhando para todos os lados, arfando, como se tivesse saído diretamente do Instituto Smolny de Petrogrado debaixo de chuva em outubro de 1917. Nunca havia visto aquele homem: corpulento, cabelos brancos, barba por fazer, roupa escura, os olhos tão contundentes quanto os de um lobo de olhos verdes no meio da neve (coisa que só vi, evidentemente, em fotografias...).

Não tinha hora marcada, e não se incomodava de aguardar a vez... Parecia um homem de seus cinquenta anos.

— Bem, posso ver o que temos no Embu? — retomei. — Não, não, primeiro quero ver no Butantã...

A senhora abriu um outro mapa, e era como se desdobrasse uma cartela com os assentos para algum espetáculo musical, teatral ou mágico. Centenas de poltronas — quer dizer, campas — para escolher, embora não nas "melhores colocações", já ocupadas.

Sem conseguir parar quieto, muito menos se sentar numa das poltronas de espera, sem nem mesmo disfarçar a excitação, sem beber água nem café, Celso Stern, de longe, perguntou:

— Por que não fazem isso pela internet? Se os cinemas e os teatros fazem, você até escolhe o lugar, por que não pode ser assim no cemitério? Evitariam constrangimentos, deslocamentos, erros...

A senhora ficou ainda mais perplexa do que no início da nossa entrevista.

— Essas coisas requerem contato pessoal — argumentou, olhando também para mim, como quem pede apoio numa polêmica.

— Da merda viemos, à merda voltaremos — arguiu Stern. — Por que não fazer isso de um modo mais asséptico? ...

O segurança abriu os olhos como se quisesse erguer uma arma.

— O que o senhor chama de asséptico? — retrucou a senhora simpática, sem perder o sorriso no rosto, profissionalmente. — Existe mais assepsia do que o contato humano direto?

Evidentemente afeito a uma discussão, Stern se aproximou do balcão — nesse instante o segurança avançou dois passos discretos em nossa direção — e falou baixinho, cercando a boca com as duas mãos:

— Sem querer ofender ninguém, a pergunta deveria ser invertida: existe algo mais imundo que o contato humano?

Dessa vez eu também fiquei perplexo, e quase senti pena da senhora do Chevra Kadisha, que naquela manhã certamente estava sem sorte: um "menino" de trinta anos pedindo reserva de campa e um desvairado de cinquenta disparando provocações.

O que mais me intrigou em Stern, porém, não foram suas palavras ou suas ideias, mas o fato de pronunciá-las com extrema seriedade e, em alguns momentos, uma ira aberta. Por isso, entendi a prontidão ainda mais aguçada do segurança.

A senhora do Chevra Kadisha não respondeu à pergunta sobre contato humano. Recuou um pouco, bebeu um gole de café frio que havia sobre a sua mesa de trabalho, retomou uma papelada e se voltou novamente para mim, enquanto Celso Stern recuava, pondo-se a andar pelo saguão de um lado para o outro, como animal na jaula.

— Bem, vamos ver o que temos aqui... Fileiras só para homens, fileiras só para mulheres, fileiras para casais... Quadra tal, fileira tal, campa tal... Esta mais perto da ruela, esta mais para o meio... Estas aqui são mais caras, estas mais em conta... Você tem que olhar com atenção porque depois fica difícil trocar... Os preços são os seguintes:...

Como se quisesse resolver logo o meu "problema" — e não aquele representado por Celso Stern —, a senhora simpática, mesmo continuando simpática, acelerou incrivelmente o atendimento.

Perturbado, pois eu não queria acelerar aquela decisão tão fundamental sobre minha "última morada", pedi um tempo.

Stern voltou-se para nós e disse:

— Trabalho feito uma vaca. Todo dia de manhã, entre as sete e as oito, tenho uma reunião do meu grupo de vendas numa padaria, e nessa reunião é só cobrança, só perseguição e ameaças, tenho cinquenta e dois anos, não sou moleque... é insuportável. Vendo inseticidas de porta em porta, principalmente para lojas e empresas, atacado e varejo. Tenho metas que essa bosta de reunião repisa todas as manhãs, metas inacreditáveis... e olha que sou organizado, sou o único do meu grupo a fazer uma planilha por conta própria, porque a empresa nem isso fornece, você que tem de se virar...

Ele falava movendo o corpo para todos os lados, incluindo o segurança na conversa, dirigindo-se a ele tanto quanto a mim e à senhora simpática do Chevra Kadisha. Tempestuoso, eufórico.

— E agora — prosseguia — querem me abater. Estão me ameaçando, sabiam? Você devia me ajudar — disse ele, olhando agora fixamente para o segurança. — Só porque tive de promover umas trapaçazinhas inocentes nos últimos meses para cobrir o meu negativo no banco, querem acabar com a minha cabeça. Só porque invadi as áreas dos outros vendedores... Estamos no século 21, porra! Não percebem que os costumes mudaram? Mas vocês podem ter certeza: antes que eles façam isso, eu mesmo acabo com ela.

Stern falava tão rápido, com tamanha eloquência e dramaticidade, que não nos dava tempo de reagir.

— Ela quem? — perguntou a atendente.

— A minha vida, porra — gritou o vendedor de inseticidas.

— O senhor precisa se acalmar, senhor... — eu disse, procurando alguma frase aprendida na faculdade de marketing para fazê-lo mudar de ideia.

— Celso Stern, porra — apresentou-se, finalmente.

O segurança avançou mais um pouco. Já estava a dois metros de nós, e senti que ele poderia avançar sobre Stern a qualquer momento (muito bom mesmo, esse segurança).

Nesse instante, soou a campainha. Todos silenciaram. O segurança se dirigiu à porta, espiou pelo vidro.

— Tem um grupo de homens aí fora, dona Gisela. Marcou alguma coisa?

— São eles — gritou Celso Stern. — Vieram atrás de mim, estou falando, eles querem me matar... Me acharam até aqui, que deveria ser um lugar de paz...

Corri até perto da porta e observei: meia dúzia de homens, entre trinta e quarenta anos de idade, todos com os olhos a ponto de explodir, gesticulando, gritando para que a porta fosse aberta, perguntando algo como "queremos falar com o senhor de cabelo branco que entrou aí, é um ladrão filho da puta...".

— Estão vendo só — esbravejou Stern. — Querem me pegar de qualquer jeito. Vocês precisam me proteger. Isso aqui é como uma embaixada, um território que ninguém pode invadir. Quero ficar asilado aqui no Chevra Kadisha... É um direito que eu tenho.

— Mas o senhor não pode ficar aqui — disse a senhora atrás do balcão.

— É uma questão de ética, porra. Não somos todos patrícios?

— Mas se o senhor cometeu erros, ou crimes, não sei... — eu balbuciei.

— Ética? — espantou-se Gisela.

A essa altura, eu já tinha esquecido o motivo da minha ida ao Bom Retiro, e custava a acreditar no que estava acontecendo. O segurança pegou um celular, ou um rádio, não sei bem, e chamou por reforço. Lá fora o tumulto aumentava, os homens queriam invadir o Chevra Kadisha a qualquer custo. Afastei-me, encostando na parede, ao lado do cartaz sobre a importância de antecipar as medidas práticas referentes ao enterro, como quem assiste a uma cena teatral. Percebi que, embora corresse algum risco, eu não tinha nada a ver com aquilo.

— Merda... Merda — gritava Stern. — Vocês precisam fazer alguma coisa... Esses caras vão acabar comigo!

Dona Gisela bebeu água e café, dobrou a papelada e guardou numa gaveta de metal atrás do balcão.

— Pode fumar aqui? — perguntei, já tirando o maço de cigarros do bolso do paletó.

— Nem pensar! — gritou o segurança, de um modo desproporcional, despejando em cima de mim toda a tensão — ou o desespero — que tomava conta dele naquele momento (talvez não seja um profissional tão bom assim, pensei).

Enquanto o reforço da segurança não chegava, Celso Stern aumentava a velocidade de sua circulação pelo saguão, suava abundantemente — sem lenço para se enxugar —, esbravejava, praguejava, erguia os braços, levantava as calças que ameaçavam cair diante de nós. Os gritos, lá fora, aumentavam de volume, até que, de repente, a porta do Chevra Kadisha explodiu: cacos de vidro se espalhavam por todos os lados, ferros retorcidos, o segurança esmagado no chão sem ter acionado a sua arma, meia dúzia de brutamontes de rostos indefinidos invadiram o recinto, tomaram conta do saguão, aos berros, aos brados, aos gritos. Olhei para todos os lados, e não vi Celso Stern... Onde ele se metera? Olhei para dentro da parte de trás do balcão e não vi a senhora Gisela, a simpática; o segurança desapareceu sob as patas — eram patas de cavalos, de rinocerontes, de elefantes... — dos invasores. Quando me dei conta, estavam todos eles, os brutamontes, a dona Gisela, o senhor Celso Stern e o segurança, avançando sobre mim. Acuado, tentei me agarrar ao bebedouro, mas ele cedeu, caiu, e a água se espalhou toda pelo piso. Fiquei ensopado. Pressionado contra a parede, dei um berro descomunal — algo como "aaaaaaaaaaaaaaahhhhhhhhhhhaaaaaaaaaaaahhhhhhhhhh!..." — e acordei.

Minha respiração, na cama, estava completamente fora de controle. Eu suava, suava, suava, o travesseiro em sopa, o pijama em sopa, o lençol em sopa... Ergui o corpo, tonto, esfreguei os olhos. Tentei respirar fundo na minha pobre cama de solteiro — toda ela em sopa. Tinha saído da casa dos meus pais naquela semana. Era a minha primeira noite no novo apartamento (quer dizer, quitinete). Minha mais importante aposta.

Não tinha nem um cachorro como companhia. E finalmente, desperto, pensei: "acho que ainda é cedo para reservar uma campa".

Xerezade, ou A infância das formigas

CARLOS NEJAR

Poderão alguns considerar-me fantasioso. A fantasia é a dramaticidade da ordem. Mas a ordem é mecânica sem fantasia. Vivi em boas graças com uma formiga na toca, o formigueiro, ou aldeia. Eu era mínimo, comi uma semente de palavra. Dentro dela se ocultava a energia de perder tamanho, até ficar um pouco maior que as formigas. Xerezade era a formiga que me amou, cuidava dos fazeres da casa e das condições de que eu precisava para ser historiador da infância das formigas. Um dia Xerezade desabafou: — A vida tem exigido de mim. E lhe respondi: — Também exiges muito dela. E desde quando deixará a vida de nos exigir? O fato é que era feliz ao seu lado. Tratava também de compreendê-la: brejeira e briosa. Gostava de suas pupilas: eram grandes quando amava. E amar é a invenção da felicidade. Não é o tamanho que é feliz. É o ser. E eu via como aquela civilização se desenvolvera na divisão equânime dos bens, não havendo fome e nem por isso, injustiça. Todos eram saciados numa sociedade que se educara, vivendo. E apreciei a nobreza da espécie e o amor por Xerezade contribuiu para que a história que escrevia se ampliasse, com certo instinto de fábula e não menos de realidade. No convívio de dois que se amam, começamos a nos parecer. E fui saindo da estirpe humana para a das formigas, talvez pelo poder retardatário da semente. O que me tocava era o de mudar de civilização, para mudar a face dos sonhos. E Xerezade afiançara com firmeza: — No amor que os sonhos são reais. Porque amar é sonhar diferente. E de amor eu transitava para a mais sólida humanidade das formigas.

Os sapos

Fabrício Carpinejar

Não diminuo mulher que tem fobia de baratas ou de ratos ou de morcegos. É bom guardar um medo para pedir vida emprestada. Dividir o susto.

Meu pai não tinha medo de nada. Isso me deixava triste. Não havia como protegê-lo. Intocável. Com sua barba árabe a espantar os traumas.

Passamos a Páscoa de 1977 em Xangri-lá, no litoral gaúcho. Casas vazias, ruas com mais espaço ao chilrear das carroças e das aves.

Um deserto florescendo, a grama alta, o meio-fio descascado: o mato é que pastava os cavalos.

Com atenção, ouviríamos os gemidos das baleias mais platinas. O ranger subterrâneo do oceano.

A família buscava um sossego longe do ritmo da cidade apertada. De noite, o pai nos aliviava dos uivos dos ventos nas frestas da porta e das janelas. Acalmava dizendo que não era ladrão.

Sonhava que acordaríamos com as paredes soterradas pelas dunas. Como nos postais da neve. Nunca aconteceu.

O que aconteceu animou minha Páscoa, estranhamente.

Rodrigo era o chefe dos escoteiros, se fôssemos escoteiros. Eu e Miguel, soldados rasos de suas molecagens. Executores das tarefas.

O pai zelava o costume de deitar na rede depois da sesta. Tomava um livro, seu caderno de anotações e um lápis severo de carpintaria. Dormia uma hora em meio à serenata da leitura.

Não é que o Rodrigo descobriu que o nosso pai detestava rãs e sapos? Explicou pela metade, com a pressa da maldade. Ele não suportava o salto desgovernado da pele anfíbia. E as córneas de pedra que poderiam cegar ao jorrar um líquido venenoso de cobra, que não entendia direito como que funcionava.

Subestimei a crença:

— Não, o pai não tem medo de nada.

Rodrigo nos guiou a um banhado vizinho e colhemos três sapos num chapéu de palha.

Despejamos os barulhentos animaizinhos na rede. Esperamos o teatro no pátio.

Quando o pai deitou, com o peso solene da quietude, ele gritou:

— Sapos, sapos, sapos... Filhos, tirem os sapos, os sapos!

Ele dançava, girava, jogou os livros ao chão, o rosto assustado e crédulo, correndo a um lugar seguro para sair das repetições de sua voz.

Não consegui ampará-lo, deitei para rir melhor, o riso é egoísta, eu me acariciava de risadas, eu me esfregava para controlar a coceira do coração, que aumentava com a lembrança. Fechei os olhos para não soltar a memória. Os irmãos também se denunciaram com as gargalhadas.

O pai nos colocou de castigo, é evidente. Mas não reclamamos. Ele tinha medo de alguma coisa. Nunca esteve tão próximo de mim. Tão pai. Tão carente.

O homem que libertou a morte

Georges Bourdoukan

"Conta-se, mas Allah sabe mais, que há muitos e muitos anos, vivia no Oásis de Bukra (واحة غدا) uma tribo de imortais, que o Altíssimo havia preservado para corrigir um erro que um de seus membros cometera."

Assim começa o Livro dos Livros (كتاب الكتب), que, de acordo com a lenda, possuía apenas uma folha, com infinitas páginas, infinitas imagens e infinitos sons. Uma folha que não tem começo nem fim, repositório do saber.

Ainda segundo a lenda *"Era o Livro preferido de Allah, glorificado e enaltecido seja".*

Um dia, quis o destino que Iblis, o Maldito, tentasse um jovem soprando as maravilhas que aquela simples folha possuía.

"Ela fará de você o senhor do universo."

"Pegue-a", dizia o Xaitán, "ninguém vai perceber. É uma simples folha".

O jovem tentou argumentar. "Ela pertence ao Altíssimo e ele já afirmou várias vezes para que ninguém dela se aproximasse."

"E sabe por quê?", falou Iblis, o Maldito. "Porque quem possuir o Livro, terá o mesmo poder que Ele."

Vaidoso — maldita a vaidade —, o jovem começou a se julgar o novo Senhor do Universo.

Esperou o momento oportuno. Pegou o Livro e, mal tocou nele, uma belíssima jovem saltou da página e fugiu com a obra para entregá-la ao Asqueroso.

O céu tremeu. Pessoas começaram a morrer. O jovem havia libertado a morte.

E aqui termina a lenda e começa a nossa história.

O peregrino jamais gostou do calor. Nem do deserto. E agora sol e deserto tentavam sufocá-lo. Mas ele não podia desistir. Anos se passaram em sua busca pelo Livro dos Livros. Vasculhou florestas, oceanos e desertos, não uma, mas centenas, milhares de vezes. E agora sentia que estava próximo de encerrar sua busca.

Ao anoitecer, procurou algum sinal entre as estrelas, mas não viu nada. Nem as estrelas. O que reforçava sua convicção.

No dia seguinte resolveu caminhar. Mas caminhar para onde se não sabia onde começar? Decidiu aguardar. Poderia esperar o tempo necessário, já que as tamareiras do oásis poderiam mantê-lo vivo por muito tempo. Água também não faltava.

Esperou um, dois, três dias, uma semana, um mês, até que o tempo, mais uma vez, deixou de ter importância.

O céu pronunciava a aproximação do *simum*, tempestade de areia brutal, terror das caravanas. Mas para ele poderia representar a solução do problema. A areia revolvida revela segredos. Sempre foi assim.

Já era noite quando a tempestade findou. Tateou no escuro. Tateou no escuro. Tateou no escuro. Seus dedos tocaram um objeto. Seu rosto se iluminou. Respirou aliviado. Finalmente sua busca pelo Livro dos Livros chegara ao fim.

O livro da Humanidade. Nenhuma palavra superficial, nenhuma linha inútil, nenhuma página dispensável. Até mesmo para a questão que sempre intrigou a humanidade a resposta é clara e concisa.

"O sentido da vida é a liberdade plena. Que você só vai alcançar quando se libertar do invólucro. O invólucro é o seu corpo. À liberdade do invólucro dá-se erroneamente o nome de morte. São dois cordões umbilicais que acompanham o vivente. Quando ele chega e quando parte. Um é visível, o outro também é, mas poucos conseguem vê-lo. Não se esqueça que o pior cego é aquele que vê, mas não enxerga."

"Finalmente. Agora falta pouco. Minha jornada está no fim."

Apesar da escuridão, as letras eram visíveis, tão visíveis que poderiam ser vistas a distância. Surpreendente essa folha. Suas bordas lembravam um manuscrito. Leu:

"Conta-se que há muitos e muitos anos havia uma aldeia cujos habitantes eram tão vaidosos, mas tão vaidosos, que para castigá-los o Inominado enviou até eles um ser tão mentiroso, mas tão mentiroso, que não conseguia dizer a verdade nem quando esta lhe era útil."

Não esperou o fim da história, tocou na folha novamente:

"Peregrino, eu sou a resposta para todas as suas dúvidas."

Novo toque e novas letras.

"Peregrino, o homem não vive sem pão, mas até agora a sua civilização não se mostrou capaz de o fornecer para todos. E lembre-se: somente o espírito humano consegue ultrapassar o Universo. Quer saber como isso acontece?"

Não, não era isso que ele procurava.

"Peregrino, lembre-se que eu sou a resposta para todas as suas dúvidas. Não terias nenhuma?"

Resolveu tamborilar sobre a folha. Milhares, milhões de letras, imagens e sons.

Continuou vasculhando o Livro. O que ele procurava?

A resposta veio logo. Em forma de imagem de uma belíssima jovem.

"Peregrino", falou a jovem, "como se atreve a tocar no que não lhe pertence?".

"E desde quando ele pertence a você?", respondeu o peregrino.

"Não se atreva a vasculhá-lo, reles mortal. Você será fulminado! Solte-o e afaste-se, mísero humano."

O peregrino sorriu. Encarando a jovem, falou sem se preocupar com as ameaças.

"Maktub, sua víbora. Está escrito que um dia ele seria recuperado e devolvido ao seu verdadeiro dono."

"Não se atreva", falou a jovem. "Solte o Livro. Não sei como você, um simples mortal, ainda não foi fulminado. Solte-o e salve sua vida."

"Víbora", falou o peregrino, "você já causou muitos males e está na hora de partir para nunca mais voltar".

Quando tentou extrair a imagem da jovem, um vento soprou e revirou as páginas. A imagem se perdeu e ele, desesperado, passou a noite tentando encontrá-la.

Dormiu.

Acordou para continuar a busca. Consultou milhares de páginas, milhares de imagens, mas não conseguia localizar a jovem.

Era preciso extraí-la do Livro antes de devolvê-lo.

Ouviu:

"*Peregrino, o Um é o primeiro número de um algarismo sem fim. Fixe-se nele e encontrará o que procura.*"

Havia um problema nessa busca desesperadora. Toda vez que parava para buscar o *Um*, lia um provérbio:

"*Fere a cabeça da víbora com o punho de teu inimigo. Disso te resultará necessariamente um bem. Se teu inimigo vencer, a víbora morrerá. Se for mordido, terás um inimigo a menos.*"

Nova página, nova leitura:

"*No deserto dizem que quem procura vingança deve cavar duas sepulturas.*"

Novo toque e ei-la que surge.

"*Desta vez você não me escapa*", exclamou.

"*Não se engane, mísero mortal, é impossível que você consiga algo contra imortais.*"

"*Nunca, nunca conseguirá me deter*", tornou a gritar a imagem.

"*Arrogante criatura, você não sabe que impossível e nunca são palavras que jamais devem ser pronunciadas? Você não sabe que a natureza humana não suporta limites?*"

E quando conseguiu extrair a imagem e ficar frente a frente com ela, a jovem não conseguia entender como era possível que isso estivesse acontecendo.

"*Quem é você, afinal?*", perguntou a jovem.

"*Meu nome é Khaled*", respondeu o peregrino. "*E isto basta para você.*"

"*Ah, eu sabia*", falou resignada a jovem, "*eu sabia que você não podia ser mortal*".

Para quem desconhece a língua árabe, Khaled, que é um nome comum, significa imortal.

Narra a lenda que assim que Khaled pronunciou o seu nome, o céu se abriu e surgiram centenas, milhares, infinitas estrelas que formaram uma ponte que o levaria de volta à sua tribo no Oásis de Bukra (واحة غدا) para se redimir e imortalizar a humanidade.

Mas a nossa história não termina aí.

Tradição e ruptura

Efsher

Arnaldo Bloch

— Vamos fazer uma prece?
— Vamos.
— Mmmmmmmmmmmm......
— Que prece é essa?
— Pra eu morrer.
— Essa prece não.
— E daí? Meu irmão morreu aos 40.
— Ele não queria.
— Como você sabe?
— Acordou, tomou café, leu o jornal. Não queria.
— Café e jornal é prova de não querer morrer?
— Fazia ginástica.
— É prova?
— Na véspera teve uma ausência no Corte Cantagalo. Quase atropelou um burro sem rabo. Foi dormir cansado. Morreu no café. Isso é querer morrer?
— *Efsher*.
— Como é?
— Talvez.
— Iídiche?
— Não. Húngaro.
— Húngaro?

— Claro que é iídiche!
— Talvez o quê?
— Talvez meu irmão quis morrer. Talvez não quis.
— Vai ver foi o jornal. A tinta. O texto. O café.
— O café?
— Não sei. Ginástica todo dia. Exames com níveis de criança saudável. Acordou, leu jornal, apanhou a xícara, bebeu, caiu pra trás...
— Foi um impulso elétrico. Doutor Froidman disse. Estava programado.
— Programado?
— Desde que nasceu. Programado.
— Pelo destino? Pela genética? Pelo acaso?
— Um impulso. Bzzzzzz.
— Se foi um impulso, então você admite que ele não quis morrer. Bzzzzzzz não é querer morrer.
— Mas eu quero.
— Você chupou o resto da sopa. Eu vi. Quem quer morrer não chupa resto de sopa.
— Mas se Deus quiser, eu vou lá.
— Lá onde?
— Lá.
— Você não acredita em Deus.
— E daí?
— Daí que esse desejo de morrer é uma farsa.
— Vamos fazer uma oração?
— Não.
— Mmmmmmmmmmmmmmmm......
— Isso é a oração?
— Mmmmmmmmmmmmmmmm...

— Que reza é essa?
— Não consigo respirar.
— Vou chamar a ambulância.
— Calma.
— Calma? Você não consegue respirar!
— Não consigo. Me mata, mas não consigo.
— Pela boca, já tentou?
— Como assim?
— O ar pela boca.
— Como? Assim?
— Tenta.
— Fuuuuuuuuuuuuuu.....
— Não sopra! Puxa!
— Fuuuuuuuuuuuuuu...
— Nunca respirou pela boca?
— Nunca. Me dá um soco, mas nunca. Você quer que eu diga que respirei pela boca? Respirei pela boca!
— Pra quem não respira você dá esporro que é uma beleza.
— O ar.
— Hoje é meu aniversário. E você querendo morrer.
— Vinte de abril. Hitler nasceu no mesmo dia.
— É.
— Por isso você é assim.
— Assim como?
— Assim.
— Teve gente boa nascendo em 20 de abril.
— Quem?
— Não sei. Precisa pesquisar.
— Me dá uma faca.
— Pra quê?

— Pra eu me matar.
— Melhor uma pílula.
— Como é que você sabe?
— Sem sangue, sem corte, no sono.
— E se eu acordar um vegetal? Um repolho? E lá dentro, brrrrrrrrmmmmm.
— Como é?
— Brrrrrrmmmmm. A espuma. Lá dentro.
— Espuma? Dentro do repolho?
— Lá. Derretendo tudo. O cérebro. O cu. E o buraco negro, impassível: brrrrrmmmmmmmm.
— Isso é o barulho do buraco negro?
— Brrrrrrmmmmmmmmmmmmmm.
— Às vezes, durante o sono, ouço um som assim: o crânio vai explodir e depende de mim deixar o arrastão da morte vir ou fugir da corrente. Aí eu decido: vou deixar vir. Se tiver que morrer, que seja logo. No fim das contas, não morro. Acordo com fome e vou à geladeira.
— Vai ver você já morreu e não sabe. Está na outra geladeira.
— *Efsher*.
— Você sabe o que é *efsher*?
— Você me explicou há pouco.
— Então diz o que é.
— Talvez.
— Isso é Alzheimer?
— O quê?
— Esquecer que eu te disse o que é *efsher*.
— *Efsher*...
— Sério? Pode ser Alzheimer?

— Não torra. Tenho menos trinta anos que você e esqueço toda hora uma palavra, não ouço o que me dizem, às vezes nem sei o que fiz hoje, ontem, anteontem.
— Você está muito doente.
— Talvez.
— Muita maconha na época da universidade.
— *Efsher*.
— Se meu irmão foi *lá*, por que eu não posso ir?
— Pode sim. É um direito seu.
— O problema é que não tenho o perfil suicida. Senão, vocês iam ver.
— Se caga todo de morrer. Eu vi, nas duas vezes em que esteve por um fio.
— Foram os momentos mais lindos da minha vida.
— Por quê?
— Você, sua mãe, sua irmã, me beijavam.
— Nós beijamos você. Nós amamos você.
— Ali era diferente.
— Era o medo de você ir.
— A orelha. A orelha!
— Que foi?
— A orelha. Quando deito, dói. Os dois lados. Não posso. A orelha. É foda. Não durmo mais.
— Você não dorme?
— Não.
— Estava roncando quando entrei no quarto. Mamãe avisou: seu pai está dormindo.
— Eu?
— Roncando.
— Não.

— Sim. E outro dia, disse que andava tendo bons sonhos. Todas as noites.
— Com meu irmão. Eu estava lá, e a gente comia bolo.
— Lá onde?
— Lá onde ele foi. No sonho.
— Onde ele foi ou de onde ele veio?
— Lá onde ele foi, mas parecendo com lá de onde ele veio.
— E isso por acaso é sonho bom?
— Foi lindo.
— Eu sonho muito com o tio também. Aquela pinta de judeu hippie.
— Não consigo respirar.
— O problema não era a orelha?
— A orelha!
— Touché!
— Eu sou uma voz no deserto. Um dia você vai entender meu sofrimento.
— Eu entendo. Mas dá uma folga.
— E a dentadura? Não posso mais comer uma comidinha.
— Pode chupar sopa.
— Um bife. Não posso comer um bife.
— Arrozinho. Ovinho. Aquela massinha sofisticada com *prosciutto*. Você tem mais lamentações do que limitações. Psicossomático.
— *Zur Psychopathologie des Alltagslebens*.
— *Cuma?*
— Psicopatologia da vida cotidiana. Os lapsos. As trocas de palavras e letras.
— Não basta a farmacopeia. Não basta a psicanálise. Tem que ter uma força sua dizendo que vale a pena, pelas coisas boas.

— Que coisas boas?

— Eu. Mamãe. A irmã. A sopa. Dar uma volta. Forçar as pernas. Pegar um vento de maio na janela do carro. Ver a cidade. Um filme na rua. Olha a vovó, que está com 95. Não reclama. Ou quase. Tem manias, mas pouco se queixa. Leva tombo, quebra costela e depois está aí de novo, andando pela casa, segurando nas paredes.

— Ela é foda.

— Se você reclamar menos, a vida vai melhorando. Mesmo no caminho para a tumba.

— Quer saber? Vai tomar no cu. Me deixa querer morrer à vontade e reclamar à vontade.

— Aí eu gostei. Falou como quem quer viver.

— Que frase! Você e as suas liçõezinhas de merda.

— Não adianta. Quem tem que viver, vive. Aquela coisa do vaso ruim. Por isso estamos todos aqui.

— E vamos pra lá.

— Vamos. Sem esquecer o que vivemos.

— Você é o bonitão das frases. O professor da Lapa. O que foi que eu vivi?

— Porra, você comeu e bebeu, fodeu, fez e aconteceu. Sua vida é uma epopeia.

— Isso é verdade. Que vida eu tive! Mas e agora? A dentadura. A orelha. O ar. A urina, dez vezes. A merda que não sai.

— Não sai?

— E quando sai, brrrrrrrrrmmmmmm.

— Da bunda para o cérebro, é só um passo.

— E o buraco, lá, no Cosmo.

— Exatamente.

— Você guardou a foto?

— Que foto?

— A foto do enterro.

— Em papel e digitalizada. E tem seguro-funeral do jornal. Garante o caixão.

— Você fez seguro funeral pra mim?

— É baratinho. Me propuseram. Pra um pai que pede foto do túmulo, não custa nada garantir o caixão.

— O que adianta caixão se não tem mais lugar no cemitério bom? Só sobraram cemitérios de merda.

— Até lá constroem um melhor.

— Aaaaaaaaai aaaaaaaai aiai.... tááááá chegaaaaando a hoooora...

— Sinto informar que não está chegando, não.

— Como você pode saber? Eu já estou indo.

— Indo estamos todos. Na fila. É uma fila só.

— Isso é verdade.

— Eu posso ir antes de você.

— Eu me mato.

— Se mata nada.

— Verdade. Não me mato. Mas sua mãe se mata.

— Ela ainda tem você, a irmã, a vovó e o cachorro. Se eu for, ela ainda tem um plantel.

— Ela se mata.

— E eu me mato se você for. Conversando sobre seu enterro no dia do meu aniversário... Não pode ir, e pronto. Vai aguentar até a eternidade.

— Aguentar a eternidade é aguentar o inferno.

— Que inferno. Você é judeu.

— Brrrrrrrrrmmmmmm....

— Tudo é acaso.

— Bzzzzzzzzzzzzzzzzz.
— Você vai pro Jardim do Éden. Não esquece do sonho.
— Estava lá meu irmão. Foi lindo. Vai ver, vai ser lindo.
— *Efsher*.
— Morrer, dormir...
— Talvez.
— Sonhar.
— Mmmmmmmmmmmmmm...
— Mmmmmmmmmmmmmm...

Ungido feito um rei

Cíntia Moscovich

Embora fosse noite, e as luzes do letreiro na fachada já estivessem acesas fazia tempo, a Ferragem Abramovich ainda estava aberta. Atrás do balcão, junto à caixa registradora, Saulzinho parecia absorto: limpava as unhas com a ponta de uma chave de fenda, os lábios armando e desarmando um biquinho magoado. Havia ainda o gato, enroscado numa almofada sobre o balcão, que ronronava o prazer do sono. Dono e bicho não podiam estar mais gordos.

De repente, num gesto raivoso, o rapaz fincou a chave de fenda no balcão:

— Não quero mais que me tratem como uma criança! — O gato acusou o impacto mexendo as orelhinhas. Saulzinho continuou: — *Saulzinho*, uma pinoia! — pronunciava o próprio nome com deboche. — Você está me ouvindo, Mishmash?

Ao ouvir seu nome, o gato abriu um dos olhos. Saulzinho agigantava-se:

— Meu nome é Saul! — bateu com a mão livre sobre o peito. — Saul, como o primeiro rei de Israel!

Mishmash bateu o rabo. Saul investia, alteando o tom de voz:

— Vida nova. Nunca mais o nhem-nhem-nhém da mamãe!

Com o rosto muito vermelho e agitando as mãozinhas gorduchas, explicava ao gato que exigiria que o tratassem com a dignidade que um adulto merecia, nada de diminutivos, nada de infantilidades e, com relação à mãe, nada de ser tratado como um bebê. Também alugaria um apartamento, moraria sozinho, andaria de cuecas o tempo todo, se entupiria de salames e linguiças e encheria a cama de mulheres.

— Vou ter um harém de *goias*!

O gato bocejou. Saul abriu a gaveta do caixa e catou a féria do dia. Encheu o potinho de ração (o da água estava cheio) e se certificou de que a basculante permanecia aberta para que Mishmash pudesse sair. Os vidros enegrecidos da janela, pintados de cocô de mosca, causaram um certo asco.

Apagou as luzes e baixou a cortina de ferro, não sem antes beijar a mezuzá e recomendar ao gato que cuidasse direitinho do negócio.

— Amanhã, você não vai me reconhecer, Mishmash. Serei outra pessoa.

Antes de seguir para casa, levantou o cós da calça, que teimava em se dobrar ao peso da barriga. Apesar disso, sentia-se um recém-ungido.

Seguiu a rua com passo marcial e só perdeu a realeza na subida da lomba. Pouco antes de chegar à casa, cruzou com seu Natálio, aquele que tinha ficado maluco com a viuvez. O velho fez questão de cumprimentá-lo: "Boa noite, Saulzinho". Saul ergueu o queixo e limpou o suor. Resmungou uma boa educação de protocolo, contendo o ímpeto de mostrar ao velho o que era bom para a tosse.

— Saulzinho, umas ovas — disse de si para si.

Ao abrir a porta, depois de beijar a mezuzá, veio-lhe o cheiro de cânfora, alho e limão. Hesitou, mas só por um instante. Foi quando a mãe apareceu na porta da cozinha, os seios e a barriga estrangulados pelo avental. Ao ver o filho, dona Berta avançou em sua direção, desmanchando-se em ói-ói-óis:

— *Mein kindale, mein sheiner ingale,* onde você estava? — dizia, enquanto cobria o filho de beijos.

Saulzinho bem que tentava se desvencilhar da beijação, mas temia qualquer gesto mais brusco. Passava-lhe pela cabeça parte do discurso que ensaiara na ferragem, que ele não era mais a *criança da mamãe,* muito menos *o menino mais bonito do mundo,* longe disso, estava com 48 anos, 149 quilos, que tinha direito a tratamento de gente adulta. A mãe não parecia escutar, só fazia abraçá-lo e beijá-lo, *mein kind, mein ingale.* Quando a mãe finalmente o largou do abraço e ordenou que ele fosse lavar as mãos para a janta, Saulzinho conseguiu dizer:

— Mamãe, a senhora tem que compreender, não quero mais ser tratado como criança. Vou embora de casa.

Dona Berta fez um muxoxo ofendido e deu um tapinha com a mão no ar:

— *Nu?* Chega tarde e ainda quer morar sozinho? Agora é rebelde? Se quer ir vai, vai — apontava a porta de casa com desprezo. — Mas vamos jantar antes. Fiz *guefiltefish.*

Guefiltefish. E não era dia de festa nem nada. *Guefiltefish,* os bolinhos de peixe redondos, perfeitos, um pedaço do paraíso. Saulzinho sentiu a vontade de independência minguar feito uma passa de uva. Era um infeliz prisioneiro, mas também ninguém podia ser livre de barriga vazia. Dona Berta encerrou a cena:

— É mais fácil enfrentar a desgraça bem alimentado do que com fome.

Dona Berta serviu a mesa com *guefiltefish, chrein,* batatas coradas na manteiga, tomates recheados, galinha ensopada e arroz branco. Sentaram-se à mesa. Durante todo o jantar, a mãe falou e falou, como sempre falava e falava. Que as coisas do mercado estavam cada vez mais caras, ela não sabia onde arranjar dinheiro, ainda bem que o falecido pai de Saulzinho tinha deixado a ferragem — e jogava as mãos e o olhar para o alto —, deviam agradecer aos céus, ela andava muito sozinha, falando em solidão, seu Natálio tinha aparecido para tomar chá. Saul quase não escutava, tinha que corrigir, ia mesmo morar sozinho, receber mulheres, aquilo não era só ameaça, Saul, seu nome era Saul. Mas se ouviu batendo na mesa e dizendo:

— Seu Natálio, aquele maluco, esteve aqui? — a louça tremia ao baque.

A mãe fez que sim com a cabeça e repreendeu-o, dali a pouco ele iria arrebentar a mesa daquelas batidas, que *mishigás*, que loucura, além do mais seu Natálio, aliás, Natálio sem o "seu", não era maluco. Era um homem bom, *mensh*.

Mensh, homem bom. Saulzinho tomou um copão de água, apagando um fogo que azedava o estômago. Amanhã, decidiu e falou para a mãe, amanhã falariam com mais calma. A mãe parou de tirar a louça da mesa e tapou-o de beijos e mais beijos, ria-se, arrulhava em torno do rebento, seu Saulzinho, vejam só, falando grosso, já estava mesmo ficando um homenzinho.

Saulzinho ficou emburrado e disse que ia deitar. Subiu para o quarto.

Nem bem meia hora que Saulzinho tinha deitado, a mãe, como em todas as outras noites, entrou no quarto, puxou-lhe as cobertas, deu-lhe um beijo e apagou a luz. Antes de sair, disse uns agrados em iídiche, convocando a proteção divina para o sono do filhinho. Ele adormeceu e sonhou que reinava sobre todo Israel.

O dia seguinte passou entre clientes, devoluções e pedidos de buchas e pregos para a fábrica. O almoço de Saulzinho foi a vianda da padaria. A mãe não apareceu para ajudar no caixa. Telefonou avisando que ia ao cabeleireiro.

No final do expediente, outra vez: embora as luzes do letreiro na fachada já estivessem acesas fazia tempo, a Ferragem Abramovich continuava aberta. Dessa vez, Saulzinho não estava atrás do balcão; dessa vez, Mishmash não dormia, acompanhando com os olhos o vaivém do dono dentro da loja:

— É o que eu lhe digo, Mishmash, minha mãe é capaz de enlouquecer um ser humano — e levava as mãos à cabeça. — Mas hoje, não, de hoje não passa, vou dar meu grito de liberdade.

O gato pulou do balcão para o piso. O barulho do pouso foi o de um pacote balofo. Saulzinho pegou a féria do dia e logo fechou a ferragem, beijando com ardor a mezuzá do umbral. Caminhava para casa com passo marcial e ar solene.

Ao abrir a porta, ia mais decidido que nunca; veio-lhe, no entanto, o cheiro de cânfora, alho e limão de mistura ao perfume que dona Berta usava exclusivamente em dias de festa.

Na sala, a mãe e seu Natálio conversavam entre xícaras de chá. A mãe havia pintado o cabelo de acaju e, por trás dos óculos, usava uma berrante sombra de olhos. Saulzinho estacou, incrédulo. Dona Berta não pareceu dar muita bola à chegada do filho:

— *Nu*, Saulzinho? Vai ficar aí parado? Venha aqui, *mein kindale*, cumprimente seu Natálio.

Saulzinho já ia retrucar, mas se obrigou a adiantar o corpo e estender a mão. Seu Natálio apertou-a com força de torquês. A mãe, toda coquete dentro do taillerzinho verde-água, esclareceu que havia comida no forno. E que ela e seu Natálio iam ao cinema, depois um jantarzinho, quem sabe até dançar no Clube da Saudade, não é, Natálio? Seu Natálio fez que sim e apertou os braços contra o peito, sacudindo-se e fazendo de conta que dançava com um par invisível.

Saulzinho sentiu-se secar por dentro, como a passa de uma uva ou de um damasco ou, pior, como um árido figo turco. Mas nada falou, porque estranhos não tinham a ver com assuntos de sua família. Encaminhou-se curvado para a cozinha. Não jantava sozinho desde que o pai morrera, fazia uns vinte anos. A lembrança da morte do pai, inclusive, causou-lhe uma grande tristeza.

Foi para o quarto, vestiu o pijama, deitou-se e puxou as cobertas. Fechou os olhos e viu-se forte e poderoso como um ungido. Adormeceu com a luz acesa — mesmo porque não havia ninguém para apagar coisa nenhuma.

Dias e dias, a ferragem permanecia aberta até tarde. Sem que ninguém se desse conta, o letreiro da fachada alterou-se. Era possível ler apenas "Ferragem Abramov". A lâmpada que iluminava a parte do "ich" havia queimado.

Saulzinho passara a odiar os finais de tarde, nos quais cruzava cada vez mais com seu Natálio. Cada vez mais encontrava o velho às gargalhadas com a mãe no sofá da sala, uma vergonheira tamanha jamais havia se visto. Pior: agora a mãe dera de arredar todos os móveis da sala para que ela e seu Natálio treinassem o tango figurado, rostos juntinhos. A mãe perdera todo o recato. Aquilo que parecia um desrespeito com a memória abençoada do pai também fez com que Saulzinho perdesse a vontade de independência. E o apetite. Chegou a emagrecer, e o cinto que prendia as calças foi diminuído em três furos. Dona Berta, além de também emagrecer, mudara seus hábitos. Cantava boleros no banheiro, deslizava coreografias na cozinha, tornara-se faceira e também misteriosa, falando menos e parando bem pouco em casa.

O único a não mudar era Mishmash, cada vez mais robusto e redondo.

No dia, terrível, em que dona Berta anunciou o novo casamento e que se mudaria para a casa de seu Natálio — "Saulzinho pode muito bem se virar sozinho, já é homem grande, não é, *mein kindale?*" —, o rapaz foi para a cama sem jantar. Mesmo porque não havia o que comer.

Naquela noite, a que seria apenas mais uma de odiosa série, a mãe não veio, não puxou as cobertas, não apagou a luz, não pediu a proteção divina para o sono do filho. Antes de adormecer e antes de entrar no sonho em que era o rei de Israel, Saulzinho enxugou uma lágrima gorda e insistente que ainda teimava em brilhar no escuro.

A filha única do filho mais velho

ELIANE GANEM

Meu pai deveria sorrir se não estivesse morto, dizer algo que me deixasse tranquila como sempre fazia quando percebia que dos meus olhos saltavam gotas de um suor nervoso. Deixei cair novamente o véu que me cobria, a vida agora parada no ar morno da janela da capela, o ar morno e feroz daquela tarde onde me vi só e amparada apenas pelo olhar silencioso da minha mãe, que se esvaía, como se dela desprendesse um tempo enorme. E me vi contando os segundos, os minutos, as horas que passei ali inundada pela memória do meu pai que me acenava com os seus longos dedos curvos, como se o aceno fosse um rasgo em minha alma, algo de uma singela selvageria que aparecia apenas nas nossas desavenças e também agora nesse adeus fatal. Mas isso de nada valia, nem mesmo o meu sorriso sarcástico das lembranças miúdas do nosso dia a dia. Ali estava ele deitado, seus braços que me abraçavam em seu colo espargindo carinho, que me acariciavam como as borboletas saltitam no jardim de margaridas, estavam rígidos. Pela primeira vez eu não via nem o aceno, nem os gestos que me aprisionavam em seu amor fecundo e preguiçoso, lânguido e prazeroso, alegre como as costumeiras gargalhadas dos domingos. Apenas eu e o silêncio da minha mãe, já encarquilhada, carregando o peso da perdição, da viuvez, do sentimento de sofreguidão e a cruel sensação de ausência que lhe molhava os olhos negros. Não havia ninguém pra segurar o caixão. Nem meus tios, meus primos, os amigos, os conhecidos, apenas o padre havia passado por nós cabisbaixo, entoando uma reza quieta e se afastado sem sequer nos olhar nos olhos. Ninguém havia permanecido. Toda a minha imensa família também estava morta, trancada no mesmo caixão que abrigava o corpo do meu pai. E ele nem sequer sabia do descaso, da manipulação, do roubo, do assassinato do meu espírito agora terrivelmente conturbado, senão teria levantado e deitado sobre todos o chicote resfolegante dos traídos. Não havia sequer uma só mão que suspendesse o caixão e depositasse sobre nós os olhos cansados de choro. Nenhum homem, nenhum amigo da família, nenhum ser como aqueles que diziam amar meu pai mais que a todos. Não havia compaixão, compreensão, entendimento, nem sequer ousadia. Nada havia naquele canto de mundo, tão pequeno e tão solitário, onde o meu deus interno chorava, confinado entre os anteparos dos meus sonhos que se foram. Aturdida, segurei entre minhas mãos um punhado de flores roxas. O chumaço de algodão, que impedia a respiração, confirmava mais uma vez que ele estava morto. Nada nele me parecia correto, nem o algodão, nem a ausência de expressão, o terno branco que minha mãe escolheu, o seu preferido, os pés descalços e as abundantes flores que cercavam seu corpo, cercavam de cheiros e frescores a nossa despedida dolorida, a nossa saudade antecipada, a tristeza de saber que todos se foram, mas não sem antes enfiar o dedo — como uma estaca — em nosso coração vazado de dor. E ele ali quase esperava que eu me fosse, não queria talvez que a despedida do seu corpo roubasse a atenção de mim, o seu tesouro, como nas vezes em que ele permanecia parado até que eu sumisse por detrás do muro da escola, acenando em sua direção, aprovando o fato de estarmos tão ligados, e depois mais tarde, quando mulher já feita, ele me levou pela mão até o corrimão da escada da nossa casa e me ofereceu o braço pra que eu descesse sem escorregar do sapato, sem me atropelar no meu vestido de noiva. Ou então, e aí me perderei em minhas lembranças doces, quando ele — envolvido pela meninada — contava os casos do Rafles, o Ladrão de Casaca, e eu ficava a deitar pela sala, sentada no chão ao lado dos meus primos queridos, os olhos repletos de alegres imagens soltas. Mesmo que misturadas, mesmo que seja próprio de mim essa barafunda mental de cenas de infância imediatamente coladas com as mais atuais, essa impropriedade de misturar os acenos do meu pai, em despedida, com este ser que me deixa agora a impossibilidade de não poder acrescentar mais nem um singelo afeto aos seus gestos para sempre aqui congelados. Mas se a fatalidade nos pegou de surpresa, não pela morte que todos esperavam há meses, mas pela ausência de todos nesse momento de total silêncio, de total reverência pelo inevitável. Como as festas que meu avô dava, em sua casa de dois andares, em sua vida patriarca, e meu pai — o filho mais velho — predestinado a continuar aquilo que meu avô havia começado, a promover a coesão de todos os irmãos, dos sobrinhos — meus primos — e dos inúmeros agregados. E ele ali morto, sem cumprir a sua parte, saindo de cena no fim do primeiro ato, deixando a família à revelia, sem o cabresto firme e sólido do seu braço, e se dele todos esperavam a continuidade, a rédea, o controle, a saciedade, e de meu avô, também morto há poucos dias, nada restou que não fosse o modelo a ser seguido passo a passo. E as mulheres, todas belas, todas aliviadas pelo peso dos anos de controle exagerado, enfiavam suas línguas podres nos ouvidos dos passantes dizendo que a minha mãe era a responsável pela recente desgraça. Com a morte do meu pai, com a morte do meu avô, ficamos sem o chão da intenção desapegada, sem a proteção das mãos do ancião que depositavam em mim o seu amor, pois mesmo menina, mesmo sem ser o varão que todos esperavam, mesmo sem ser a continuação do clã, por ser mulher, a filha única do filho mais velho, havia em torno do meu estar no mundo uma promessa, uma invejável preferência por mim. E me dizia o meu avô, longe dos outros, com a voz comprimida, como se chamasse comovido os fiéis de uma mesquita — Ayune! — e eu olhava seus olhos marejados e abraçava seu corpo forte com cheiro do hortelã que ele mascava, e ele me carregava entre os braços — nós dois moleques — pelas areias da praia e se lançava no mar com o meu corpo em torno do seu pescoço e nadava comigo pra longe dos olhos famintos dos outros que nos invejavam. Era assim a minha vida de menina, mais as promessas perdidas lançadas também no mar. Era uma casa de dois andares, a casa do meu avô, bem perto da praia. Por isso têm cheiro de maresia as minhas histórias, as minhas memórias, os meus dias longínquos. Têm uma certa neblina, excesso de água precipitada do mar de inverno, quando os meus pés se lançavam na areia fria e os peixes vinham beliscar as redes dos barcos em pleno mar revolto. No térreo ficava a sala sempre arejada, com cortinas inquietas que teimavam em se lançar para além da janela, voando na direção da minha imaginação, como se trouxesse o sonho pra perto dos meus olhos maravilhados. Era uma sensação repleta de satisfação olhar as formas precipitadas das cortinas que traziam de longe os entes queridos, chegando — um a um — do dia cansativo de trabalho, invadindo a sala no meio da noite, olhando as crianças com o rosto iluminado por um amor exagerado, e riam contando piadas. Não havia exclusão, não havia separação entre as coisas dos adultos e dos meninos, era tudo misturado. Havia uma integração de todos em torno da figura do meu avô, não havia distinção nem hierarquia, apenas o centro sólido para onde convergiam os olhares, as rusgas, a reprovação, a distração, a compreensão do seu lugar naquele espaço. E sentávamos todos em volta da mesa, na hora do jantar, e meu avô, torcendo as mãos de satisfação, olhava um por um de soslaio. A mesa enorme, repleta de saladas verdes e mais o quibe recém-saído do forno e mais o romus e o azeite generoso que passava de mão em mão, enquanto os olhares se cruzavam, e mais o arroz com lentilha, o larmichuí, o limão que meus tios seguravam acima do prato e espremiam, e mais o vinho, o sabor do pão árabe quentinho, os doces recheados do mel que escorria por dentro da boca e saía pelos cantos, e ríamos de satisfação, a barriga cheia de felicidade. Amava meus primos, mais que irmãos, mais que uma simples sensação de camaradagem. Eles eram o que eu conhecia da vida, eles eram o meu porto seguro, minha alegria, meu desajeitado jeito de me sentir segura nas noites de briga, quando os adultos estalavam o chicote de suas línguas ferinas no rosto um do outro, e meu pai me pegava no colo e saía madrugada afora, quase correndo, quase impedindo com seus passos largos que minha mãe o acompanhasse. E então proferia um sem-número de palavrões em árabe, que eu sabia por antecipação ser o início de uma explosão que continuaria em casa. Mas essas noites de selvageria inflamada nem sequer se aproximavam daquelas de satisfação, quando a família, mais os agregados, mais a vizinhança, chegava na casa do meu avô pela porta da garagem, escancarada, repleta de cadeiras improvisadas e um lençol branco perfeitamente esticado sobre o portão, os olhos voltados para o ar à espera que a sessão começasse, aglutinando gente de todas as idades, de todos os lugares, de todo o vilarejo, atraídos pelos filmes de Chaplin. Os meus olhos pequenos riam e olhavam a plateia que se estendia do corredor da garagem para além do portão de entrada. Uma multidão de cores variadas, de variados sentimentos, de intensa vontade de compartilhar aquele espaço, ria em uníssono, e olhavam-se todos quase em transe de satisfação, abençoados pela possibilidade de assistir o que era de difícil acesso à maior parte. Havia também as noites de sarau. Meus tios artistas traziam amigos para noites que se desdobravam em várias, quase um espetáculo de diversidade, a magnitude dos que se apresentavam, a riqueza dos detalhes, o encanto de vozes eruditas que se misturavam à magia das telas pintadas, mais os mágicos que se apresentavam à meninada, mais os ventríloquos, os dançarinos, os atores e o público, e mais o meu avô que de vez em quando aparecia e aprovava com o olhar as traquinadas dos filhos, todos de meia-idade. E sempre que me encho de orgulho e sonho, vejo de longe o meu corpo parado na porta da sala, olhando abismada a alegria esfuziante dos meus entes amados em volta da mesa após a ceia, cantando, as chapinhas dos refrigerantes estalando na madeira, mais os olhares que sorriam e divertidos expulsavam os distraídos, e ficavam ali quase a noite inteira cantando escravos de jó jogavam caxangá — homens, mulheres, crianças, criados, mais os agregados, uns dezoito ao todo às vezes vinte e poucos, que se revezavam. E ali ficávamos até noite adiantada, contando casos, contando coisas do passado, contando as contas do futuro planejado, e mais o motorista que vinha e anunciava que o lotação estava à disposição — porque tínhamos um lotação particular — e então saltávamos com a força da alegria, apenas pelo fato de sermos uma família, saltávamos pra dentro do veículo, apaixonados pela nossa própria invenção de nos tornarmos um ser único com muitas pernas e muitos braços, que gesticulavam e que nos impulsionavam à frente do nosso tempo, do nosso espaço, do nosso singular jeito de nos rendermos à vida e de termos nos encontrado, como se fosse bênção. E depois esse silêncio, esse marasmo, a ausência de todos, a exclusão do amor exagerado que sempre me devotaram. E eu aqui sozinha nesse velório da minha própria memória que se vai também aprisionada no caixão do meu pai, definitivamente enterrada junto com o olhar mais puro do meu avô, que me dizia entre seu sorriso de aprovação e os palavrões em árabe que de todos ali meu pai era o único que prestava. E eu ria, sem entender direito o que ele queria dizer, achando bajulação ou até mesmo equívoco de sua parte, achando que ele não conhecia bem os outros filhos, que ele nem sabia sequer o que falava. Tenho saudades do meu avô, mesmo que o tempo pequeno da nossa separação seja quase nada. Me lembro dos seus olhos miúdos quando se despediu de mim, talvez eu tenha sido a única em que ele depositou a sua bênção, a mão sobre minha cabeça, os olhos marejados que me olhavam em prece. Eu fui a sua divindade nesse momento de passagem, aquela para a qual ele rezou, e confessou, com os olhos virados pro passado, os erros, os desencontros, a ousadia, a insensatez, a covardia, o perjúrio de uma vida que se ia sem a compreensão dos avatares, dos evoluídos, dos destemidos, tudo isso somado ao seu medo de me dizer adeus. Ficaram parados no ar o seu rosto fecundo, o seu jeito humilde de colocar a mão sobre o meu cabelo quase pedindo perdão por ter sido tão pouco o tempo que me dedicou. Sinto saudades da minha infância, quando ainda não conhecia a fundo o insulto traidor dos adultos que diziam me amar. As mãos longas e reunidas do meu pai agora deitado trazem de volta a mesma sensação dos primeiros anos, quando ele me carregava no colo e ria agradecido por ter ali a continuidade, alguém ungido de tradição, poderoso e capaz de reinar acima das outras cabeças, aliviando as dores, conduzindo o rebanho. E me via rainha, mesmo que o clã só aprovasse a continuação através dos machos. Das mãos do meu pai percorro o caminho que me leva ao seu peito, ao rosto, reconhecendo ao mesmo tempo a profunda compaixão que se alastra pelo meu ser, a profunda intenção de aprisionar seus traços, de trazer pra perto da minha alma invadida de escárnio pelos seus irmãos que ali não estão, a sua busca incessante, o seu olhar duvidoso, o seu ar de artista sem obra concluída, seu encontro antecipado com a morte, seu carinho por todos, sua desdita, seu infortúnio, sua impiedosa vontade de se aborrecer com o descaso da vida, com os maus-tratos, com a sua história infantil, pelas coisas não ditas, malditas, malconservadas, malfadadas. Há uma desdenhosa verdade mal confessada que todos os seres da minha família compartilham — de que a morte é provocada por alguém. Não há infortúnio, ela apenas chega invariavelmente conduzida pelas mãos daqueles que a vida escolheu para empunhar a adaga. Histórias mal contadas de lenços que se mesclam com os vestidos das mulheres nos saraus, de coisa velada, dita de boca em boca, como se ouvidos de mercadores fossem a tônica principal, apesar do burburinho, do desejo de não se manter segredo, do dito pelo não dito, quem na verdade matou quem e de que maneira. Apenas o meu avô podia circular sem ter que dar satisfação dos seus atos. E depois que ele casou com a irmã da minha avó, que ele deflorou, o meu pai calou seu coração pra sempre, enquanto os outros filhos, alguns frutos desse amor traidor, aceitavam de boa vontade que o novo casal circulasse como se a outra não tivesse morrido de desgosto, como se a outra não fosse a mãe dos filhos que ficaram desguarnecidos e criados pela madrasta que sempre os rejeitou. Apenas meu avô, que eu amava, o silente patriarca, que estendia a sua mão abençoando o clã, apenas ele podia enfrentar a fera enjaulada e beber feliz da taça que a família lhe estendia, sem qualquer prejuízo para o seu rosto contraído pelo excesso de força. Reconheço em mim o mesmo olhar perspicaz, audacioso e corajoso dos meus ancestrais. Como se houvesse em mim, mesmo que eu não quisesse, mesmo que não seja próprio das mulheres, mesmo que a modernidade não exija mais, uma incontrolável necessidade de proteção, de ofertar a minha permissão para a construção de um novo estado de coisas. Eu, que sempre rejeitei a hipótese de ter que arcar com a responsabilidade da transmissão, algo quase semelhante a uma transfusão de valores que saltam das minhas veias sem que eu tenha jamais aprendido pela palavra, mas que apenas saltam como se sempre estivessem lá, essa compreensão calma, quase uma sabedoria, uma intuição sem explicação. Somente algo que sei como todo primogênito sabe, sem necessariamente ter uma compreensão da mente, sem nem mesmo ter uma noção dos sentimentos que estão por trás, sem nem mesmo afirmar que a corda será trançada e todos serão enlaçados e terão seus braços amarrados uns aos outros, não importando a quantidade dos anos, das eras e das infinitas idas e vindas para este plano. E é algo que não poderei distribuir, levando comigo a perdição dos que recebem o tesouro cobiçado sem dele fazer o proveito esperado, mas com as mãos cheias de maravilhas, o colo repleto de preciosidades, ter que usufruir condenada à solidão. Por isso esse meu jeito quase autoritário, essa necessidade de encontrar o elo perdido, o eixo rompido, a busca eterna, a saciedade nos companheiros de jornada, e ao mesmo tempo um certo desprendimento, um rompimento, uma intensidade nos meus atos mais leves. Talvez o excesso de liberdade tenha sido a melhor herança que me coube na transmissão. Talvez o único valor que não sofre a mutação dos anos. Mas, apesar dessa liberdade, percebo em mim algo que trago, algo que me faz perceber que há por detrás uma informação revelada nos meus traços orientais, na minha cor, nos meus olhos negros, nas sobrancelhas fartas, e que me faz sentar sempre com as pernas entrelaçadas, como se estivesse na mesquita, em meditação, ou sentada no deserto, na areia pintada pelo orvalho da lua, e o meu corpo solto como um bambu oco, em oração. Algo que extrapola meu aprendizado, pois em mim é automático esse trançar de pernas, mesmo dormindo, mesmo sentada nas cadeiras desconfortáveis dos ocidentais. Há em mim algo beduíno, algo nômade, algo que me deixa inquieta como se sempre tivesse que antecipar o perigo, resguardando a tribo das invasões. Um certo jeito de lidar com a vida, que trago, impresso no meu dna. E tudo isso jogado de lado, sem serventia, sem finalidade, escoando pelo fundo do ralo, como a vida escoa a fundo perdido num enorme buraco. Mesmo que eu tenha que viver cem anos, mesmo que a vida me ensine a operar para além do que me imprimiram os meus ancestrais, mesmo que eu sente debaixo da árvore da consciência e permaneça calada enquanto o meu ser viaja. Mesmo assim o desperdício aconteceu tão logo o meu pai e o meu avô morreram sem me passar a herança derradeira, a continuação do conhecimento, o sopro da anterioridade, o estar no mundo sem a ele pertencer, mas com a qualidade acumulada do passado. E é esse o meu lamento, o meu choro, o meu canto solitário no templo vazio da minha alma que se rasga em pedaços, que se rompe para além das antigas convenções e eu me desfaço. Não há cortejo nem iguarias, nem multidões, nem homenagem ao corpo de meu pai. Apenas as lágrimas que me rolam pela face já molhada e o olhar da minha mãe quase pedindo perdão por não ter me poupado. Mas por que esse pedido despropositado, se eu seria a matriarca, a que carregaria o cetro definitivo, a passagem entre o novo e o velho, a audaciosa possibilidade de juntar dois hemisférios — o oriental e o ocidental — trazendo a reboque a irreverência do carioca, a cor do mar e a maresia que explode em nossa cara, a nossa brasilidade, a nossa diversidade, o nosso acúmulo de experiências, a miscigenação de nossas almas brotadas nos quatro cantos de um planeta redondo. E finalmente me livro das anomalias do meu espírito, comungo agora a integração das minhas partes, tal qual o universo se refaz a cada explosão. E então ligo pros meus amigos. Dos dezesseis, entre as mulheres e os homens com quem eu compartilhei os últimos anos, apenas onze puderam comparecer de imediato. Aos poucos um a um invade a capela onde estávamos e lançam mão do caixão como se fosse feito de papelão, e me conduzem pelo braço. Meu pai lacrado, minha mãe agora chorando aliviada, feliz pelo fato de ter a quem recorrer, se abraça à minha mais fiel amiga, quase filha, aquela que nunca lhe disse um ai de reprovação, aquela que sorria quando a via, aquela que a amparava mesmo sendo uma estranha, mesmo que sua linhagem fosse judaica. Foi então que olhei em volta. A coroa de flores havia se recuperado do seu ar cansado e os braços que me envolviam me santificavam como se de uma mortalha eu houvesse ressurgido. Limpei os olhos, ergui o corpo, abracei minha mãe, me aconcheguei no seio da minha família planetária e olhei a todos, a força dos braços que carregavam o corpo amado, cada um com a sua beleza, a sua delicadeza, a sua história de vida, os seus ancestrais de variadas raças, o que eles tinham dentro de si que seria a continuidade, e me senti desprendida, aliviada da carga excessiva, mais sutil, mais entregue, mais confiante. Me senti mesclada com algo em construção, certamente uma nova humanidade, e enterrei meu pai.

Arroz com lentilhas

Luiz Antonio Aguiar

O Mijadra é iguaria que chama fartura, abundância, prodigalidade, e dessa maneira deve ser desfrutado. É prato dos humildes, mas também da hospitalidade e dos que oferecem aos seus convivas aquilo que têm de melhor em sua casa. Que torna a refeição uma comunhão de destinos, representando que naquele momento a vida dessas criaturas entrelaçou-se de alguma maneira. Não convém prepará-lo para somente uma ou mesmo duas pessoas; o Mijadra pede mais convidados e, se possível, uma reunião de amigos abençoada pela alegria, em que se celebre, principalmente, a graça de estarem ali, todos juntos. Assim sendo, pega-se uma panela, de preferência de barro ou de ferro, que já esteja há algum tempo em sua casa, ou, melhor ainda, na sua família — e de modo algum uma panela nova, jamais utilizada. As lentilhas, de um tom castanho escuro, devem ficar de molho na água mais pura desde de manhã. Já o arroz deve ser bem selecionado: grãos dignos, compridos, graúdos e duros, cor de ônix. Não deve ser lavado. O refogado é simples: alho esmagado, cebola picada e sal. Pode-se ajuntar meia dúzia de grãos de pimenta negra, quatro cravos-da-índia e dois grãos de cardamomo, triturados em almofariz de madeira — mas isso não é indispensável. Após escorrida, primeiro vai a lentilha, e, dez minutos depois, deita-se o arroz. No que ambos ganharem cor e cheiro do refogado, cobre-se de água fervente, e por cima uma generosa passada do melhor azeite, espesso e perfumado. Esperar secar (mas não totalmente), sem amolecer tanto que prive os dentes da prazerosa resistência ao triturá-lo. Aplicar mais outras tantas passadas de azeite e tampar. Agora, uma parte delicada, a cebola. Usam-se para dourá-la porções opulentas de samna, a manteiga clarificada legítima. Deixa-se a frigideira de bordas amplas esquentar bastante, depois coloca-se a manteiga. Não se deve desviar o olho — e há quem aconselhe se sussurrar um pedido especial à manteiga para que ela faça bem seu trabalho. Quando a manteiga tiver se tornado ouro líquido, coloca-se fartamente a cebola cortada em rodelas soltas e adiciona-se sal. Não tampe a frigideira. Deixe que a fragrância da douração ocupe toda a cozinha e, quem sabe, a casa. Quando a cebola se amorenar irresistivelmente, jogar sobre o arroz, cobrindo toda sua superfície, junto com a manteiga ainda restante na frigideira. Depois, tampe a panela novamente e não perturbe mais o Mijadra, que só deve ser desvelado, agora, no momento de servir. Comer sem culpas.

Era véspera de ano-novo.

Omar abriu a gaveta da sua escrivaninha, no quarto, e contou os pequenos envelopes de papel de linho alvo que tinha ali e seus respectivos cartões. Eram 17. Nos cartões, escreveu sua mensagem em palavras simples, convidando a pessoa para uma ceia de passagem de ano, dando seu nome, o horário aproximado — dez horas — e o número do seu apartamento. Não pediu a ninguém que respondesse, confirmando a presença. Ao colocar os convites nos escaninhos de correio do prédio, deixou que a mão caprichosamente decidisse as fendas, sem ver os números dos apartamentos. Já de volta, usando os pequenos dados feitos de alabastro que seu pai lhe deixara, e seguindo um roteiro lógico que jamais seria capaz de repetir, estimou que viriam entre 3 e 7 pessoas.

Feito isso, foi ao supermercado, disposto a comprar o necessário para preparar o melhor Mijadra que já cozinhara em sua vida.

Não que fosse possível acrescentar um luxo ou outro ao prato; isso não combinaria com o caráter do Mijadra. A questão toda, segundo Omar acreditava, era a dedicação, o empenho, o capricho ao fazê-lo. Detalhes que iam de mergulhar os dedos primeiro no arroz e depois nos grãos de lentilha, e remexê-los, como se lhes pedisse que despertassem, descartando os que estavam quebrados ou enegrecidos; cortar a cebola em tiras de igual largura, sem recorrer a nenhum artifício para se furtar a derramar as lágrimas ardidas com que os bulbos se vingavam por serem trinchados assim; e ainda, um dos cuidados mais prementes, adquirir uma samna confiável.

Tinha 56 anos, os cabelos ondulados e grisalhos, e olhos verdes, com reflexos, que ele chamava de *vícios*, cor de mel. O nariz era proeminente; não usava barba, mas mantinha um bigode farto, bem aparado. Era um homem mais para corpulento, ou mesmo roliço, e de alguma estatura. Tinha mãos grandes, e a voz grave e agradável. Reparava-se logo que seus braços e o peito eram bastante peludos.

Omar considerava-se afortunado por morar num apartamento que a claridade invadia atrevidamente, através do janelão da sala e da pequena varanda do quarto, pelas quais, também, vez por outra, especialmente à noite, uma brisa sinuosa lhe trazia o cheiro da maresia. Bem lá no alto, havia uma faixa de céu. Era um apartamento pequeno, um quarto e sala com cozinha e banheiro. Mas os aposentos não eram mesquinhos e o aluguel ficava em conta.

Embora recebesse poucas visitas, havia em quantidade na sala, além da mesa de refeições e de um sofá de três lugares, confortáveis almofadas, no chão, dessas que se ajeitam ao corpo de quem se senta, forradas de tecido agradável ao tato, em cores variadas, estampados e apliques cintilantes. Havia também cortinas acetinadas, nas janelas, da cor do ouro fosco, envelhecido, suave. Uma vez ocupada, a sala era mais espaçosa do que parecia à primeira vista. E nem por isso as pessoas acomodadas nela perdiam a sensação de proximidade umas das outras.

Complementando os preparativos para a ceia daquela noite, Omar deixara o apartamento esmeradamente limpo.

O último detalhe fora arrumar a mesa. Decidiu que só poria os pratos, talheres e copos quando soubesse quantos convivas receberia. Mas colocou a toalha. De linho do Cairo, branca, com inscrições em dourado e púrpura na bainha. Ao centro, posicionou dois castiçais de osso de camelo, que raramente saíam do estojo, com delgadas e compridas velas brancas.

Passava das nove. Com o Mijadra repousando na panela de barro tampada, que o mantinha delicadamente aquecido, Omar foi se preparar para receber seus convidados. O tempo todo perguntava a si mesmo se alguém atenderia ao seu convite. Pronto, acomodou-se sobre as almofadas, olhar fixo na porta, aguardando esperançoso.

Dez e quinze, dez e vinte. Foi quando soou a campainha. Omar ergueu-se sem pressa, mas agilmente, e abriu a porta com um sorriso satisfeito.

— Olá — disse a mulher, com uma expressão de quem estranha e examina. — Nós... nos conhecemos?

— Seja bem-vinda a minha casa — disse Omar, afastando-se para lhe dar passagem e abrindo ainda mais o sorriso.

Ela entrou. Omar fechou a porta, tomou a sua frente e lhe estendeu a mão.

— Omar — apresentou-se, inclinando a cabeça.

— Larissa — disse ela. — Mas nós... não nos conhecemos, então? Quer dizer... de algum lugar... por aí? Eu conheço muita gente, você entende?

Neste momento, a campainha soou novamente.

— Ah, outro convidado — disse, com alegria, Omar.

— Vamos ter outros convidados? — indagou Larissa.

— Sim, sim... espero que sim — respondeu Omar, talvez um tanto rápido demais e sem pensar, oferecendo com um gesto um lugar no sofá para Larissa, antes de voltar à porta.

Larissa devia ter cerca de 35 anos. Esforçava-se para aparentar menos de trinta e não era de todo malsucedida. Era alta, esbelta, seios e ancas salientes, estava vestida com um longo justo, sem mangas, de cor pérola, bem decotado no regaço e nas costas. Os sapatos, creme-fosco, eram de salto alto, mas não muito altos. A bolsa combinava com os sapatos — uma pequena bolsa de noite. Usava os cabelos, tingidos de ruivo-cinzento, na altura das orelhas, num corte oblíquo que incluía uma franja travessa; pouca maquiagem, mas aplicada com perícia, sem que se pudesse dizer ao certo o quê e onde; anéis nos dedos médios e anulares, uma pulseira escrava no braço e um cordão com uma fieira de pequenas pérolas falsas ao pescoço. Fumava, e logo acendeu um cigarro. A seguir, tirou um celular de sua bolsa, e digitou um número. Quando ia se afastando para conversar com privacidade, deteve-se, fez uma careta e fechou o celular, jogando-o, irritada, de volta na bolsa.

Já o homem que entrou também fumava, estava vestido com calças de tergal de cor indefinida. A camisa, branca, de mangas compridas dobradas até a metade do antebraço, estava um pouco amassada e tinha a gola puída na nuca. Seus sapatos de couro também se mostravam gastos, apesar de haverem recebido algum trato, antes de ele sair de casa. Tinha 37 anos. Entrou na sala com expressão desconfiada, olhando meio de lado, com a cabeça encurvada para diante — uma postura que era um hábito seu do qual não se dava conta, assim como seu jeito abrupto de se dirigir às pessoas, como se lhes desfechasse um bote.

— Jofre — disse ele, depois de um segundo para controlar a agitação, estendendo a mão para Omar, em resposta ao cumprimento do anfitrião.

Seus lábios se arreganharam, sorridentes, ao dar com Larissa, e ele foi se arriar junto dela no sofá.

— Nós nos conhecemos, não é? — perguntou ele.

— Duvido — respondeu a mulher, avaliando-o. — E acho que ninguém aqui se conhece.

— Como assim? — indagou Jofre.

Larissa deu de ombros. Depois, voltou-se para Omar e, sem se importar que ele a notasse, examinou-o, lentamente, enquanto o dono da casa trazia dois pesados cinzeiros de cobre que acomodou nos braços do sofá, um junto dela, outro junto de Jofre. E se Larissa estava mais interessada em Omar, foi o cinzeiro que chamou a atenção de Jofre: "Coisa boa, não é desses que se rouba de mesa de bar..."

A campainha soou outra vez. Omar alargou de novo seu sorriso, satisfeito, e foi abrir a porta.

O nome dela era Márcia Cristina. Tinha 41 anos. Pensara muito antes de atender àquele inesperado convite. Na verdade, não pensara tanto no convite em si, já que não pretendera aceitá-lo. É que tinha em mente passar seu réveillon de outra maneira. No entanto, já depois das dez horas, resolveu subir até o andar de Omar, e uma vez lá, maquinalmente, procurou o número do apartamento no comprido corredor. Encontrando-o, depois de mais um tanto de hesitação, resolveu tocar a campainha. O que mais se destacava no seu rosto eram seus olhos muito brilhantes, como se estivesse com febre, e a expressão assustada — quando, na verdade, ela não estava assustada, mas sim tomada pelo esforço de conter dentro de si, na superfície daqueles olhos, um constante impulso de deixar o lugar onde estivesse. Seria atraente, se quisesses. Usava rabo de cavalo prendendo seus cabelos castanho-escuros, manchados de algumas tinturas já vencidas, de tonalidades alouradas diferentes. Trajava um vestido de mangas curtas, estampado em tons pastéis, que não permitia que se adivinhasse seu corpo. Não trazia bolsa e tinha todo um jeito de corpo e de falar como se tivesse saído de casa somente por um minuto. Calçava tênis. Mais para magra, mais para volátil, e ia se perguntando: "Que maluco é esse que convida alguém que não conhece para sua ceia de ano-novo?" Agora que vira que havia outras pessoas ali, ficara ainda mais intrigada a respeito do que iria se desenrolar. "Pode ser que ele nos envenene... talvez pelo menos isso se aproveite...", pensou, ao aceitar um lugar entre as almofadas. Sentou-se com hábil discrição, iludindo o olhar ávido de Jofre, que ela percebeu e que a exasperou — aliás, como tudo o mais naquele homem. Por Larissa, estranhou ao sentir-se atraída, sem saber pelo quê, exatamente. Diria que ela lhe parecia *interessante*, do mesmo modo que, embora ainda sem saber o que pensar de Omar, talvez dissesse, mas só se lhe perguntassem, que ele tinha aparência *distinta*. No entanto, pelo menos esta era uma qualificação que, para ela, não atribuía identidade.

Omar passou os olhos pela sala, muito contente, e pediu licença para ir à cozinha. Retornou um minuto depois com uma bandeja, que colocou sobre um descanso na mesa, já ali para este fim. Na bandeja, havia um balde de gelo, uma garrafa de espumante e taças.

Desenroscou a rolha do espumante para evitar o desagradável estouro, e serviu as taças. Distribuiu-as, então, ergueu a sua, e disse:

— Um ano-novo acolhedor e fértil para todos vocês, meus convidados. Eu me sinto um homem abençoado por recebê-los aqui.

"Afortunado" e "abençoado" eram palavras que Omar repetia com frequência, embora não as utilizasse em situações em que não fossem significativas.

Os três convidados responderam, cada qual à sua maneira, nenhuma de fato audível, e sorveram o primeiro gole; Jofre, bebendo quase a taça inteira e pedindo outra; Larissa, o suficiente para sentir seus lábios e bochechas formigarem, sempre com olhar cravado em Omar, mas um tanto sedutoramente demais, no julgamento de Márcia Cristina, que por sua vez apenas umedeceu os lábios na bebida.

Foi ela quem perguntou:

— Por que nos convidou para esta ceia, Omar? Por que... nós?

Omar abriu os braços:

— Não imaginam o prazer que me dão por estarem aqui. Vocês sem dúvida me prometem um novo ano de alegrias, e creio que é o que teremos, todos, esta noite.

Márcia manteve seu olhar sobre ele, tentando adivinhar se seria possível Omar saber do que estava falando. Riu sozinha, então, antes de dizer:

— Você não vai responder à minha pergunta, não é? Nos convidou sem saber quem éramos. Mas como sabia que viríamos?... Afinal, como descobriu que estávamos tão cachorro sem dono no mundo na noite de réveillon, a ponto de aceitarmos passá-la com um estranho... e entre outros estranhos? Sem querer ofender ninguém.

— A mim, não ofendeu — apressou-se a responder Larissa, enquanto guardava o celular na bolsa, depois de mais uma tentativa frustrada de fazer sua ligação. — Vou sair daqui a pouco. Tenho uma festa me esperando. Sinto muito, mas não vou passar a meia-noite com vocês. É uma festa imperdível, entendem?

— Então — disse Márcia Cristina, voltando-se para ela —, se você não é da tribo dos solitários, nesta noite em que tantos solitários se suicidam, o que está fazendo aqui?

— Ora... não custava nada vir e ficar um pouco, antes da festa. Simplesmente não aparecer seria... uma grosseria. Não seria? — E dirigindo-se a Omar, completou: — Você foi uma gracinha me convidando, Omar... Uma gracinha mesmo! Eu agradeço, mas... é pena!

— Que cheiro é esse vindo aí da cozinha? Hum...! Muito bom!

Todos se viraram para Jofre. O homem havia abandonado a conversa e estava na porta da cozinha, farejando.

— É nossa ceia — respondeu Omar, orgulhoso.

— Você ainda não respondeu como sabia que atenderíamos ao seu convite — disse Márcia Cristina.

Omar deixou sua taça sobre a mesa e hesitou um pouco antes de dizer:

— Será que vocês precisam mesmo saber tanta coisa antes para aproveitar uma ceia que... eu prometo... está muito boa?

Eu queria estar bem acompanhado nesta noite, daí pensei... quem seriam as melhores pessoas com as quais eu poderia virar o ano? E respondi a mim mesmo... Seriam aquelas que aceitassem meu convite. Basta? — E ele sorriu, hospitaleiro. — Fiquem totalmente à vontade. Podem sair quando quiserem, é claro, ou ficar até a hora que bem entenderem. Esta casa, nesta noite, é de vocês. E não entendam que isso é somente uma expressão educada usual. É verdade. Tudo aqui foi cuidado pensando em vocês.

— Mas... — Márcia Cristina hesitou. Valia a pena revirar pelo avesso aquele convite? Por que e para quê? E bem que tentou, mas, não conseguiu resistir: — Você nem sabia quem viria, não é?... — e se deu mais um segundo para arrumar as ideias, antes de arriscar: — Quantos convites iguais ao nosso você colocou nos escaninhos?

— O suficiente para ter o privilégio de ter vocês aqui... — respondeu Omar. E ergueu sua taça para um por um dos seus convidados, até conseguir extrair de todos um sorriso de aceitação.

Foi quando a campainha soou mais uma vez.

Omar se mostrou surpreso:

— Mas que felicidade... Mais um conviva!

Enquanto Omar foi abrir a porta, Larissa aproximou-se de Márcia Cristina e, em voz baixa, apenas para ela, murmurou:

— Acho que não gosto de você, garota!

— Não se preocupe — respondeu a outra, no mesmo tom de voz. — Não estou disputando clientes com você.

— Ah, não? E qual é o seu jogo aqui?

— Olha, já está tarde, não vá perder sua festa. Quer dizer... Tem certeza de que há mesmo algum outro lugar para você ir esta noite?

As duas se calaram quando Jofre aproximou-se para, acintosamente, escutar o que estavam conversando. Enquanto isso, Omar introduzia a recém-chegada:

— Meus queridos, esta é Ninon.

— Ah! — exclamou Jofre. — Essa, você já conhecia?

— Não... — e a mulher riu, embaraçada. — Estranhei um bocado quando recebi o convite. Mas foi... estranho... e também maravilhoso. Eu não tinha para onde ir, esta noite. Ia ser tão triste passar o ano sozinha... vendo tevê... e escutando os fogos, a gritaria lá fora... Horrível, não é? Quer dizer, quando a gente não está comemorando também. Boa-noite, todos vocês. Eu... trouxe uma garrafa de vinho.

Omar recebeu a garrafa, agradecendo, encantado, e foi logo abri-la, enquanto Larissa e Márcia Cristina, como se sincronizassem movimentos, examinavam Ninon de alto a baixo. Jofre também a estudava:

"Não é das piores", pensou, achando que com ela teria mais chance do que com as outras duas de... como ele disse para si mesmo, uma hora antes, enquanto passava o desodorante, em frente ao espelho... "entrar bem o ano-novo...".

E pensou ainda: "Três mulheres, dois caras. E acho que esse Omar é bicha, assim... três mulheres e *um* cara. Bom, muito bom."

Já Larissa e Márcia Cristina, sem se olharem, trocavam cochichos sobre a recém-chegada:

— Mas que gracinha, não é? — disse Larissa.

— A fauna está completa... já temos nossa *patinha feia*.

Ninon tinha 38 anos. Era miúda — a mais baixa das três mulheres —, algo cheia nas formas, cabelos negros, pele muito clara, de quem foge do sol, olhos também negros, brilhantes, e cílios longos. Vestia uma túnica branca por sobre calças brancas e sandálias douradas com salto de altura média. Não eram roupas dispendiosas, mas lhe caíam bem. Tinha uma bolsa amarela com fecho e detalhes em dourado, que deixou sobre o braço do sofá. Usava um anel de ouro, com um pequeno brilhante ao centro, no anular direito — sua joia mais valiosa, por sinal. Passara brilho rosado nos lábios e encarnado nas faces. Sorriu amistosamente, ou melhor... ternamente, para todos e em especial para Omar:

— O que eu queria dizer é que... estou muito agradecida por ter sido convidada... E você, mesmo sem saber quem eu era, quero dizer... Ora, lá vou eu de novo, falando e falando...

— Sou eu que agradeço. E de coração. Seja muito bem-vinda.

— Só que... — Márcia Cristina largou a taça sobre a mesa. — ... bem, vou indo, agora. Eu já tinha meus planos sobre como passar meu réveillon. Com licença e boa ceia para vocês.

— Não, fique, por favor — cortou Larissa, devolvendo a taça a Márcia Cristina. — Nós duas estávamos começando a nos conhecer, não é mesmo? Quem sabe depois eu a levo para a minha festa. Acho que você vai adorar!

Márcia Cristina ficou encarando Larissa. De fato, detestaria sair dali como se fugisse do confronto, deixando no rosto daquela mulher um ar de triunfo. Não sabia ao certo o que isso lhe poderia importar, já nessa altura, mas... Não, não gostaria de sair assim. Ela recebeu a taça das mãos da outra. Era curioso como Larissa lhe despertava sentimentos alternados. Naquele exato momento, resistia a custo ao ímpeto de atirar o espumante no rosto dela. E novamente se perguntava: "Por quê?"

— O que temos para comer? — disparou Jofre, que ainda não havia saído da porta da cozinha.

— Mijadra! — respondeu Omar, juntando as mãos. — É esse o cheiro que você está sentindo.

— Não entendi o nome da coisa...?

— Mijadra — disse Ninon. — Arroz com lentilhas.

Omar lhe dirigiu um olhar de satisfação e agradecimento. Já Jofre, este nem sequer procurou esconder seu desapontamento:

— Arroz?

— Isso mesmo — disse Omar.

— E o bacalhau? O presunto? O peru recheado com farofa?

— Preparei um Mijadra para vocês — respondeu Omar, com o cenho pesando-lhe agora sobre os olhos. Ninon se aproximou e apertou-lhe o braço:

— Mas que ceia diferente! E tenho certeza pelo perfume que está uma delícia. Muito, muito especial.

— Isso eu garanto — disse Omar, e mais uma vez olhou fixamente nos olhos de Ninon.

— Mas é arroz com... — insistiu Jofre — ... lentilhas. Meio que feijão, né? Uma ceia de ano-novo só de arroz com feijão?

— Experimente primeiro — convidou Omar. — O que tem a perder? É um Mijadra feito com capricho.

— Com amor... *Omar... amor...* — murmurou Ninon e, quando se deu conta, deixou escapar uma risada envergonhada. — Ai, ai, o que eu disse? Você... — E virou-se para Omar. Ambos enrubesceram. — Você vai pensar que estou lhe passando uma cantada, não vai? Mas não é isso... É que... entende?

Ela olhou em torno e, quase tropeçando nos próprios pés, agarrou de volta a bolsa:

— Vocês devem estar me achando ridícula. Meu Deus, e eu acabo de chegar. Eu... preciso ir embora.

— Não, por favor... — disse Omar, interceptando-a, quando ela já se voltava para a porta, e pegando-a pela mão. — Sim, eu entendi, é um anagrama. Nada de mais. Não sou do tipo que fica buscando segundas intenções. E faço questão de brindarmos juntos com o excelente vinho que você trouxe... — Então, anunciou para os demais: — Falta mais de meia hora para a meia-noite, mas talvez vocês já queiram comer nossa ceia?

— É cedo ainda! — sugeriu Ninon, num impulso, olhos fixos em Omar, que tinha sua mão entre as dele. — Senão, vamos logo querer ir embora e... Ora, o que eu ia ficar fazendo em casa, sozinha?

Dessa vez, até Omar se surpreendeu com a franqueza da mulher, e tanto que se consertou, propondo:

— Ou quem sabe vocês prefeririam... um jogo?

— Ora, isto aqui está ficando cada vez mais *família* — cochichou Larissa, consultando a tela do seu celular: não havia mensagens.

— Duvido que *você* se contagie... — replicou no ato e também em voz baixa Márcia Cristina.

Larissa, mesmo a contragosto, sorriu.

— Um jogo, tipo... — e Jofre soltou uma gargalhada algo rouca, entrecortada, incontida, ao completar: — do tipo todo mundo tirando a roupa?

Omar o fitou com desagrado, por um segundo, mas se conteve:

— Poderíamos, talvez, contar uma pequena história... Algo que cada qual desejasse compartilhar com os demais...?

Ficaram se encarando, sem se decidir. De repente, Márcia Cristina cravou os olhos desafiadoramente em Larissa e disse:

— Eu falo primeiro, então. Até para fazer os outros abrirem a boca.

Todos se sentaram, compondo uma espécie de roda, e fizeram absoluto silêncio para ouvi-la. Márcia Cristina levantou-se, ocupando o centro, deixou o espumante de lado, serviu-se de uma taça de vinho e, erguendo um brinde mudo a cada um, cravou seus olhos brilhantes e febris, fixamente, também em um por um. Estava sorrindo, mas um sorriso que não alcançava os outros, um sorriso travado que chegou a amedrontar Ninon.

— Numa véspera de ano-novo — começou ela —, quando eu tinha 7 anos, meu pai matou minha mãe com cinco tiros e depois usou a última bala do revólver para explodir o próprio coração.

Não houve quem deixasse de arregalar os olhos, mas Ninon sentiu uma pontada na virilha, uma vertigem... e soltou um gemido abafado.

— Eu escutei a briga, os tiros, e corri para o quarto deles — continuou Márcia Cristina. — Fui a primeira a entrar. Estavam caídos no chão, no meio de todo aquele sangue. Havia sangue em tudo, na cama, nas paredes. Até no teto, não esqueço. Eu própria, minhas meias, que eu havia acabado de calçar, meu vestido branco de ano-novo, tudo ficou sujo de sangue. Acho que me atirei sobre eles, eu os abracei no chão, chamei o nome deles. Faz tanto tempo... e é como se, toda manhã, eu acordasse sabendo que estaria somente começando a viver outra vez aquele mesmo dia. Outra vez e outra vez, todo dia. Aquela mesma noite. Esta é minha história.

Então, ela se calou e olhou em torno, exibindo o mesmo sorriso que em momento nenhum abandonara seu rosto. Um sorriso que era quase um traço, o fantasma de um sorriso; mas ainda assim, que sorrisse ao contar aquilo, ao saborear o efeito do que contara, era desolador. Alguns a encaravam, com sentimentos diversos; outros, desviaram o olhar.

Então, ela irrompeu numa gargalhada:

— Mas será possível que vocês acreditaram? Uma história tão melodramática e vocês acharam que fosse verdade. Meu Deus! Acham que, se fosse, eu a contaria assim, para estranhos?

Jofre emitiu um cacarejo nervoso. E Larissa disparou, irritada:

— Minha intuição não me enganou. Você é mesmo uma vaca!

— E quer saber o que a minha intuição diz sobre você?

— Não estou interessada! — respondeu Larissa, levantando-se também. Foi a sua vez então de ocupar o centro da roda, enquanto os demais calavam-se. Também ela ergueu sua taça de vinho a cada um dos outros. Seu olhar os desafiava a escutá-la.

— Minha história é curta de contar, longa de viver. Há somente um enredo. É sobre noites habitadas por demônios. É verdade, sempre que saio pela rua encontro alguma dessas criaturas dos infernos, que fariam qualquer um aqui desmaiar ou fugir. Acontece que eles têm uma facilidade toda especial em me rastrear. Em me abduzir. Já estou cansada de escutá-los se lamentando de suas vidas deploráveis. Farta de suas bocas transbordando de saliva e de seus dentes afiados. Da sua voracidade bestial, como se tivessem passado séculos aprisionados em vasos de bronze, sob as dunas do mais remoto dos desertos. De sua pele azulada, doentia, ressecada. Do cheiro que me parece o mesmo, em todos. De suas línguas bifurcadas... E especialmente de seus caralhos enormes! Mas, querem saber como acaba minha história...? — O rosto de Larissa assumiu um esgar feroz. — No final, sou sempre eu que os devoro!

Omar se ergueu e colocou-se sutilmente entre Larissa e Márcia Cristina, que empinaram os seios, uma para a outra, como se fossem esporões.

— Ou seja — atacou Márcia Cristina, desviando-se de Omar —, Larissa é seu nome de guerra. E qual seria o verdadeiro? Bem menos charmoso, aposto.

— Pelo menos não estou aqui pedindo a estranhos para terem peninha da minha tragediazinha de infância.

— Deixa elas se pegarem — vibrou Jofre, batendo palmas descompassadamente. — Eu fico com a que vencer a parada.

Ouvindo aquilo, Larissa esqueceu-se de sua adversária e voltou-se para Jofre:

— Você me dá pena, seu pobre coitado!

— Babaca asqueroso! — disse Márcia Cristina.

E as duas mulheres enraivecidas avançaram sobre Jofre.

Se iam agredi-lo, ou não, ele não arriscou. Recuou vários passos, até desequilibrar-se e cair esparramado no sofá. Demorou alguns segundos para reagir. Então, rosto congestionado, olhos piscando sem parar, ergueu metade do corpo para gritar:

— Como é que é? Parece até que vocês têm coisa muito melhor para hoje. Nenhuma de vocês me engana.

Larissa e Márcia Cristina já iam cair sobre ele a unhadas e pontapés. Mas brecaram, bruscamente, e se viraram para Ninon:

— O que foi que você disse? — indagou, ríspida, Márcia Cristina.

Ninon havia falado em voz muito baixa, quase um sussurro para si mesma; e no entanto a outra pegara uma palavra, um caco de frase, que a irritou... Ninon ficou olhando para ela, com uma expressão triste, depois olhou para Larissa, depois para Jofre, que continuava arriado no sofá, e agora até um pouco encolhido. Finalmente, tomou coragem e repetiu, mais alto:

— Numa coisa ele tem razão... Quer dizer, sim, ele é uma lástima de ser humano, sim... Só que tem razão numa coisa... todos nós... nenhum de nós tinha outro lugar para passar o ano-novo. Não é verdade?

— Eu tenho minha festa, garota! — arremeteu Larissa. — E um namorado lindo! Rico! Que está esperando por mim. Aliás, já está mesmo na hora de...!

— A ceia está servida! — anunciou Omar, entrando na sala. Ninguém o havia percebido indo para a cozinha, de onde voltava agora portando pelas alças uma panela de barro tampada. Todos se detiveram, perplexos, enquanto a passagem da panela e seu rastro de perfume os apartava. Omar colocou a panela sobre um descanso e a seguir pegou a garrafa de espumante do balde de gelo: — Já é quase meia-noite! Feliz ano-novo, meus caros convidados, tão especiais. Que esta noite que nos reuniu se torne uma lembrança afetuosa em nossas vidas!

Tanto os mais ressabiados quanto os enternecidos, como Ninon e Omar, todos se amansaram, tomaram as taças que o anfitrião lhes oferecia, brindaram e beberam juntos. E trocaram olhares, também, esquecendo tudo o mais, por um instante, silenciosamente agradecidos por estarem abrigados naquele pequeno grupo, naquela sala acolhedora, atravessando a meia-noite da virada do ano. Quando as taças se esvaziaram, Omar convidou-os a se servirem do Mijadra.

Sem nenhuma pressa, enquanto o mundo lá fora berrava e explodia, um a um, cada qual com seu prato na mão, detiveram-se junto à panela sobre a mesa. No que a colher de serviço revirou o arroz, o perfume da iguaria libertou-se de vez. Larissa, habitualmente enfastiada em relação a comida, soergueu as sobrancelhas, surpresa. As narinas de Jofre dilataram-se e a expressão em seu rosto mostrou que ele de repente ficara interessado no arroz com lentilhas. Márcia Cristina sorriu e, pela primeira vez na noite, não somente para si mesma. Mas foi em Ninon que o perfume do Mijadra tocou mais fundo. Os olhos da mulher ficaram rasos d'água e ela instantaneamente se voltou para Omar. Os dois se fitaram sem dizer nada por um momento e logo, ao perceber a emoção nela, também os olhos dele se umedeceram.

Então, começaram a comer, e o rosto de todos se transformou de vez. A cebola, dourada pela samna e crocante, causou suspiros ao ser esmagada nas bocas. Ninon fechou os olhos, se entregando àquela combinação de estranhos sabores que lhe despertavam imagens — como se ela pudesse enxergar Omar deitando a lentilha numa vasilha de louça, com água, para deixá-la de molho, depois catando o arroz, e assim em rápida sucessão, em cada etapa consagrada à feitura do Mijadra. A mulher se aproximou do anfitrião, e a mão dela segurou o braço peludo dele. Com firmeza. Para lhe transmitir todas as vibrações que o Mijadra lhe provocava por dentro. Ela se transformara numa harpa, cujas cordas mais íntimas eram agora dedilhadas.

Já Márcia Cristina, depois das primeira garfadas, disse para Omar num suspiro arfante:

— Você é sobrenatural.

E mais não se falou, fundidos todos no silêncio.

Os pratos se esvaziaram e voltaram a ser servidos. Alguns, como o de Jofre, ainda mais do que da primeira vez. No que terminaram o segundo prato, ficaram por instantes olhando para o teto, pensativos. Jofre foi à mesa servir-se uma terceira vez, e ninguém comentou nada sobre isso. Nem sequer o perseguiram com olhares. Omar sorria, deliciado.

— Eu ainda não contei minha história. Vou fazer isso agora, então... — disse Ninon por fim, rompendo a trégua. Logo o círculo se formou outra vez, com ela no centro, e Ninon ergueu o seu brinde a todos; mas seu olhar não feria ninguém, era antes uma súplica. Ela voltou-se toda para si mesma e falou, em voz baixa. — Foi na primeira vez em que estive com um homem... Não a primeira vez em que fiz amor, mas a primeira vez em que eu e um homem nos isolamos do mundo, fazendo amor, como se nada lá fora nos dissesse respeito... Bem, não fui nada precoce, na verdade... na verdade... Não, isso não importa, porque... nessa primeira vez eu pude silenciar, enfim, dolorosas lembranças, de infância e adolescência, que sempre me perseguiram. Foi quando eu me senti imune à morte. Mais lúcida e espontânea do que nunca antes, e por isso mesmo dona de mim (em vez de rendida àquelas lembranças e seus ecos), também, como nunca. Foi um pedaço de mim que só então eu conheci e que me permitiu acreditar na felicidade. Mas não numa felicidade branda porque aquele homem fazia eu me sentir em perigo. Todo o tempo. — E, fitando Omar, concluiu: — Essa combinação de felicidade e ameaça é o que estou sempre buscando; às vezes, poucas vezes, de novo eu a antevejo. Às vezes eu a sinto quase próxima de mim. Já na maior parte do tempo, apenas me recolho, não busco nada. O arroz que você preparou, Omar... me deu vontade de me arriscar mais uma vez.

Omar a fitava fixamente. Mas foi Jofre quem se aproximou dela, de repente. Ninon voltou-se para ele, como se levasse um susto, ao vê-lo junto de si, e ao dar com sua boca arreganhada num sorriso, as mãos se eriçando ainda sem saber como fazer o que desejavam tanto fazer. Como num reflexo, ela lhe deu uma bofetada.

Jofre estacou. Levou uma das mãos à face que queimava. Seus olhos escorriam perplexidade e susto. Ninguém riu, mas Jofre, varando os olhares que caíram nele, não encontrou vestígios de solidariedade. E havia ainda o perfurante olhar, indignado, de Ninon a acusá-lo.

Jofre virou-se, rumou para a porta em passo acelerado, abriu-a e foi-se embora. Foi Omar quem fechou a porta. E, sem que se pudesse saber se falava do Mijadra ou da bofetada, Márcia Cristina comentou:

— Ah, isso me fez muito bem.

Passavam minutos, agora, da uma hora da madrugada do novo ano. Larissa foi a primeira a se levantar:

— Foi bom enquanto durou — disse... — E emendou-se, voltando-se para Márcia Cristina: — Você não gostaria de ir àquela festa comigo?

Márcia Cristina sorriu, debochada, mas ao mesmo tempo surpresa:

— Você está falando sério?

— Por que não? — respondeu Larissa.

— Bem... — Márcia Cristina refletiu por alguns instantes. — Não... Eu não ia ser boa companhia. Eu disse... já havia decidido como ia passar esse réveillon e, agora que a ceia aqui acabou...

Subitamente, ela se deteve. Ninon surgiu junto dela. E a segurava pelo braço, como a impedi-la de ir embora.

— Não faça isso. Por favor. Por favor!

— Do que você está falando, menina?

— Do que você está pensando em fazer esta noite. Não faça. Fique aqui, se quiser, mas... Omar!

— Claro, você é bem-vinda para ficar o tempo que quiser.

— Ou precisar... — completou Ninon. — Mas, eu lhe peço, não faça isso.

Por um instante, Márcia Cristina permaneceu calada. Depois seu olhar como que uniu Ninon e Omar, e acariciando a mão de Ninon, que ainda a segurava, disse:

— Não se preocupe... não vou fazer... *isso*... — Então, soltou uma risada curta e completou: — ... Pelo menos, não esta noite.

— A seguir, voltou-se para Larissa, sorrindo: — Essa sua festa existe mesmo?

— Se não existir, tenho certeza de que nós duas vamos arrumar uma outra.

— Você me empresta uma roupa?

— Vai ser um prazer — respondeu Larissa. — Minhas roupas vão cair muito bem em você.

— Ora... Acha mesmo? Não sei, seu estilo é tão pessoal...

Omar e Ninon levaram as duas à porta.

— Muito obrigado por terem vindo — disse Omar. — Vocês iluminaram minha noite.

— É o clarão dos fogos lá de fora... — replicou Márcia Cristina.

— Não, não é — disse Omar.

As duas mulheres saíram de braços dados, rindo muito e ainda trocando alfinetadas.

Eram agora três da madrugada daquele primeiro dia de um novo ano. Omar e Ninon estavam na varanda do quarto, contemplando o estreito de céu que lhes cabia na noite. Havia estrelas, entre as nuvens. E ainda escutavam-se rumores de fogos, ao fundo. Vez por outra, os riscos e as chuvas de ouro e prata lá do alto refletiam-se em seus rostos Estavam tão colados um ao outro que quase respiravam juntos. Mas as mãos não soltavam a balaustrada e eles não se olhavam.

— Você acabou não contando sua história — disse Ninon.

— É curta... e muito simples. Sou alguém que necessita de pessoas. Conhecer pessoas. Estar com pessoas.

— Eu também sou assim... — murmurou Ninon.

— Somos dois abençoados portanto... — disse Omar, e seus olhos se umedeceram mais uma vez naquela noite. Depois de um instante, fitando-a, falou: — Tenho mais uma coisa a dizer... O lugar de onde vim já não existe, o que dá na mesma de não vir de lugar nenhum. Minhas origens e meu passado, tenho de trazê-los dentro do meu coração, ou se dispersarão como se nunca tivessem sido senão miragens.

— Bonito... e triste. E significa que devo cuidar bem do seu coração... — disse ela, e a mão de Ninon tocou o peito cabeludo de Omar. Ela sentiu o ímpeto de alisá-lo devagar, de sentir a textura dos pelos e o calor da pele daquele homem. E teve a breve curiosidade de descobrir que sensações o toque lhe causaria na própria pele... Mas conteve-se, retirou a mão, e propôs: — Quer escutar um poema?

— Quero... É seu?

— Vai ser seu agora. Um presente...

Olho em volta e tudo me responde
em tom de despedida.
Essa intocável dor da perda que já veio e foi.
Que já apresentou seu vazio.

— Bonito... e triste — disse Omar.
E Ninon murmurou:
— Mas eu não me sinto triste agora. Não escreveria mais um poema assim. É que eu só tenho poemas tristes, e queria lhe dar...
— ... Um presente. Muito grato!
— Talvez eu tenha um poema alegre para lhe dar amanhã.
— Tomara que sim, Ninon.
— ... Eu posso dormir com você... Mas só se você me seduzir.
Omar se deteve um instante, pensando e perscrutando o semblante da mulher. Compreendeu que ela não o estava desafiando a seduzi-la. Pedia-lhe que soubesse fazê-lo. Ele entrou para o quarto e, de uma estante pequena, repleta de livros, trouxe um volume — de uma coleção de três tomos de encadernação de couro de carneiro, puída, já lisa e brilhosa de tanto manuseio ao longo de décadas. Omar então a fez se sentar numa cadeira de lona e, de pé diante dela, com o céu acima da cabeça, começou a ler:
— E assim, com o rei escutando atentamente, a filha do vizir iniciou sua narrativa: "Certa feita... mas somente os ifrites e as demais criaturas encantadas dos oásis e desertos podem confirmar se isso aconteceu ou não... um mercador convidou amigos para uma ceia em sua casa. Foi ao suk e comprou o que de melhor poderia comprar, arrumou sua casa e vestiu-se, tudo

com o máximo do esmero de que era capaz. Acontece que, chegada a hora da ceia, ninguém apareceu. O tempo correu mais ainda e ninguém havia batido à sua porta. Finalmente, escutou um chamado do lado de fora e disse: 'Bem, parece que terei somente um conviva esta noite. Que seja. Ele será servido com o que de mais precioso há em minha casa. Dedicarei a noite inteiramente a ele. No entanto, era um empregado, avisando que seu amo não poderia comparecer, e pedindo desculpas em nome dele por estar avisando assim, tão tarde. O mercador, então, retornou para dentro e arriou-se tristonho sobre as almofadas, ao pé da esplêndida refeição que preparara. Subitamente, ergueu-se, com uma decisão tomada. Foi para as ruas, então. Já era tarde e a cidade estava praticamente deserta. Mesmo assim, encontrou três pessoas: um soldado mutilado, sem um dos olhos e sem uma perna, que havia chegado da guerra e não tinha onde passar a noite; um mendigo, de longas e desgrenhadas barbas e cabelos, que já se preparava para dormir sob o alpendre de uma loja, e um nômade, que atravessara as portas da cidade, segundo contou, naquela tarde, pela primeira vez depois de três anos ininterruptos no deserto, e, mesmo depois de muito procurar no suk, não conseguira encontrar aqueles que deveriam comprar suas peles e hospedá-lo. O mercador então conduziu os três até onde morava e os convidou a se sentarem nas almofadas arrumadas em torno da ceia. Aqueles seriam seus convidados, e o coração do mercador se encheu de alegria por tê-los em sua casa e poder lhes oferecer a valiosa ceia que preparara. Antes de começarem a comer, entretanto, pediu que cada um contasse sua história, brevemente, pois seria uma maneira de enriquecer ainda mais o que compartilhavam. O primeiro a se dispor a falar foi o nômade. E, vestido como estava, ninguém na mesa percebera ainda que ele não era o que dizia ser. Não era humano, nem do sexo masculino, mas uma ifrita dos desertos, disfarçada. Era assim que os gênios por vezes se divertiam, penetrando na intimidade dos humanos e fazendo-se de iguais a eles. 'Minha história é tão espantosa', disse o nômade, 'que se fosse contada durante o dia, o sol interromperia seu caminho, para poder escutá-la até o fim. E, se fosse contada sob um céu de estrelas e lua grávida, todos estes astros, também, paralisariam o firmamento, de modo a poder desfrutar dela. Afortunados são vocês, que a escutarão da minha boca, a partir de agora, e a possuirão como uma preciosa joia para o resto de suas vidas'..."

Neste instante, como se fosse a aurora, os fogos clarearam o céu de um fulgor de ouro e vinho. Então, Omar emudeceu-se e baixou os olhos para Ninon. Ela pediu:

— Não, por favor, não pare.

— Eu continuo amanhã. Você terá de prometer não desaparecer em fumaça, se quiser conhecer a continuação da história. Sabe, não é? São mil e uma noites.

Ninon sorriu, ergueu os braços e puxou-o para ela.

Travessia

Márcia Bechara

A ida

Eu não quero ninguém pacífico. Não desejo reverências sob meu comando. Eu não quero bichos pacíficos, filhos pacíficos, amigos e comensais pacíficos, não quero sentar à mesa com ninguém que não reconheça o perigo. Meu ventre não acomodará essa mentira, não quero rios vermelhos de sangue com quem não conjectura a morte, por debaixo das saias. (E as saias, meus amigos, esta tecnologia, são feitas de cedro, de tempestade, do cheiro enfadado do corpo que se desfolha enrodilhado em bordas de fitas vermelhas e futuro.) Meus filhos serão fortes e sentarão à mesa conscientes do perigo, não do perigo ilusionista da morte, mas da infecção imediata que significa o outro, o outro que vem antes da morte e que anuncia essa possibilidade, esse perigo cheio de vida que aleita nossos olhos com doçura e entendimento, que nos deita em mantilhas à noite, que nos reconhece e aos nossos próprios dentes, que lixa a borda de nossos incisivos com monções de orvalho e mel em vez de lustrar nossas armas com luxo, esse outro que tem tanto medo de nosso levante e que não negocia territórios de descanso com o nosso de dentro, o de dentro que nos alimenta, esse outro que nos admira e, quando admira, degenera, desdenha e vilipendia.

Assim disse Rana, mãe de Naceb, que gerou Omar, que injetou Suad no quadril de Monia, que imediatamente se ressentiu do cheiro acre da oxidação marítima que danificou peças-chave de seu corvette prata, fato do qual se apercebeu algumas horas antes de dar à luz o menino, um herdeiro legítimo da vocação belicista e confessional de sua bisavó, matriarca brancaleônica — sentimento assobradado pela imensidão cáustica da criança. O deserto ascendeu ao coração de Suad muito cedo, muito antes de Golan. Mas, por ora, deixemos de lado esta fúria.

Quando ficou decidido que Naceb se destinaria a seu jovem primo Abraão, que, dizem, fazia fortunas com seu *cachi* no Brasil, houve silêncio. Na casa da tempestuosa Rana muito pouco ascendia fosforescente ao peito, flamulava, que ela não permitia essas lisuras, esses contentamentos. De ternura, apenas a gigantesca mão de seu pai sobre a de Naceb, quente, longa, protetora como um véu de carne e sangue, naquele momento de quase partida, de embarque, de destinação. Quando entregamos nossos filhos ao mundo, o gesto quase bíblico.

No entanto, aquela foi uma noite de muitos olhares sobre a mesa entre Naceb e sua mãe, após a ceia. Entre as tramas dos bordados, as perguntas se enrodilhavam no perfeito silêncio. Inconfessável, mas Rana passara a admirar os traços serenos de sua filha, olhava-os como se os visse pela primeira vez, ela que os tinha amamentado, cultivado, castigado quando necessário, vasculhado à espera de alguma mentira, alguma desobediência de criança. E se procurava ali algum traço de medo, não o encontrou, o que lhe satisfez e, por ora, fez emergir um breve suspiro abafado entre os panos, tudo o que poderia se permitir. Viu-se tomada de um súbito afeto pela adolescente, e lutava contra este sentimento trivial, mas que pode desencadear precipícios se a ele nos entregamos sem restrições.

Do outro lado da mesa, Naceb parecia uma estátua que manipulava um segredo, jovem, branca, vagarosa e insuportavelmente concreta. Percebeu o suspiro abafado de sua mãe, e guardou-o, mas não especulava. Sequer pestanejou. Abria mão da dúvida, mais valente do que se poderia supor. Em menos de seis dias, Naceb partiria de Beirute e cruzaria 5 mil milhas náuticas até um porto tropical e desconhecido, numa terra insuspeita, e mais de 10 mil quilômetros a separariam do véu de sangue protetor de seu pai. No entanto, seus inflexíveis 16 anos não tremelicavam. Contemplavam o futuro.

Um tigre, pensou o pai, veremos, pensou a mãe, mas já era hora de riscar o quibe para o dia seguinte e enquanto o irmão pequeno de Naceb deslizava concentrado a lâmina sobre a comida, Rana enfim revelou-se. Vê, menina, a vida é como esse tabuleiro de carne, a gente vai comendo e vão ficando os buracos, mas esses vazios significam uma presença, a presença de quem os comeu, e aprendemos também a colecionar essas ausências, que, com o tempo, superam em quantidade os pedaços deste quibe, mas tudo é alimento, tempero e vontade, você que já manipula o corte do cordeiro e o fogo com desenvoltura deve notar isso, e esta declaração fez Naceb levantar os olhos do bordado e nublou seu espírito, turvou sua juventude para sempre. A lâmina afiada e primitiva de Rana penetrou na carne doce de Naceb e fustigou-a como um raio. Rana, que nunca havia se permitido deitar quenturas sobre os filhos à noite, função delegada não sem certo escárnio para o pai, acabara de cobrir Naceb com todas as fibras nervosas de seu afeto, justo no instante em que a menina se preparava para perdê-lo. A velha leoa havia deitado sua enorme língua sobre a cria, momentos antes de deixá-la. Uma enxadrista essa Rana, observemos, deixando sobre a filha a marca indelével de seu afeto, pouco antes da partida.

Naceb olhou fixamente sua mãe durante alguns minutos. Hesitava. Tinha ganas de lhe devolver a lâmina afiada, mas controlou-se, no meio do pânico. Nunca antes havia sido coberta pelo amor, assim, totalmente coberta.

Quando decidiu, enfim, levantou-se. Súbita, mas lenta, largando o bordado sobre a madeira, arrastando a cadeira com chiados. Seu irmão caçula lambia o fio do corte da faca, ainda com restolhos de carne, e a visão da pequena língua vermelha e rosa e molhada junto à lâmina encheu-a de ânsias. Foi para o quarto preparar suas matulas de sangue, pano e memória, as tíbias jovens e poderosas arrastando as chinelas. Rana não havia, de fato, criado animais pacíficos.

A curta viagem de Boutchai a Beirute correu sem grandes novidades, a não ser pelo silêncio de Naceb, interpretado por todos como natural, quase desejável para uma noiva. Às portas do navio turco, segundos antes de se despedir de sua terra e de sua família em direção a um primo que ainda não conhecia e uma geografia que nem adivinhava, a adolescente passou os olhos pelos olhos de sua mãe, e nem as lágrimas quentes e gordas de seu pai e o azougue dos irmãos menores evitaram que Naceb visse eu te amo filha que será desta sua brancura desta sua placidez em terras estrangeiras sê forte sê feroz não te deixas levar sem cautela domina este teu homem que ainda não conheces ou pelo menos faz acordos com ele não deixe que te aplaquem os dentes levanta a chama da sua vida com orgulho será que voltaremos a nos encontrar esse seu destino não sei esse nosso destino de mulheres, mas tudo o que Rana disse, o que a velha mãe realmente disse, no audível do ouvido, ali no cais, foi: "Vai-te, não deixes seu marido esperando". E ela foi, alcançou o convés, ainda segurando nas mãos o tabuleiro de quibe entregue pela mãe e que ela, Naceb, tinha horror de comer e provocar buracos.

Sobre o mar, ficou um mês inteiro, quase impassível. Descortinou-se apenas quando chegou ao porto de Marselha. Os 16 anos de Naceb não resistiram a Marselha, ela que falava fluente o francês da ocupação. Assombrou-se com Notre-Dame de la Guarde, quis falar à Virgem, quis pedir o mundo, desejou o futuro, essa vontade que a gente tem de guardar as coisas dentro quando elas nos expressam.

Naceb estava pronta, ela que já alimentava tantos povos dentro de sua brancura, e ainda assim a carne de sua mãe permanecia ao mesmo tempo podre e intacta, eterna no tabuleiro, para não causar ausências. Marselha, à esquerda do delta do Ródano, fictícia, alvissareira, contaminou Naceb com sua civilização arreganhada sobre o mar. Desceu do antigo navio e arremeteu-se para o outro em correria louca, que Rana não aprovaria, mas ela estava livre naquele momento e para sempre se lembraria dessa liberdade, essa disneilândia, esse furor de pirataria, essa saia roçando a perna em alto-mar, esta tecnologia, este horizonte que nos contamina e não nos abandona mais. Como desejar pouco quando sua alma de bicho toca a linha molhada entre o céu e o mar, assim, indefinidamente? A paisagem esculpindo relevos incríveis na imaginação.

Quando chegou ao porto da cidade do Rio de Janeiro, hesitou pela primeira vez. Não fosse pela resplandecência da Guanabara teria voltado imediatamente, ela que já não tinha medo nem de baleia nem de marido. Nem da Virgem. Mas, do convés, durante a longa manobra de chegada, Naceb apreciou a luz cálida da manhã sobre a baía, e, numa daquelas equações inexplicáveis que o coração da gente faz, imaginou a beleza como um sinal de sorte. Suspirou, decidindo-se entre esperançosa e resignada.

No entanto, o desembarque foi lento e agonizante. A lentíssima manobra, o desespero das gentes, as crianças doentes, a gritaria, a suplicância, os maus-tratos, mãe tenho fome acho que vi meu filho aquele ali de chapéu acenando não não é veja ele aponta para a mocinha ali ao lado atenção apresentem os passaportes em terra em fila desgraçados mais um turco meu deus mais um turco eu não sou turco eu vou matar você seu maldito ignorante tudo não dito queimando dentro do peito e aquele sol que, à medida que o tempo passava, tornava-se mais vertical no céu, as lágrimas, a correria, e Naceb ainda não encontrava o camafeu de sua mãe, aquele que esta lhe havia dado com devoção para enfeitá-la na chegada ao novo mundo, e os cabelos escuros da menina caíam-lhe ao rosto, e tudo era muito difícil para Naceb, que timidamente apreciava a doçura e o silêncio.

Calhou ainda de vislumbrar, quando descia a extensa rampa de acesso à terra firme, enquanto alguns patrícios seus beijavam o chão sujo do cais, o chão cheio de cusparadas, espermas noturnos e outros micróbios estrangeiros inomináveis, calhou de Naceb vislumbrar Abraão, que lhe sorria em desalinho enquanto tentava alcançá-la e às suas malas.

Não saberia dizer como se reconheceram imediatamente. A destinação de uns de nós a seus companheiros de viagem, como havemos de explicar? Pertenciam-se, naquela urdidura feroz do meio-dia.

Naceb mantinha a testa erguida, e os tufos de cabelo desgrenhado davam-lhe um estranho ar coquete e brincalhão, apesar do desespero de poder parecer inadequada. Havia achado o camateu, que agora pendia do decote fechado como uma insígnia de guerra. Abraão sorriu: era a mulher que havia esperado.

No instante seguinte, correu a ajudá-la, com seus capatazes, homens trazidos da cidade para ajudar a minimizar os percalços de tão longa travessia. As sobrancelhas espessas tomando-lhe quase a fronte inteira, as axilas marcando a camisa nova, seu sorriso bonachão sumiu do rosto apenas quando percebeu que sua noiva acabara de desmaiar. Louco, foi abrindo caminho entre os recém-chegados como um touro, um Alexandre, um cavalo. O medo de perdê-la sem nunca tê-la tido, aquela menina que lhe parecida destinada.

O negro Valentim havia chegado primeiro e já segurava perplexo a maior parte das encomendas, matulas e trouxas da jovem Naceb, que fora ao chão ao perceber seu antebraço forte e escuro a apresentar-se, afoito como um vencedor, e a lhe solicitar gentilmente as bagagens. Nunca tendo antes visto um homem de tal cor em sua vida, e desfeita pela ação do sol, da novidade e da longa jornada, Naceb sucumbira à potência de Valentim, a exata personificação do desconhecido. Tombou fresca ao chão, desacordada e vencida. Ao seu lado, com aspecto horrível, e tampado apenas com um bordado, o tabuleiro com o quibe de sua mãe, apodrecido e intocável.

Mas Rana, lembremos, não havia criado animais pacíficos.

Rana criou seus animais para sentarem à mesa com o perigo, conjecturarem a morte e perceberem com calma os rios vermelhos de sangue.

Já no retorno para casa, sentada na carroça ao lado de Abraão, a recém-chegada divertia-se com seu novo desconhecido Valentim, abrindo um sorriso que caía dos olhos apertados, pendurava-se nas bochechas coradas e abria-se em pétalas para o homem que era o braço direito e melhor amigo de seu futuro marido, oferecendo-lhe figos, falando-lhe palavras em seu árabe correto, misturadas a um francês musical, frases onde Valentim conseguia reconhecer, ao mesmo tempo, a extrema doçura e a extrema fúria da jovem mulher de seu patrão, essas culturas alheias às nossas, mas que nos são tão familiares de alguma estranha maneira.

A volta

Quando Suad comunicou enfim sua decisão de voltar aos territórios em guerra, não houve silêncio sobre a mesa. O pai, acostumado às intempéries daquele filho e sem talento para lidar com seu espírito agudo, jogou os talheres ruidosamente sobre a porcelana fina e saiu esmurrando o chão com os pés, batendo as portas. Monia levantou os cílios longos e disse somente "quer ir, vá".
    Estava cansada de Suad. Havia se convencido de que é possível a morte do amor de uma mãe por um filho, como é possível a morte de qualquer amor. Nada é invencível, repetia-se. Estava preparada para a morte de Suad, desde o dia sombrio em que ele nascera e a enchera de dores e líquidos. Desde a oxidação de seu corvette prata, sua alta velocidade. Não havia paz para ela desde Suad, que a desprezava feericamente, e seu desprezo continental ecoava em multidões de silêncio absoluto pela casa.
    O único filho havia feito 30 anos e sua verve ácida era um espelho absoluto dos paradigmas de sua bisavó. Era como se ele revivesse, sem nunca a ter conhecido, cada um de seus clichês e de suas fúrias cheias de medo. Mas encarnava também sua liderança, sua determinação e a maneira estratégica de distribuir

afeto, quando lhe convinha. Era factível que convencesse seu pai do que desejasse, dado o medo e a admiração que Omar sentia pelo único filho, o mito eterno de Rana sobre os seus, a sombra. Seu constante estado de ebulição interna causava uma certa predisposição ao caos, mas também à poesia. E a soma de todos esses humores trabalhava em Suad e sua família uma tendência ao isolamento, pelo medo da agressão cotidiana. Não se falavam mais.

Desde criança elaborou a potência de seu espírito e seu desejo. Era capaz de apanhar por várias horas sem desprender uma única lágrima e seu corpo rijo de garoto dava a impressão de que encouraçava-se de força, após as surras. Suad tinha a composição pétrea dos insetos, e um dom para cansar seus possíveis opressores com sua incrível resistência. Sua resistência era um mármore, um granito. Seu olho parecia feito de aço, fixo e reluzente.

Sua determinação em voltar, em meio ao conflito, não foi combatida dentro da sua casa. Suad parecia nascido para lidar com inimigos, quaisquer inimigos. E quando a providência não os fornecia, ele mesmo os fabricava.

A única reação de sua mãe, enquanto ele fazia as malas em seu quarto, foi parar titubeante, uma mão na maçaneta, outra no cigarro, e dizer, sem muito alarde, a morte não é assim tão doce, nem os campos de batalha, nem o ódio pode ser assim tão doce, no que respondeu Suad não lutarei pelo ódio, lutarei pelo fogo dentro de mim que determina as fronteiras do meu espírito, e para dar morte rápida aos inimigos que dizimam os meus, e quais são os seus, perguntou ela irônica e ele respondeu você não adivinharia nem se eu te contasse, porque não tens este pertencimento dentro de você, no que Monia já havia largado a maçaneta e voltava, uma sombra cambaleante com hálito de tabaco e conhaque.

Levou-o ao aeroporto o pai. Um silêncio enorme tomou conta do antigo corvette importado, fina flor da decadência, do histrionismo, da falta de fé e deste falso e obscuro laissez-faire da vida. Hirto, Suad não demonstrava, guardava. Não discutiram política ou religião. Não relembraram laços de sangue, como costumavam fazer, elencando nomes antigos. Passando pela orla da Baía, Omar teve vontade de apontar ao filho a beleza dos primeiros clarões da manhã, cálidos e esperançosos, mas não ergueu o dedo para a paisagem nem esboçou sorriso: falava com um destinado.

Omar, filho de Naceb, neto de Rana, entregou sua descendência no guichê da alfândega do aeroporto com muitas lágrimas nos olhos. Retinha ainda os cristais de doçura de sua mãe. Por um momento o garoto ficou confuso, mas em questão de segundos apertou os ombros do pai e partiu para sua guerra. Quando tirou o carro do estacionamento, dirigindo-se para casa, Omar sentiu como se o Rio de Janeiro tivesse perdido suas cores fundamentais, e era seu coração perdendo vertiginosa centimetragem para a dor.

Suad entrou pela Síria, pelas montanhas de Golan. Foi recolhido por seus contatos e em questão de pouco tempo já montava seu posto nos arredores de Beirute. Num domingo, um daqueles dias trágicos para a espécie, foi designado para uma pequena cidade do sul do Líbano, onde haviam acabado de morrer numerosas crianças, massacradas, dentro de casas, de ambulâncias, nas escolas. Suad, que nunca havia sido (e nunca haveria de ser, como prevê o hábil leitor) pai, encheu-se de indignação determinada, e quando ele se enchia de alguma coisa era como se uma tempestade ácida soprasse sobre brotos de flor. Não sobrava nada, nem ele. Suad desaparecia sob o ódio. Seu rosto proliferava em morte. Durante algum tempo ficou paralisado assistindo ao trânsito dos pequenos corpos mutilados. Então, partiu.

Patrulhou Qana como se transa com alguém que se despreza: rapidamente e aproveitando todas as reentrâncias, mas sem afeto. Naquele dia matou muitos inimigos, sua disneilândia de dor e vingança. Perfeito, antecipava os esconderijos e voava concentrado para dentro deles, era uma máquina. Disparou tanques, invadiu, voou sobre o Litani, cruzou a fronteira. Num determinado momento, quase ao cair da noite, Suad, 30 anos, a máquina, viu um pequeno arbusto se mexer de maneira incomum e, com o cano de seu fuzil, afastou as folhagens, os dentes perfeitos alinhados num quase esgar, o animal não pacífico de sua bisavó prestes a abocanhar a caça.

Foi quando viu o inimigo. Quinze anos mal completos, olhos melancólicos e um sorriso da porra, doce, doce, doce, doce, a sussurrar alguma coisa que ele não entendia, arma e capacete estendidos ao lado do corpo e um jato inequívoco de sangue a jorrar pelo ouvido. Menino ou menina, Suad demorou a discernir. Era uma criança inimiga explodindo sangue e morte, enquanto pronunciava com doçura por favor me ajude não quero morrer.

Naquele momento, Suad perdeu a sua guerra, perdeu a guerra para sua bisavó Rana, perdeu o desprezo pelos pais, perdeu a falta de amor que sentia por si mesmo. Na presença agridoce da morte, encontrou-se. Levantou sua arma contra a têmpora esquerda e explodiu a cabeça, sua última fronteira.

Matava-o a doçura inequívoca de sua presa. O garoto, petrificado, suspirou entre o que ainda restava de si e o cadáver de Suad, enquanto tentava estancar seu próprio sangue, embalando o inimigo. Essas culturas alheias às nossas, mas que nos são tão familiares de alguma estranha maneira.

Shabat

TATIANA SALEM LEVY

para o André Jorge

— Eu tinha 7 anos quando meu pai decidiu que eu era já um homem. Está na hora de você conhecer a história da nossa família, ele me disse, com um olhar tão penetrante que tive medo. Ele me puxou pela mão e me arrastou para o porão da nossa casa, em Trás-os-Montes, antes de virmos para o Brasil. O porão era o lugar proibido, onde eu tinha tentado entrar inúmeras vezes, sem sucesso. Às sextas-feiras, na hora do pôr do sol, meu pai se trancava lá com a minha mãe, às vezes com meus tios e alguns primos mais velhos. Eu e minhas irmãs ficávamos do lado de fora, sem saber o que se passava lá dentro. Havia sexta-feira em que batíamos à porta incessantemente, nossos berros exigindo dividir aquele momento; havia sexta-feira em que nem nos dávamos conta, até gostávamos de ter a casa inteira para as nossas brincadeiras.

Meu pai me levou em silêncio até o porão. Engoli o medo, pois precisava lhe mostrar que podia confiar em mim, mas a verdade é que pela primeira vez eu não queria entrar lá. E pela primeira vez era o que ia fazer. A escuridão sufocava o ambiente; uma mesa de madeira velha, pesada, jazia no centro, acompanhada apenas por suas oito cadeiras. Nada mais. Então é isso?, pensei.

Meu pai ficou me olhando em silêncio, talvez hesitasse em levar a cabo a sua proposta, talvez me testasse, não sei. Ele me olhava e eu lhe respondia com outro olhar. Um olhar vazio, de quem aguarda uma reação do outro para saber como agir. Embora não tivéssemos nenhuma desavença, também não tínhamos muitas afinidades. Ele sempre taciturno, como se houvesse perdido o que lhe era mais caro em algum lugar do passado. Quando não estava trabalhando, demorava-se no sofá, enrolando a barba comprida, que eu vi embranquecer. Demorei anos para entendê-lo. Só o entendi após a sua morte.

Na minha cabeça de menino, imaginei termos passado meia hora de pé, parados. Então meu pai andou, foi até o fundo da sala e esperou que eu o acompanhasse. Encostada à parede, havia uma cômoda, que a pouca luminosidade não me deixara enxergar, também em madeira velha e pesada, com cinco gavetas. Ele arrastou o móvel com força, e eu então pude ver uma pequena porta. Meu pai não se virou em nenhum momento, seguiu adiante, sem vacilar; tirou do pequeno depósito um candelabro, um livro espesso, dois gorros e dois panos compridos. Primeiro, colocou o pano sobre meus ombros, o gorro sobre a cabeça; depois fez o mesmo consigo. Com uma das mãos segurou o livro, com a outra, o candelabro. E lá mesmo, atrás da cômoda, pôs-se a sussurrar uma espécie de ladainha numa língua estranha, que eu nunca tinha ouvido antes.

Exigiu que eu repetisse palavra por palavra, o que fiz, sem saber se o que dizia era bom ou mau, sem entender o significado nem das palavras nem das coisas. Em seguida, retirou tudo o que havia posto sobre nós, guardou no mesmo lugar de antes e tornou a fechar a porta do depósito e arrastar o móvel até que ele alcançasse a parede.

Nossos olhares, que pareciam nunca se perder, nem quando ele me virou as costas para pegar os objetos, mantiveram-se cruzados por um tempo que me pareceu demorado demais. Eu queria falar, perguntar o que era tudo aquilo, por que ele tinha me levado lá, que língua era aquela, que gorro, que pano, que livro. Eu queria sair correndo, maldizê-lo, voltar à sala e fingir que nunca tinha estado no porão. Eu queria perguntar: Por quê? Por que me levar lá? Eu queria perguntar: Então é isso? É isso o que vocês fazem aqui, escondidos de nós? Mas nenhum som foi emitido, as palavras presas na minha garganta, embaralhadas.

Foi ele quem, finalmente, rompeu o silêncio, sem tirar os olhos dos meus olhos atônitos: Você já tem idade para guardar segredo. Já é um homem. E acrescentou: Hoje à tarde você vem para cá, para junto da família.

Depois desse dia, nunca mais pude brincar com as minhas irmãs às sextas-feiras.

Quando termina de falar, Francisco tem a barba, longa e branca, encharcada de suor. Nunca tinha contado essa história a ninguém. Está em seu apartamento no Rio de Janeiro, cidade que adotou assim que nela pôs os pés, há longos e longos anos, pouco depois do episódio que acaba de narrar. Pela manhã, ligou para o filho e pediu que viesse à sua casa, com a urgência que pedem os velhos, sempre temerosos do momento final. Venha, eu preciso lhe contar uma coisa. Ele foi: teve medo da culpa que poderia vir a sentir.

Assim que termina de ouvir, o filho, numa indiferença quase constrangedora, indaga:

— E por que você está me contando isso agora, pai?

Os autores e suas heranças

Inicialmente, pedimos aos participantes da antologia que nos enviassem um depoimento sobre a ascendência de cada um. Usaríamos esse material como referência na introdução. No entanto, os textos que recebemos eram tão interessantes que nos pareceu uma lástima privar os leitores do acesso a eles. Decidimos, então, publicá-los aqui, como anexo desta antologia.

Adriana Armony

Meu judaísmo é acima de tudo uma herança: um repertório de gestos, de sabores, de narrativas, de recusas. Herança de labirintos, construídos pelas palavras de Singer, de Kafka, de Freud; herança dos meus avós, dos meus pais. Herança enfim de um Deus, único mas com diversas faces: Deus implacável de Abraão e Isaac, Deus generoso de Moisés, Deus impessoal de Espinosa, a lançar-nos no abismo da eternidade sem imortalidade.

Essa herança está inscrita também no meu sobrenome. Em hebraico, Armony significa "meu castelo". Um castelo pode ser sólido como uma fortaleza, encantador como um castelo de areia, enganador como um castelo de cartas. Faço questão de construir o meu castelo no limite de se desfazer — neste limite está meu judaísmo.

Adriana Armony nasceu no Rio de Janeiro, em 1969. Escritora, doutora em Literatura e professora, tem dois romances publicados: A fome de Nelson *(Record, 2005), episódio da vida de Nelson Rodrigues reinventado por um narrador dostoievskiano, e* Judite no país do futuro *(Record, 2008), parcialmente baseado nas memórias de sua avó Judite, imigrante da Palestina.*

Alberto Mussa

Minha relação com a cultura árabe não tem muito a ver com o fato de eu ser descendente, por parte de pai, de avós libaneses.

Na minha família, os nascidos no Brasil nunca aprenderam árabe. O cristianismo ortodoxo dos meus avós — apesar das rivalidades históricas com o catolicismo — também não prevaleceu; e cada ramo da família seguiu uma religião diferente.

Eram apenas as comidas árabes — que eu não encontrava na casa da minha avó materna — que me davam a noção de ter uma ascendência estrangeira, ainda que parcial. Mas não era essa a minha identidade. Pelo contrário, minhas ligações com o samba, o candomblé e a capoeira sempre me deram um profundo sentimento de ser brasileiro, que faço questão de manifestar.

Fui conhecer a essência da cultura árabe muito depois, com mais de trinta anos, quando os velhos da família tinham morrido.

Como sempre gostei de literatura, como sempre procurei conhecer a literatura do mundo inteiro, um certo dia li uma coletânea de poesia pré-islâmica. E o impacto dessa experiência, o impacto daquela beleza, me fez estudar árabe para poder ler os poemas na língua original.

Acabei traduzindo o livro, *Os poemas suspensos*; e — por ter me submetido a uma verdadeira imersão no universo dos primitivos beduínos — também escrevi um romance que é até hoje o meu livro mais lido, mais traduzido e mais estudado.

Há um chavão que diz que, quanto mais regional, mais universal é o escritor. Faço o sentido inverso: quanto mais escrevo sobre aquilo que não sou, mais me torno brasileiro.

Alberto Mussa nasceu no Rio de Janeiro, em 1961. Escreveu os contos de Elegbara, *a novela* O trono da rainha Jinga, *os romances* O enigma de Qaf *e* O movimento pendular. *Restaurou hipoteticamente a mitologia tupinambá em* Meu destino é ser onça; *e traduziu, diretamente do árabe, o maior clássico da literatura pré-islâmica:* Os poemas suspensos. *Ganhou os prêmios Casa de las Américas, Machado de Assis e, por duas vezes, o APCA. Sua obra, além de publicada em Portugal, foi traduzida em inglês, francês, espanhol e italiano.*

Alexandre Plosk

"Eu estudei em escola religiosa." É engraçado. Quando digo esta frase numa conversa, ela parece me definir, mesmo que eu não queira. Nem adianta explicar que não sigo a lei judaica (OK, não gosto de trabalhar no *shabat*), não como *kasher* (OK, não como porco, nem camarão), raramente vou à sinagoga (isso é verdade) etc. O certo é que, mal pronuncio a frase, o estrago já foi feito. No meio judaico não religioso, que forma a esmagadora maioria da comunidade, quando digo que estudei no ortodoxo Colégio Barilan, sinto entre meus interlocutores uma expressão pouco familiar, uma cara de estranhamento, como se estivessem diante de um extraterrestre. Talvez parecido quando digo que sou judeu entre um grupo de não judeus. É o mesmo tipo de reação. Como se tivesse um pezinho em outro planeta. Não que essa condição seja boa ou ruim. Mas diferente.

A verdade é que, para o bem ou para o mal, sei que, por mais que queira escamotear, essa é a base da minha constituição psicológica. Todo santo dia, desconfio radicalmente da religião. Assim como jamais adormeço antes de usar todas as minhas forças para crer. "Não acredito em nada, não. Só não duvido da fé", como diz a bela música de Rita Lee e Roberto de Carvalho. Fé no mistério, é bom explicar. De que há coisas inexplicáveis para o ser humano. Que podem ser apenas vislumbradas pela ciência, religião, pela filosofia, pela arte. Talvez venha daí a escolha pela literatura: o meio em que me sinto mais à vontade para tentar entender o mistério.

Alexandre Plosk nasceu no Rio de Janeiro, em 1968. Além da literatura, tem atuado como roteirista de televisão. No cinema, assinou a direção de curtas-metragens e escreveu o roteiro do longa Bellini e a esfinge, *prêmio de melhor filme no Festival do Rio. Em 2004, estreou no romance com* Livro zero. As confissões do homem invisível, *de 2008, é sua segunda obra literária. Também participou da antologia* Humor vermelho, *em 2009.*

Arnaldo Bloch

Vinda das miseráveis aldeias onde os judeus viviam sob o Tsar, minha família foi das poucas a prosperar graças à perseverança do patriarca Joseph, o gráfico. Com a Revolução, perdeu tudo: o judeu era, agora, o burguês industrial, inimigo do regime ao qual os outros judeus, oprimidos, se haviam aliado. Com a ajuda de um irmão que viera para a Bahia, aportou com os seus, no Rio, em 1922. Recomeçaram e construíram, através das décadas, um império gráfico e editorial que viveu uma ascensão tão vertiginosa quanto a queda e a ruína, na virada do milênio.

Da parte de mãe, também veio dessas bandas (mais para a Bessarábia e a Romênia) minha bisavó, que contrabandeava tabaco na fronteira. Chegou aqui analfabeta, cozinhava biscoitos de ervas e, para espantar o azar, sacudia umas galinhas vivas na cabeça de minha mãe. Minha avó, médica, foi pioneira no serviço público e casou-se com o sábio Salomão, geógrafo, matemático, iidichista, filólogo, que jogou bola, chefiou o departamento de Meteorologia e escreveu uma classificação dos climas do Brasil.

Ao delinear assim os dois ramos da família, dou-me conta de o quão foram diferentes, na superfície, suas ambições: num, prevaleceram os negócios e o sonho de construir; noutro, o intelecto, o conhecimento, a ciência.

Mas, refletindo bem, lembro-me que um dos irmãos de Joseph, Jorge, era um boêmio lírico, e que seu filho Pedro foi um dramaturgo de sucesso. E que, inversamente, houve também do lado materno, aqueles que fizeram seu dinheirinho.

Por fim, descender de uma trupe de migrantes, no Brasil, é quase regra. Somos todos imigrantes, ou filhos, de brasileiros que são netos da Floresta, da África, da Europa, do Oriente, retirantes do Nordeste, egressos do Sul, índios, negros, japoneses, mouros, judeus, primos, todos, na grande corrente humana.

Arnaldo Bloch nasceu em 1965, no Rio de Janeiro, onde mora. Fez seus estudos de jornalismo na Eco-UFRJ, estudou música e iniciou sua carreira editorial no Grupo Manchete. Desde 1993 trabalha no jornal O Globo, *onde assina uma coluna semanal e edita a seção* Logo/A página móvel. *Seu percurso na literatura começa com* Amanhã a loucura *(Nova Fronteira, 1998), um romance de formação, e segue com* Talk-Show *(Companhia das Letras, 2000), novela experimental que narra a vida de um judeu negro de olhos azuis em meio à sociedade do espetáculo. Participou da coletânea de contos* Geração 90/Transgressores *(Boitempo, 2001) e escreveu um perfil biográfico de Fernando Sabino (*Reencontro, Relume Dumará, série Perfis do Rio, 2000*). Em 2008, lançou a saga memorialista* Os Irmãos Karamabloch — Ascensão e queda de um império familiar *(Companhia das Letras).*

Bernardo Ajzenberg

Minha relação com o judaísmo é étnica e, sobretudo, cultural. Ateu desde que me conheço por gente, apesar de ter estudado em escolas judaicas até o fim do ginásio — com direito a bar mitzvah e tudo —, não criei laços religiosos profundos. Com o passar do tempo, porém, senti necessidade de apreender, incorporar conscientemente e explorar minha origem judaica como uma forma, no fundo incontornável, de enriquecimento pessoal absolutamente integrada à minha condição de brasileiro — e escritor.

Bernardo Ajzenberg, escritor, tradutor e jornalista, nasceu em São Paulo em 1959. Publicou os romances Olhos Secos *(Rocco, 2009),* A Gaiola de Faraday *(Rocco, 2002, Prêmio de Ficção do Ano da Academia Brasileira de Letras),* Variações Goldman *(Rocco, 1998),* Goldstein & Camargo *(Imago, 1994),* Efeito Suspensório *(Imago, 1992) e* Carreiras Cortadas *(Francisco Alves, 1989), além da coletânea de contos* Homens com Mulheres *(Rocco, 2005, finalista do Prêmio Jabuti). Foi* ombudsman *da* Folha de S.Paulo *e coordenador-executivo do Instituto Moreira Salles.*

Carlos Nejar

Meu avô Antônio Miguel Nejar nasceu em Tartus, Damasco, na Síria, e veio, com seu pai, mascate Miguel, a Porto Alegre, no Rio Grande, morando na antiga "Rua Nova" e levando suas mercadorias pelo interior do estado. E, sob a avoenga sombra, cresci. Apenas na maturidade, ao chegar em Paris, soube que o Embaixador de Israel na Unesco chamava-se Nejar, e um general no Egito, também Nejar se chamava. E veio-me às mãos o *Dicionário Sefaradi de Sobrenomes* e ali achei "Najar/Najara/ Nejar" e o nome de meu ancestral ISRAEL ben Moshe NAJARA (1555-1625), poeta e rabino em Gaza. E a criação do nome, que advém de Nájera, rio de Navarra. Ora, Nejar, em árabe, é carpinteiro. E são sefarditas os nomes de árvores, cidades e ofícios. E assumi com alegria no árabe, que era de menino, o judeu que fui, bem antes, no sangue dos ancestrais. Assim, o meu sangue não luta entre si; ao contrário, jorra e reverdece.

Carlos Nejar é poeta, ficcionista e crítico, autor da História da Literatura Brasileira, *a sair breve, na sua edição ampliada e defi-*

nitiva. Pertence à Academia Brasileira de Letras, à Academia Brasileira de Filosofia e ao Pen Clube do Brasil. Acaba de sair sua Poesia reunida, em dois volumes, homenagem a seus 70 anos, pela Editora Novo Século, de São Paulo.

Cíntia Moscovich

Sou judia de todos os costados e até onde os registros alcançam. Vieram da Bessarábia, aquela região da Europa Oriental que hoje corresponde a Moldávia e Ucrânia, mas que também foi da Rússia e da Romênia. Entre os anos de 1912 e 1913, minha gente fugiu dos *pogroms* e veio dar nas colônias de Quatro Irmãos e Erebango, aqui no Rio Grande do Sul. Sou a primogênita e única filha do seu Elias e da dona Geni, irmã do Henrique e do Jairo. Mimosa, como todas as meninas da segunda geração de judeus gaúchos, estudei no Colégio Israelita Brasileiro, de Porto Alegre, e me criei no Bom Fim e arredores.

Mesmo que eu não fosse judia por lei de barriga, escolheria ser judia. Melhor dito: escolheria a minha família para amar. O judaísmo (na versão *demi* assimilada que protagonizo) é, para mim, essencial para viver, tão essencial quanto ser brasileira, condição da qual igualmente me orgulho. Mesmo que eu tenha casado com um gói, o judaísmo nunca me foi pesado — nem quando se tratou da mãe judia e de lidar com as culpas inerentes. Explicando melhor: o judaísmo me ensinou o drama e o horror dos séculos de perseguição. Mas também me ensinou a aversão à estupidez e à falta de alegria. Em último resumo: o judaísmo me mostrou que só existe dignidade se existe sentido de humor.

Cíntia Moscovich é escritora, jornalista, mestre em Teoria Literária, roteirista de televisão e ministrante de oficinas literárias. Integra várias antologias no Brasil e no exterior, com lançamentos individuais em Portugal e Espanha. No Brasil, é autora de O reino das cebolas *(contos, 1996),* Duas iguais *(romance, 1998);* Anotações durante o incêndio *(contos, 2000);* Arquitetura do arco-íris *(contos, 2004);* Por que sou gorda, mamãe? *(romance, 2006) e* Mais ou menos normal *(romance infantojuvenil, 2006).*

Eliane Ganem

Nasci no Rio de Janeiro e vivi a maior parte da minha vida em Ipanema. O sol emprestava durante o verão uma cor ocre dourada ao meu corpo, semelhante à cor dos beduínos. Há um certo ar de história irrevelada não só na minha cor, mas na minha forma de sentar sempre com as pernas trançadas, como se eu estivesse acostumada aos chãos das mesquitas. Há uma escrita primordial em meu corpo que me revela que eu venho de ares longínquos. Algo atávico, algo que extrapola a compreensão de mim, talvez inscrito no DNA ou naquilo que os místicos chamam de vidas passadas. Meus avós eram libaneses e confesso aqui que é no perfil do meu rosto que reconheço o mesmo rosto impresso nas artes dos países de tradição árabe. Mesmo que a minha alma seja brasileira, que os meus pais e os meus filhos sejam brasileiros. E me sinto uma privilegiada, por carregar em mim o berço da história da humanidade e a irreverência e o desprendimento do novo mundo na figura do carioca.

Eliane Ganem, Ph.D. em Comunicação, tem 25 livros publicados no Brasil, três no exterior, e muitos deles premiados. Escritora, jornalista, publicitária, fez parte do grupo de jornalistas que resistiu à ditadura militar. Apontada pela crítica internacional como um dos 25 principais escritores do país no gênero da literatura infantojuvenil, passou a constar definitivamente do Catálogo da Feira de Frankfurt. Recebeu por duas vezes o Prêmio Monteiro Lobato da Academia Brasileira de Letras, Prêmio Bienal do Instituto Nacional do Livro, Prêmio Alfredo Machado Quintella da Fundação Nacional do Livro Infantil e Juvenil, Prêmio Selo de Ouro, também da FNLIJ, e o Prêmio de Dramaturgia do Instituto Nacional de Artes Cênicas, além de outros.

Fabrício Carpinejar

Nejar significa carpinteiro em árabe. O sobrenome ficou redundante, o carpir do carpinteiro. Meu rosto é uma *esfiha*, meus olhos são travesseiros de nozes e minha pele branca como grão-de-bico. Sei que meu apetite é árabe, a cutilada da letra também. Nossa origem é uma confusão que ampliamos em mistério.

Não me lembro de nada da encarnação passada. A hipnose não funcionou, avancei ao invés de regredir. Gosto de apontar o lápis para me ferir. Vivo viajando: uma árvore migratória. Guardo as raízes debaixo das unhas.

Fabrício Carpinejar nasceu em 1972, na cidade de Caxias do Sul (RS), Fabrício Carpi Nejar, Carpinejar, é poeta, cronista e jornalista, autor de treze livros, oito de poesia, dois de crônicas e três infantojuvenis. Um terno de pássaros ao sul *foi objeto de refe-*

rência nos The Books of the Year 2001 *da Enciclopédia Britânica. Filhote de cruz-credo virou peça de teatro de sucesso em Porto Alegre, adaptada por Bob Bahlis. O escritor recebeu vários prêmios, como o Erico Verissimo 2006, pelo conjunto da obra, pela Câmara Municipal de Vereadores de Porto Alegre; Olavo Bilac 2003, da Academia Brasileira de Letras; duas vezes o Açorianos de Literatura, edições 2001 e 2002. Participou de coletâneas no México, Colômbia, Índia, Estados Unidos, Itália, Austrália e Espanha. Em Portugal, a Quasi editou sua antologia* Caixa de sapatos *(2005). É colunista da revista mensal* Crescer, *de São Paulo, e professor da Unisinos.*

Flávio Izhaki

Meus bisavós, por parte de mãe, vieram da Ucrânia, no início do século XX. Há muito tempo? Não, tarde demais. Debaixo da cama, minha bisavó, criança, escutou pai e mãe serem mortos num *pogrom* sem nome ou motivo. Tarde demais também vieram os avós por parte de pai. Poloneses, por sorte escaparam de morrer na Segunda Guerra. Lutaram no exército aliado no norte da África, longe de casa, onde, aliás, se conheceram. Destino? Depois da guerra se casaram e foram procurar os parentes. Ninguém na Polônia, ninguém na Holanda, onde moravam os irmãos do meu avô. Sionistas, foram para a Terra Santa, antes da criação do Estado de Israel. Meu pai nasceu por lá. Vida difícil. O Brasil chamava com duas irmãs da minha avó que vieram antes, única família que restava, e uma condição financeira um pouco melhor.

Chegaram ao Brasil em 1953 para um ano. Resolveram ficar. Meus pais se conheceram ainda adolescentes e, sionistas, sonhavam em fazer a *aliah*. Meus avós e tias, por parte de pai, retornaram; eles, casados, decidiram ficar. Judeus, mas brasileiros. Eu e minha irmã até estudamos em colégio católico. Somos menos judeus por isso, por judaísmo na nossa infância ser marcante apenas pelos jantares com motivação festivo-religiosa e esporádicas viagens a Israel? Quem tem direito sobre a religião; quem pratica ou quem crê? Sou casado com uma não judia, descendente de índios, negros e alemães, sobrenome Bach. Mas meus filhos, se um dia vierem, mesmo não nascendo de um ventre judeu, como manda a tradição, pelo menos para mim, judeus serão.

Flávio Izhaki nasceu no Rio de Janeiro, em 1979. Lançou um romance, De cabeça baixa *(Guarda-chuva, 2008) e está escrevendo o segundo:* Amanhã não tem ninguém. *Como contista já participou dos seguintes livros:* Prosas cariocas *(Casa da Palavra, 2004), este também como coorganizador com Marcelo Moutinho,* Paralelos *(Agir, 2004),* Contos sobre tela *(Pinakotheke Edições, 2005) e* Dicionário amoroso da língua portuguesa *(Casa da Palavra, 2009).*

Georges Bourdoukan

Nasci no Líbano, de mãe brasileira, baiana de Salvador. Até os 10 anos vivi com a minha avó paterna na aldeia de Miniara Akkar. Adla, esse era o nome de minha avó, uma excelente contadora de histórias. Todos os dias tinha uma história para contar. Histórias fascinantes que embalavam o meu sono nas noites frias de inverno. Dois de meus livros têm algo dela, *O peregrino* e *Vozes do deserto*. E claro, o conto *O homem que libertou a morte*. Espero ter honrado a memória dela e de todas as avós que um dia embalaram o sono de seus netos.

Georges Bourdoukan é autor dos livros A incrível e fascinante história do Capitão Mouro, O peregrino, Vozes do deserto, O Apocalipse. *Está finalizando outros dois:* Os filhos de Allah *(sobre a Revolta dos Malês na Bahia) e* A Ilha dos Espíritos. *Como jornalista, trabalhou nos principais veículos de comunicação do país e alguns no exterior.*

Julián Fuks

Se ser judeu é algo que se imprime no corpo, sou judeu na metade dos traços, quiçá na cor clara da pele, no formato do rosto, na curva convexa do nariz. Se é algo que dispensa os ritos e se transmite na linhagem, sou judeu por recendê-lo no nome que herdei do meu pai e por ouvir dele, de quando em quando, algumas distantes histórias. Se é algo que prescinde das crenças e só diz respeito à tradição de um povo, sou judeu porque minha existência decorre de alguns êxodos dolorosos, da Romênia à Argentina, da Argentina ao Brasil. Mas talvez o que tenho de judeu se encerre no esforço destas poucas linhas.

Julián Fuks é paulistano e nasceu em 1981. Escritor, tradutor e crítico literário, é autor de Histórias de literatura e cegueira *(Record, 2007), finalista dos prêmios Portugal Telecom e Jabuti, e de* Fragmentos de Alberto, Ulisses, Carolina e eu *(7 Letras, 2004), vencedor do prêmio Nascente da Universidade de São Paulo.*

Foi repórter de literatura da Folha de S. Paulo *e colaborador fixo da revista* Entrelivros. *Atualmente é colaborador de literatura da revista* Cult.

Leandro Sarmatz

Benjamin, meu avô materno, era *shames*, ou zelador, de sinagoga. Foi assim que terminou seus dias, em 1985 (diabetes), em Porto Alegre. Chegou a frequentar uma *yeshivá*, mas a história obrigou-o a vir para o Brasil, onde se estabeleceu numa colônia agrícola da ICA. Mas a experiência de cultivar terras no Rio Grande do Sul logo se mostraria desastrosa para ele.

Como Samuel, avô paterno, membro do Bund, falsificador de passaportes, que também chegou ao Rio Grande rural — e que igualmente iria seguir para a capital. Morreu em 1978 (câncer de pulmão), tendo dedicado a vida ao comércio de porta em porta na periferia da cidade.

Talvez essa mistura (muito judaica, aliás), de religião institucionalizada com certa descrença sobreviva em mim até hoje. De modo geral, cumpri o percurso normal para alguém da minha geração: colégio judaico, bar mitzvah com um rabino do Beit Chabad e — surpreendentemente para mim mesmo — casamento na sinagoga. Tenho encarnado uma biografia clássica de aproximações e desvios diante da matéria judaica. A morte de meu pai (câncer de esôfago), em 2009, além de todas as implicações do luto, serviu-me para enxergar com mais clareza o tipo de judeu que eu fui, que eu sou.

Pois é bastante difícil ficar imune às palavras do Kadish, mesmo se você, que já perdeu todo o seu hebraico escolar, o recita a partir da versão transliterada e com tradução no final. Quanto a mim, obviamente, não fiquei indiferente. Eu, que sempre vaidosamente me defini como um "judeu sem deus", estou nos últimos meses questionando essas definições — intelectualmente atraentes, sem dúvida, mas até que ponto verdadeiras?

Leandro Sarmatz nasceu em 1973, em Porto Alegre. É jornalista e mestre em Letras pela PUC-RS. Publicou os livros Mães & sogras *(IEL, teatro, 2000) e* Logocausto *(Editora da Casa, poemas, 2009), além de numerosos ensaios, poemas e ficções em antologias e revistas no Brasil e no exterior. Em 2010 a Record irá publicar* Uma fome *(contos), e sua peça* Mães & sogras *será encenada em Porto Alegre no primeiro semestre. Mora em São Paulo desde 2001, é casado com Milena e tem dois gatos (Felice e Milo).*

Luiz Antonio Aguiar

Meu avô materno se chamava Alexandre Farah. Era libanês, de Beirute, que chegou ao Brasil nos primeiros anos do século XX, e foi para o Mato Grosso, onde trabalhou como mascate e cozinheiro, até juntar dinheiro para comprar um armazém. Fez fortuna, perdeu tudo para um incêndio do seu estabelecimento, juntou dinheiro de novo e, com a família (casou-se com minha avó, italiana dos arredores de Nápoles, quando ela tinha 13 anos; ele era vinte anos mais velho), mudou-se para o Rio de Janeiro. Morreu nos anos 1940, de pneumonia. Minha avó, que conheci já idosa e cega (mas mandando em toda a família e jogando na Bolsa), aprendeu o árabe perfeitamente. Recebia os parentes do marido falando em árabe e, quando chegávamos na casa dela, nos saudava com o *"Yalbo"* ou um *"YaYune"*, que, pelo que sei, correspondem a "Meu coração" e "Minha luz". É o que sei de árabe, além de alguns palavrões e o célebre *"Alf-Layla Wa-Layla"*, "Mil Noites Mais Uma Noite". Foi com as histórias das Noites Árabes que eu aprendi a ler e a *imaginar coisas*. É que tive dificuldades de ser alfabetizado na escola, de onde eu fugia, em busca de aventuras na beira da praia do Posto 6, Copacabana, habitada por uma colônia de pescadores. Meu pai, então, comprou uma coleção das *1001 Noites* em oito volumes, belissimamente encadernada e ilustrada — que tenho até hoje, intacta, e pretendo passar para os meus netos. De fato, ele adquiriu uma tradução preciosa, que, ao contrário da versão de Antoine Galland, tão popular no Ocidente e no Brasil, não excluía nem o erotismo nem os toques político-rebeldes da história. Toda noite, meu pai me ensinava uma letra na cartilha, e minha recompensa por *aprender direito* era escutar a leitura de uma história. Ele tentava pular os trechos mais picantes, mas eu percebia e o forçava a ler. Foi assim que começou minha vida inteligente; de lá para cá, foram consequências e desdobramentos.

Nascido no Rio de Janeiro, em fevereiro de 1955, é escritor (www.luizantonioaguiar.com.br), presta consultoria editorial, ministra palestras e oficinas de leitura sobre clássicos da literatura (publicou Almanaque Machado de Assis, *pela Record, em 2008, e* O mínimo e o escondido, *coletânea de crônicas comentadas de Machado).*

Márcia Bechara

Já se disse que entre as funções da memória, além da construção de repositórios afetivos, está a de manter uma espécie de coesão interna e definir (defender) as fronteiras que se têm em comum com um grupo. Se meu avô antes se assemelhava (para mim) a um par de grandes sobrancelhas emolduradas, hoje revisito Abrahão Abuhaider, de Boutchai, do Condado de Beirute, que chegou ao Brasil ainda no século XIX para abrir veredas e que desde sempre se dedicou ao comércio. Minha avó, de quem só e vagamente me lembro de uma cabeleira volumosa e branca, além de certos sorrisos complacentes, tornou-se Naceb Abdallah Farhat, de Kfarchima, que habitava uma janela donde se podia ver o mar.

O texto "Travessia", que apresento nesta antologia, mergulha nesses universos de rio, caudalosos, impregnantes e complexos. Saio desta escrita transformada e ostensivamente mais rica, concreta como a memória recém-descoberta, usando como brincos de porcelana meus novos atavismos, meus laços de sangue, minhas primogenituras.

Márcia Bechara, 36 anos, é jornalista formada pela Pontifícia Universidade Católica de Minas Gerais (PUC-MG) e atriz graduada pelo Centro de Formação Artística (Cefar) do Palácio das Artes em Belo Horizonte (MG). Durante os últimos 15 anos colaborou com reportagens para mídias variadas, além de ter atuado em diversos espetáculos teatrais e curtas-metragens. Como performer, apresentou-se durante o Projeto Verbo 2007 (Galeria Vermelho/ SP), o seminário Actions of Transfer: Womens's Performance in the Americas 2008 (UCLA/Los Angeles) e o Encuentro 2009: Staging Citizenships (Bogotá). Radicada em Pa-

ris, *publicou no Brasil os livros* Alegoria para Dinorah *(Mazza Edições, 1993);* Casa das feras *(7 Letras, 2007) e* Métodos extremos de sobrevivência *(Publisher Brasil, 2009).*

Moacyr Scliar

O judaísmo marcou minha infância e minha vida em geral. Sou filho de imigrantes judeus vindos da Rússia no começo do século XX; meus pais faziam parte de um contingente de famílias que participavam de um projeto de colonização agrícola no interior do Rio Grande do Sul. Meus familiares, contudo, ficaram em Porto Alegre; nasci e cresci no Bom Fim, um bairro comunitário, de gente em geral muito pobre. Os pais de família tinham profissões humildes, marceneiros, alfaiates, vendedores ambulantes; as casas eram precárias, a vida difícil. Mas essas pessoas conviviam muito, reuniam-se, contavam histórias — e estas histórias foram a primeira matéria-prima de minha ficção. Meu pai era um grande narrador e me servia como inspiração — como minha mãe, que, diferentemente do marido, foi à escola, formou-se professora, e era uma grande leitora. A ela devo minha introdução aos livros; e a ambos, meu pai e minha mãe, devo minhas primeiras historinhas, que passavam de mão em mão no bairro. Os parentes e vizinhos diziam que eu seria o escritorzinho do Bom Fim. Nunca pretendi mais que isso, do que devolver àquelas pessoas as histórias que me haviam contado.

Cursei o Colégio Israelita Brasileiro (que era então o Colégio Idiche), o Rosário, uma escola católica, e o Julio de Castilhos, tradicional estabelecimento de Porto Alegre. Ao mesmo tempo frequentava um movimento juvenil judaico. Aprendi muito sobre a história do judaísmo e sobre esta cultura milenar que depende visceralmente do texto (a começar pela Bíblia). Vivi, com orgulho e emoção, o nascimento do Estado de Israel, com o qual sou solidário, mas sem aderir de forma automática a determinadas posições de seus governos. Também como judeu vivi o sonho socialista, uma versão moderna do engajamento moral dos profetas bíblicos. Considero-me um escritor brasileiro que traz para a nossa literatura um pouco de uma bela e sofrida tradição.

Moacyr Scliar (Porto Alegre, Brasil, 1937) é autor de 88 livros, em vários gêneros, conto, romance, ensaio, ficção juvenil. Obras suas foram publicadas nos Estados Unidos, França, Alemanha, Espanha, Portugal, Inglaterra, Itália, Tchecoslováquia, Suécia, Noruega, Polônia, Bulgária, Japão, Argentina, Colômbia, Venezuela, Uruguai, Canadá, Israel e outros países, com grande repercussão crítica e de público. É detentor de muitos prêmios literários, no Brasil e no exterior. Colabora em vários jornais e revistas e tem textos adaptados para o cinema, teatro, tevê e rádio; é membro da Academia Brasileira de Letras. Duas influências são importantes na obra de Scliar: sua condição de filho de imigrantes judeus da Rússia e a sua formação de médico de saúde pública.

Salim Miguel

Minha infância em Biguaçu foi marcada pelas lições recebidas em casa, na rua e no grupo escolar. Pouco antes minha família morara em duas comunidades de colonização alemã e eu tinha começado a ser alfabetizado em árabe e alemão. Dois fatos fizeram com que, durante muito tempo, tentasse ignorar minhas raízes ancestrais: o ser chamado de "turco" e meu nome próprio; tentativa frustrada, pois já em meus primeiros textos havia algo provindo dos serões em que meus pais contavam passagens de suas vidas e fragmentos das Mil e uma noites. A língua falada em casa era um misto de árabe e português. Como toda criança, ao mesmo tempo queria me afirmar e ser aceito pela turma. Embora participasse de todas as estripulias, por minha fala arrevesada e por andar sempre às voltas com livros, sempre me provocavam. O fato de meus pais serem da Igreja Ortodoxa era mais um complicador, ao qual se juntava a estranha comida. Conscientemente só fui me dar conta de tudo isso quando da elaboração de A morte do tenente e outras mortes (Antares, 1979), processo que se aprofundou com o romance Nur na escuridão (Topbooks, 1999; Record, 2008). De toda essa vivência, duas certezas: todos os seres humanos são iguais e vale a pena construir a paz entre eles.

Salim Miguel é jornalista e escritor. Nascido no Líbano em 1924, chegou ao Brasil em 1927. Tem trinta livros publicados. Por Nur na escuridão, 1999, recebeu os prêmios de melhor romance do ano, atribuído pela APCA, e o Zaffari & Bourbon (para melhor romance publicado entre 1999-2001). Desde 2004 sua obra ficcional vem sendo publicada pela Editora Record: Mare nostrum, romance desmontável *(2004),* A vida breve de Sezefredo das Neves, poeta *(2005), e* Jornada com Rupert *(2008), entre outros. Em 2009 recebeu o Prêmio Machado de Assis da Academia Brasileira de Letras, pelo conjunto de sua obra.*

Samir Yazbek

Nasci em 7/9/1967, em São Paulo. Sou filho de imigrantes libaneses. Tive contato com a cultura árabe e cristã desde cedo. Formei-me em colégio jesuíta, o que intensificou meu interesse por assuntos religiosos e filosóficos. Minha primeira incursão nesse universo foi a peça *A Terra Prometida*, adaptação do Livro do Êxodo, da Bíblia, na qual procurei criar, através de um diálogo entre Moisés e seu sobrinho Itamar, uma parábola contemporânea que abordasse temas como ética e fé. Considero *O último profeta*, publicada nessa coletânea, um aprofundamento daquela pesquisa. Preparo, para este ano, o espetáculo *As folhas do cedro*, inspirado na imigração libanesa. Pretendo escrever uma peça a partir da vida e obra do escritor libanês Khalil Gibran.

Samir Yazbek é dramaturgo e diretor teatral. Consolidou sua formação com o diretor Antunes Filho. Escreveu O fingidor *(Prêmio Shell/99 de melhor autor),* A Terra Prometida *(entre os dez melhores espetáculos de 2002, segundo o* Globo*),* A entrevista, O invisível, A noite do barqueiro *e* Os gerentes *(inédita), entre outras. É organizador de* Uma cena brasileira, *da Editora Hucitec. Escreve artigos para a* Folha de S.Paulo, O Estado de S.Paulo *e Revista* Bravo!. *Recentemente foi ao ar pela TV Cultura, em parceria com a Rede SESC TV, o teleteatro* Vestígios, *que escreveu e dirigiu, e uma adaptação de sua peça* O fingidor, *que também dirigiu. É autor de* O teatro de Samir Yazbek, *lançado pela coleção Aplauso da IMESP, com a edição de suas peças* O fingidor, A Terra Prometida *e* A entrevista.

Tatiana Salem Levy

Meu judaísmo tem a ver com o silêncio. Nunca ouvi língua judaica em casa, nem o ladino, nem o hebraico. Conto nos dedos as vezes em que fui à sinagoga assistir a uma reza. Nunca fiz parte de comunidade, nem estudei em escola judaica. Mas sempre me senti judia. Sempre. Meu judaísmo tem a ver com herança cultural, com fantasmas, com o passado que carrego no corpo, mesmo quando o desconheço. Tem a ver com o deserto, com a ausência de fronteiras, a curiosidade, a abertura para o outro.

Meu judaísmo tem a ver, também, com os árabes. Em dia de Yom Kippur, comemos berinjela recheada, tomates, pepinos, abobrinha, *houmus*, pão árabe... Não sei explicar direito, mas sempre me senti tão próxima dos árabes quanto dos judeus. Ligada a eles pelo mesmo silêncio, a mesma ancestralidade.

Tatiana Salem Levy nasceu em Lisboa em 1979. É escritora, tradutora e doutora em Literatura. Publicou o ensaio A experiência do fora: Blanchot, Foucault e Deleuze *(Relume Dumará, 2003) e contos em diversas revistas e antologias. Com seu primeiro romance,* A chave de casa *(Record, 2007), recebeu o Prêmio São Paulo de Literatura 2008 de Melhor Romance de Estreia.* A chave de casa *foi publicado também na Espanha e em Portugal, e sairá em breve na França e na Itália.*

Whisner Fraga

O Líbano que conheço é o que me apresentaram durante minha infância em uma pequena cidade no triângulo mineiro, é aquele dos sentidos, sobretudo do olfato, do paladar e da audição. É o aroma da noz-moscada, do áraque, do anis e do azeite. É o sabor da coalhada, da azeitona e do chancliche. É o idioma ríspido, mesmo quando utilizado para confessar uma mágoa, e a caixa registradora duelando com os zunidos de uma rádio de Beirute. É um Líbano adulterado pela vizinhança brasileira, uma nação trancada nas paredes de uma mercearia e de uma casa em um bairro de Ituiutaba. Deste país, jamais poderei discernir o que é legítimo, o que foi absorvido de nós ou o que foi adaptado. Entrego-lhe, leitor, em meu conto, não uma interpretação do Líbano, mas o desejo de uma pátria que existe apenas na memória daqueles emigrantes que nunca regressarão à sua terra, porque ela se tornou uma nostalgia que realidade nenhuma conseguiria reparar.

Whisner Fraga é escritor, autor de, entre outros livros, Abismo poente, *Ed. Ficções, 2009, e* O livro da carne, *7 Letras, 2010.*

Este livro foi composto na tipologia Minion, em
corpo 11,5/16, e impresso em papel off-white 80g/m²
no Sistema Cameron da Divisão Gráfica
da Distribuidora Record.